文学固原丛书　主编　王正儒

羊的月亮

梦也　著

黄河出版传媒集团
宁夏人民教育出版社

图书在版编目(CIP)数据

羊的月亮 / 梦也著. -- 银川 : 宁夏人民教育出版社，2015.12

ISBN 978-7-5544-1431-6

Ⅰ. ①羊… Ⅱ. ①梦… Ⅲ. ①长篇小说-中国-当代 Ⅳ. ①I247.5

中国版本图书馆 CIP 数据核字(2016)第 021602 号

羊的月亮 梦也 著

责任编辑 李亚慧 谭蓉蓉
封面设计 倪万军 单永珍
责任印制 殷 戈

黄河出版传媒集团 宁夏人民教育出版社 出版发行

出 版 人 王杨宝
地 址 宁夏银川市北京东路 139 号出版大厦(750001)
网 址 http://www.yrpubm.com
网上书店 http://www.hh-book.com
电子信箱 jiaoyushe@yrpubm.com
邮购电话 0951-5014284
经 销 全国新华书店
印刷装订 固原博奥彩色印刷有限公司
印刷委托书号(宁)0000255

开 本 700 mm×1020 mm 1/16
印 张 13.5 字数 216 千字
版 次 2015 年 12 月第 1 版
印 次 2016 年 1 月第 1 次印刷
书 号 ISBN 978-7-5544-1431-6/I·87
总定价 27.00 元

序

王正儒

“东潼关，南武关，西散关，北萧关”，作为关中四大关隘之一的北萧关，亦称汉萧关，雄踞六盘山北麓。因为其重要的军事价值，历代王朝极为重视对固原的经营，也因其地处北方游牧文化和中原农耕文化的交合地带，古代丝绸之路的必经之处，所以固原的政治、经济、文化在中国历史上素来占有一席之地。

在《诗经·小雅·六月》里，那一声“薄伐玁狁，至于大原”的远古吟唱，使固原作为文化符号屹立在文学大河的上游，或隐或显地贯穿着文学史的脉络。这是《诗经》的固原，班彪的固原，王维的固原，岑参的固原，王昌龄的固原，林则徐的固原，谭嗣同的固原，毛泽东的固原，张承志的固原，因为文学的表达，固原被赋予了丰富而深远的诗画意蕴，影响着这一地域的历史积淀。

穿越历史的雾霭，秦长城两侧，萧关古道旁，奔走的是犬戎、西羌、义渠、乌氏、鲜卑、匈奴、党项、蒙古、回回的民众，不同的行装，不同的语言，上演着一幕幕历史的活剧。由此形成的游牧文化、农耕文化、边塞文化、伊斯兰文化、红色文化在这里繁衍生息，相互交融，相互渗透，构筑了固原底蕴丰盈、独具特色的文化内涵。文学是文化最直接传承载体，也是一个民族精神的集中体现。它对时代的触碰，人性的抚摸，世相的洞察，心灵的关照，是人们了解历史、了解社会、了解自然、了解人生最佳渠道。一个时代有一个时代的文学，它经典的、独一的存在方式，证明着文学不死的深刻道理。

伴随着改革开放的大门徐徐洞开，新时期文学吹响了沉睡大地的第一声号角，偏居西部的固原与共和国的脉搏一起跃动，谱写着属于自己的历史。一代知识分子拿起手中的笔，用文字记录着变革中的固原，发展中的固原，奋进中的固原。

于是固原就有了真正属于自己的文学人。

三十多年的文学历程，见证着文学固原的发展变迁，也塑造了这块土地上的文学群像。从 20 世纪 80 年代开始，丁文庆、屈文焜、慕岳、徐兴亚、火仲舫、李成福、马吉福等第一代文学工作者尝试栽种文学的嫩芽，他们立足苦难的黄土地，踏上了艺术的漫漫征程。在他们的努力下，《六盘山》文学杂志的创刊，为培养本土作者提供了重要的发表园地。80 年代中期，王漫西、虎西山、张嵩、张铎、戴凌云、杨梓、钟正平、王治平、罗治平、周彦虎、陈鹏生、兰茂林、杨友桐等一批大中专院校毕业生加入了文学的合唱，他们的作品频频见诸宁夏的报刊，形成了宁夏文学独特的“黄土高原派”，作家群体现象初露端倪，文学的树苗扎根固原的沃土。进入 90 年代，石舒清、郭文斌、梦也、左侧统、火会亮、古原、王怀凌、李方、杨风军、韩聆等第三代文学工作者在储备了丰富的文化积淀后，把宁夏文学天平的重心倾向固原，他们以集团军的方式走出宁夏，冲刺全国，构成了宁夏文学的半壁江山，一片蔚为壮观的文学森林茁壮成长。90 年代中后期，杨建虎、单永珍、程耀东、胡琴、穹宇、泾河、唐晴、郭静等第四代青年文学工作者裹挟着前辈的气势，以扎实的文学功底和新颖的表达方式，为文学固原的壮大注入了新鲜的血液。新世纪以来，了一容，马金莲、竹青、雪舟、李敏、李兴民、倪万军、许艺、马晓燕、红旗、刘汉斌、高丽君、王武军、王玉玺等第五代新生力量的出现，使得固原大地上老中青三代文学工作者共聚一堂，共同谱写文学固原的华章。

三十多年来,茅盾文学奖提名,鲁迅文学奖、全国少数民族文学创作骏马奖、“五个一工程”奖有他们的名字;全国十佳诗人、《人民文学》奖、《民族文学》奖、《小说选刊》奖、冰心散文奖、鲁藜诗歌奖、庄重文文学奖、春天文学奖有他们的名字。

三十多年来,“西海固文学丛书”、《生命的重音》、“六盘山文化丛书”“文学西海固”等丛书的出版,见证着文学固原曾经的辉煌。二百多人的文学队伍,百部个人作品集、小说、诗歌、散文、评论、报告文学等多方位出击,文学固原在当下文坛有了一定的声誉。一些人离开了固原,但他们的文学表达依然是这块熟悉的土地。一些人坚守在固原,他们擦洗着文学这张固原的靓丽名片。

2014年10月15日,习近平总书记在全国文艺座谈会上发表重要讲话。总书记说:每个时代都有每个时代的精神。文艺是铸造灵魂的工程,文艺工作者是灵魂的工程师。好的文艺作品就应该像蓝天上的阳光、春季里的清风一样,能够启迪思想、温润心灵、陶冶人生,能够扫除颓废萎靡之风。广大文艺工作者要高扬社会主义核心价值观的旗帜,把社会主义核心价值观生动活泼、活灵活现地体现在文艺创作之中,用栩栩如生的作品形象告诉人们什么是应该肯定和赞扬的,什么是必须反对和否定的,做到春风化雨、润物无声。要把爱国主义作为文艺创作的主旋律,引导人民树立和坚持正确的历史观、民族观、国家观、文化观,增强做中国人的骨气和底气。他要求广大文艺工作者要结合新的时代条件传承和弘扬中华优秀传统文化,传承和弘扬中华美学精神。我们社会主义文艺要繁荣发展起来,必须认真学习借鉴世界各国人民创造的优秀文艺。只有坚持洋为中用、开拓创新,做到中西合璧、融会贯通,我国文艺才能更好发展繁荣起来。

总书记强调,各级党委要把文艺工作纳入重要议事日程,贯彻好党的文艺方针政策,把握文艺发展正确方向。要选好配强文艺单位领导班子,把那些德才兼备、能同文艺工作者打成一片的干部放到文艺工作领导岗位上来。要尊重文艺工作者的创作个性和创造性劳动,政治上充分信任,创作上热情支持,营造有利于文艺创作的良好环境。要通过深化改革、完善政策、健全体制,形成不断出精品、出人才的生动局面。要高度重视和切实加强文艺评论工作,运用历史的、人民的、艺术的、美学的观点评判和鉴赏作品,倡导说真话、讲道理,营造开展文艺批评的良好氛围。

为了总结近年来的文学成就,见证固原的文学历史,编辑出版一套“文学固原大系丛书”,则是固原的文艺工作者共同铸就的全景式的心灵读本,其文化价值和社会意义显而易见。该丛书的出版,必将对丰富文化固原建设增添光彩。

丛书由小说卷、诗歌卷、散文卷、文学评论卷、原州卷、西吉卷、隆德卷、泾源卷、彭阳卷以及固原最有代表性的五位作家、诗人的个人作品集构成,蔚为壮观。这次结集,是固原市委、市政府贯彻总书记讲话的有力举措,也是我们奋力做大做强文化建设,大力发展文化产业,为推动固原经济快速健康发展提供精神动力、智力支持和人才支持。“文学固原大系丛书”必然是新世纪以来固原文化传承的有效载体,也是彰显固原文学特色、树立固原文化自信的辉煌成果。

文以载道。我相信,代表着西部文学精神面貌和文化气质的固原作家群, 必将在当代中国文学辽阔的原野上呈现花开四野的灿烂画面,为复兴之路上的大梦中国谱写壮丽的华章。

(作者系中共固原市委常委、宣传部部长、统战部部长)

目　录

序 …… 1

爱的蔚蓝色 …… 001
错　位 …… 024
羊的月亮 …… 046
手 …… 053
单身公寓 …… 060
细小的声音 …… 069
滚钟寺院里的蜜蜂 …… 075
湖　光 …… 083
雪　葬 …… 088
一天中的不同时刻 …… 095
义犬之死 …… 102
祖　父的面孔 …… 110
边　界 …… 118
宠　物 …… 136
猫　咪 …… 147
小金鱼 …… 153
不倒翁 …… 158

蝴蝶标本 …………………………………………………… 163
白　云 ……………………………………………………… 167
老家人物 …………………………………………………… 174
林带上空的风 ……………………………………………… 186
轻飏的纸鸢 ………………………………………………… 192
我们村子里的那棵大树 …………………………………… 200

后　记 ……………………………………………………… 207

爱的蔚蓝色

一

每逢秋天，在落叶缤纷的那些日子里，侗浩就情不自禁地想起了司马曼玉。他们曾在一起度过的那些美妙的情景又一次复活，这让侗浩一瞬间惆怅不已。这一天，他来到司马曼玉的寓所——也就是他们曾经生活过的地方，静静地站在地上，想唤回某种消失的记忆。可是房子里空空落落的，没有他想象的那种熟悉的声音和气息，一切的一切都仿佛随着司马曼玉的离去而飘散了。侗浩的心中一下子泛起了某种落寞的情怀。他环顾四周，房子里除了那些熟悉的陈设之外，什么也没有，仿佛随着主人的失去，房子里的一切都失去了过去那种亲切的气息。他微愣了片刻，努力从某种想象中解脱出来。

侗浩轻轻地来到那架熟悉的钢琴旁，看见摆在紫黑色的琴盖上面的那盆紫罗兰已经枯萎，干枯的叶子落在花盆四周的琴盖上，仔细一瞧，琴盖上面还覆着一层薄薄的尘土。侗浩用手指将那些遗落的花瓣轻轻掸去，他打开琴盖，想弹一曲和司马曼玉共同喜爱的曲子——《往日恋情》，可是手指一瞬间又变得那样沉重。他克制住自己的冲动，也不想徒然打破这房间里特有的寂静。他在房间里轻轻地走了一圈，发现一切都没有改变，只是人去楼空，空余满腔惆怅。侗浩在心里轻轻叹息了一声。他就这么在房子里流连再三，看起来像带着某种很深的凭吊意味。的确，侗浩就是借助于这样的方式来寄托他的思念。

他在写字台边坐下来，随手拿出司马曼玉在最终离开他时写给他的那封信。他把信纸轻轻地展开来，上面写着：

亲爱的侗浩：

你好！

你看，我就这么离你而去了，当你得到我的消息后，不要伤心。同时，希望你不要责备我。我是自愿离开你们的，我走得很轻松，这实在是一种解脱，我希望你能尊重我的选择。到了最后一刻，我觉得在这个世界上只有你是爱我的，只是由于我的“怪癖”，一直没能理解和珍惜你的感情，我十分惭愧，请你原谅我。我历来把“爱”看得高于一切，并且，我一直都在寻找和追求真正的爱，或许正因为如此，我没有真正接受你的爱。但这不是我的过错，也不是你的过错。因为你我之间，缺乏真正相融的东西，我想这一点你能理解。过去，我曾一度倾心过欧阳斌先生，可是后来这爱就从我心中消失了。接下来的日子里，对于我应当说还有许多爱的机会，可是我发现我已失去了爱的能力，这是我最大的悲哀。

你知道吗，很长时间里折磨着我的都是人们称之为空落的东西，我发现我无法抵御它，我的心像荒芜的土地，长满杂草……

在往后的岁月里，我希望你能幸福地生活下去，我希望你能记住这一点：你不仅是一个人活着，而是为我们两个人活着，我希望能通过你而长久地感受那风花雨雪以及人世间美好的一切……当然，如果你愿意，那么还可以经常到那个湖边走走，那湖水可真是蓝啊。

……

二

几乎每天都是这样：等妈妈上班以后，司马曼玉就把房门反锁了，一个人静静地待在客厅里，这时，她什么也不想干，尽管身边有那么多可供翻阅的书，可是她却懒得去动他们。通过一段时间紧张的高考复习，她很愿意使自己放松下来，像这样长时间地处在某种失控的状态，她反而觉得十分惬意，这会使她的思绪处在某种无边无际的境况中。单从外表看司马曼玉是那种内向的且带有一点忧伤气质的女孩子，举止优雅、不事张扬。我们得承认，她还是一个喜欢孤独，耽于幻想的女孩。

一个人，待在空荡荡的客厅里，司马曼玉几乎触摸到了时间通过她而流走的速度。然而，某种看不见的东西像一张网罩住了她。她的神情显得落寞而恍惚,心中会时不时地荡起某种难以名状的思绪,这思绪像一层雾轻轻地缠绕着她,从而使她产生了某种不真实的虚幻感——正是这种莫名其妙的纷乱思绪和随之而来的遐思冥想,使得司马曼玉常常在某些瞬间变得难以把握,隐秘的内心也变得更易伤感。

秋天的午后,空气中混有一种苋麻草的苦香,有时,微风送来了平原某处被晒软的甜菜根的甜丝丝的味道。在突然变得疏朗的空间有一种自行沉降的东西,这不是尘埃或浓雾的沉降,它类似于徐徐沉降的海水,使裸露的沙滩更为明净。这样的沉降涤清了事物表面难以察觉的尘埃和岁月留下的灰斑,而使事物变得更为本真。司马曼玉站在窗前,她所看到的楼群、树木、草坪以及远处的绿色平原都显得更为明净、端肃,带着秋天难以抹去的隐秘痕迹,并且她感觉到那隐含在平原深处的独属于秋天的淡淡忧郁,这让她的心在一瞬间惆怅起来。

一群鸽子飞过楼下的草坪,发出清脆的拍翅声,一时间让她感到,这世界就由某种纯粹的玻璃体构成,精致、透明却又容易破碎。她预感到某种说不清的东西让她珍惜,而她的确感到这种让她珍惜的东西又是难以名状的。

她把客厅的窗帘拉上,重新坐下来,这时阳光透过丝质窗帘把一层轻淡而柔和的光晕铺陈在光洁的地板上,像一层水慢慢地洇逸开来……不久,楼下传来小贩们炒板栗的吆喝声,还有汽车穿过郊区公路的隐隐的轰鸣声,这又让她感到这世界是实实在在的,普通得像一顿简单的午餐。

司马曼玉注视着地面上那盆硕大碧绿的君子兰的叶片中间,开出了几朵娇艳的红色花朵,朦胧的阳光在那些娇艳的花瓣中间投下淡淡的阴影,倒使花朵儿增了一种忧郁、凄楚的色调,却更为动人。司马曼玉嗅到了君子兰在隐秘的状态中轻轻散逸的淡雅清香。

她打开影碟机放进一张光盘,是圣桑的《天鹅》。随即,某种悠扬、低回而又带着淡淡忧郁的曲调便在房间里轻轻回荡起来,那音乐像是来自更为遥远的地方,神秘、陌生却格外亲切。它营造的特殊气氛与司马曼玉此时的心情颇为相宜。这音乐纯粹是属于一个人的灵魂的,她这样想。

不知从什么时候开始,司马曼玉喜欢独处了。这似乎与她的年龄不大相称,她毕竟才十九岁啊。有时候,妈妈会淡淡地流露出某种责备的神情,但当着女儿的面也不便多说什么。妈妈知道女儿是一个沉静的姑娘,外表温顺,内里却十分倔强。按说,刚刚参加完高考的司马曼玉应该出去走走,或者与别的同学一块玩玩,松弛一下紧张的神经。可是,司马曼玉不喜欢这样,她曾婉言谢绝了同学们的几次邀请。这倒使妈妈觉得不可思议。妈妈是一个颇为心细的人,她大约从女儿不自然的神情中猜测到了什么,但又不便询问。

细想起来,近些日子,司马曼玉的神情的确有些异样。

可是妈妈还是觉察出来了,尽管女儿的变化是如此细微,带有一定的隐秘性,这其中的原因还得归结于某一次特殊的遭遇。那天,同样是一个炎热的午后,司马曼玉一个人来到省农科院的大院去看望上班的妈妈,顺便去瞧一瞧那里生长茂盛的各类植物的标本和花草,就连司马曼玉也说不清,自己为何对它们有一种特殊的喜好。

省农科院位于省城西郊,是一个颇为空旷的大院,院子里很安静。司马曼玉走进去时,没遇见一个人,她穿过由马尾松和冬青树围成的甬道,一路上听见高大茂密的桑树冠里蛐蛐们疯狂的聒噪声,宛若掀起一片海潮,这倒让她在一瞬间感到某种超越喧声的宽泛的寂静和淡淡的落寞来。

院子里的树木和花草长得蓊蓊葱葱,一定程度上加深了院子里的寂静。这一切都是她想象中的样子。但她感到了这寂静中的另一种喧哗和隐藏在暗处的骚动不安。她几乎是带着欣赏的神情走在院子里,院子里的寂静似乎加深了另外一种寂静。她似乎听到了植物们生长的各类声息——花朵裂开的扑哧声,树木拔节的咯吧声,以及小草们的喘息声。

司马曼玉走近一块偌大的花圃,看见里面开满了千万朵茂盛的芭蕉花,有一种火焰燃烧般的气势。花瓣红得发紫,绽放的花骨朵像是被阳光而引爆,释放出的花香浓郁得令人发晕。司马曼玉感到双目被浓烈的芭蕉花烤灼得发烫。

她回过身向那间熟悉的植物标本室走去……楼道里非常安静,司马曼玉透过蒙尘的玻璃窗朦朦胧胧地看见,标本室里有两个赤裸的交缠在一起的人体在摆满了植物标本的花盆中间扭动着、喘息着……尽管隔着一层玻璃,司马曼玉也能感觉到标本室里那些高大丰硕的植物体内释放出一种浓郁的热烘烘的气息。那是一些奇形怪状的龙舌兰、剑麻、仙人掌、仙人球、苦扁桃、橡皮树,以及别名为金钱树等一类的植物。然而,今天,司马曼玉却忘了欣赏这些植物。她被看到的景象刺激得心慌意乱,还没等看清那两个人是谁，便仓皇而逃了。她的心脏怦怦地跳动着，头脑一时间变得肿胀发热。

他们怎么能这样呢？他们怎么能这样呢？这是司马曼玉所不能理解的。随后的许多天里司马曼玉一直没有向妈妈提起此事。

妈妈是一位孀居多年的人，行为严谨，不苟言笑，一直与女儿相依为命。也许，司马曼玉在以后的岁月里才能逐渐理解母亲作为人的苦衷。这是后话，按下不表。

然而，司马曼玉看到的那一幕还是深深地烙印在她的心中，并且说不定某一个瞬间会悄然映现，这让她变得无地自容。无论如何这件事在司马曼玉的心中变成了某种坚硬的块垒，化解不开来。说到底，这毕竟是让司马曼玉难以启齿的事，并且在她这样的年龄还无法平静地接受。这种赤裸裸的竟无一点美感的性爱太显露骨，可是，性爱毕竟以某种直截了当的方式击伤了她，这让她感到一丝慌乱和空虚。在随之而来的几天里，每每想到此，她就止不住面红心跳，似乎在她的生命中又增加了一点什么内容。并且，那种难以言说的朦胧想法一时间变成了某种让她心神不安的东西，仿佛使她充满了神秘想象的东西却变成了某种难以排遣的重负，这就使她陷入迷迷糊糊的境地而难以自拔。

她不得不承认某种意念开始冲撞她，可是理智和羞涩又让她鄙夷自己，并努力去抵御它。

然而，此时此刻，她不得不承认，这弥漫在房间里的音乐声是丰富而抒情的，在某种程度上，她被音乐的翅膀带到那种遥远的只有在想象中才能到达的地方。这让她联想到湖泊、大海或遥远的天际那模糊不清的色彩和动荡。可同时她不得不承认，一种神圣的东西正在洗涤她的心灵——她需要这样。

不知不觉中她还是流下了眼泪。说也奇怪，每次聆听《天鹅》她都要流泪。她知道，这不仅是感情使然，好像她生命中隐藏的某种东西在一时刻被唤醒了。的确，这秋天庸常的午后特别适宜于怀旧，这是独属于心灵的时辰，司马曼玉在这一刻体验到让她心碎的忧伤之美。有一刻，房间里暗了下来。凭感觉司马曼玉知道，此时，高空正有一朵云缓缓飘浮遮住了太阳，把巨大的阴影投到地面上以及她家的窗户上，并且阴影里面生起了一息凉爽的秋风，正是这缕微小的秋风，使丝质窗帘一时轻轻地抖动起来，把透过窗帘投射在地板上的光波抖成了一片迷乱的光影……

三

恍惚中，司马曼玉听见有人在轻轻叩门。她又听了听，是有人在叩门。司马曼玉坐起身，拭去脸颊上的泪水，走近房门，轻轻发问，来人在门外应声。司马曼玉听见是音乐老师侗浩，她在不自然中一时显得有些慌乱，可是她终于镇定下来，打开了房门。

侗浩一进门就扬着手里的一封信，掩饰不住满脸的欢欣，他对司马曼玉说，你猜猜这是什么……啊，你猜猜？侗浩并不顾司马曼玉有些茫然的神情，自顾自说着，好消息呀，司马同学，告诉你一个好消息，你被T市的音乐学院录取了……一瞬间，连司马曼玉也被这消息搞昏了。她的确高兴，这毕竟是她梦寐以求、多年为之奋斗的心愿，今天终于实现了，她怎能不高兴呢？她露出了微笑，从侗浩手中接过了录取通知书，看了一遍又一遍。

阴影移去以后，房间里复又变得明亮起来，音乐声还在房子里起伏回旋。由于窗帘是拉着的，这就使得房子里的光线要比室外更幽暗一些，也增添了某种朦胧、悠扬的情调，这是侗浩在一瞬间体验到的。他留心打量了一下司马曼玉，觉得她突然间成熟了，略显单薄的身子却在薄薄的连衣裙里呈现出较为清晰的美妙轮廓。并且，她的胸部是微微凸起的，这使侗浩一时间心跳起来。

他觉察到来自对方身上的某种陌生气息，他知道这是成熟女性在面对男性时流露出的某种本能的抵御。他突然间觉得有些尴尬，显得局促不安，并且他也意识到在这房子里和司马曼玉待在一起，有些不便。然而，他毕竟是司马曼玉的老师，尽管年龄相差不是很大(他只有二十四岁)，他还是显得成熟些，他鼓足勇气谈了一些不着边际的话，其中不乏对司马曼玉的勉励和对师生一起度过的三年学习生活的有趣回忆等等。谈话是愉快的、怀旧的，双方都感到气氛非常融洽，并且彼此都感觉到有一种共同的东西毫不留意间在各自的心中默默生长，甚至得到了秘密的传递。一方面，这是司马曼玉对老师的爱慕和感激，另一方面，这是侗浩对司马曼玉的欣赏和爱戴。可是这些都在一瞬间升华了，变成了某种类似于爱的东西。

侗浩何等心细，他在谈话中主动打破了某种师生的界限，使谈话双方都感到平等、轻松，真正成了一对男女青年在谈心。这倒使司马曼玉不再拘束，仿佛丢掉了某种顾虑而变得快活起来。事实上，此时此刻，侗浩不再像过去面对学生那样对待司马曼玉了。在某种意义上，他们巧妙地摆脱了师生关系，这就使得这短暂的相会笼罩上一种含糊的言说不清的味道。司马曼玉也许是感激或爱慕中夹杂着别的什么感情，会时不时地从目光中流露出一点略带羞涩的温柔，这倒使侗浩有些躲躲闪闪。但是，侗浩还是捕捉到了这种微妙的感情变化。并且，这样的感情彼此之间都意识到了，但表面上都在掩饰着，这就使这种初生的好感在一瞬间变得弥足珍贵。它在随后到来的时间中变得更为真实或强烈。这使双方都有些始料不及，但无论如何，在随后到来的日子里双方都没有忘记这样一个充满了诗情画意的午后。

话说回来，司马曼玉对侗浩老师的爱慕之心是早就有了的，只是她自己羞于承认而已。谈话在适当的时候停止了，房间里出现了短暂的寂静，两个人都听见对方的心跳，某种共同营造或蕴含的意义在一瞬间变得再明显不过了。侗浩已经是第三次说他该走了。语气中带着一点留恋不舍的味道，而司马曼玉却坐着不动，也无送客之意，似乎因恍惚而忘了礼节。她勾着头坐在那儿，一缕阳光把垂在她脸颊上的青丝映得金黄。侗浩几乎有些爱怜地盯着她，他同时看见她的左耳的轮廓被太阳映得发亮，几条蓝色的毛细血管在几乎透明的粉红色的肉里清晰可见。他突然产生了某种想伸出手去抚摸一下的冲动，但他忍住了。他站起身，静静地盯着她——司马曼玉快快地站起来，神情变得迷离而茫然。她送侗浩到门口，可是走近门口的侗浩却站住了，接着转过身，一动不动地注视着司马曼玉的眼睛——这是一双特别清澈的眼睛，此刻，却充满柔情。司马曼玉看了他一眼，看见他的目光变得更为热切，她勾下了头，接着又抬起头，第二次瞧着他……这一次，他的目光变得更为痴迷……这中间，侗浩伸出双臂十分自然地将司马曼玉揽在怀里。某一瞬间，司马曼玉的身子颤抖了一下，接着侗浩感觉到司马曼玉的双手从后面箍住了他。他把头俯下来，把左脸贴在她的右耳垂上——她在迷离中轻合着双目，长长的睫毛在毫无察觉中抖颤着，却把嘴唇微微翘起。他凭感觉找到了它，十分小心地吻它，然而，初吻毕竟是胆怯的、蜻蜓点水似的，接着的一吻却很漫长，这是彼此骨肉相融的一吻，有某种酣畅淋漓或神魂颠倒的味道。当两个搂抱在一起的身体渐渐脱离以后，彼此之间出现了短暂的恍惚或惆怅，然而，这样的一段空白却使彼此都流露出更为缠绵的情愫，也显得更为难舍难分。事实上还没等侗浩离开，司马曼玉就跑回了卧室，并且闩上了门。她在一瞬间感到非常羞涩，她都有些不好意思再看见侗浩了。她听见，侗浩轻轻地走近卧室的门，犹豫地敲了一两下，说，司马曼玉，我走了……哦……他不便再说下去了，司马曼玉听见他走出客厅，轻轻地带上了房门。

音乐声不知什么时候停止了，却留下很长一段空白。这空白里仍然缭绕着某种袅袅的余音。司马曼玉一瞬间觉得房子里特别空，一种淡淡的失落感随即爬上她的心头。她站在卧室窗边的桌子旁，一动不动地看着摆在桌子上的这盆紫罗兰——紫罗兰长得非常茂盛，复生的叶片十分肥嫩，叶面上密生着一层绒毛，被阳光镀成金黄色。浓郁的叶片中间开着许多米黄色的碎小花朵，可是这些花朵又极易凋谢，仅仅一两个时辰花瓣就脱落了。司马曼玉看见桌子上遗落着许多细小的花瓣，在这层细小的花瓣中间，仰面躺着一只小小的黑甲虫，四肢紧紧地折叠在腹部，寂静得像是死去了一般，这使司马曼玉在一瞬间感到非常寂寞，而且刚才发生的一幕也随之变得遥远起来。

四

第一次失态的经历给司马曼玉留下了较为深刻的记忆。连续许多天司马曼玉都处在某种恍恍惚惚的境地中，她实在克制不住自己的思绪，老是回忆起那个具有特殊意义的午后，她把当时的情节想了一遍又一遍，并且满脑子都是侗浩的影子，她老是想起他拥抱她时的样子，还有那亲吻的滋味，这一切给了她一种从来没有体验过的特殊的新鲜的印象。这体验是如此强烈，以致使她一会儿兴奋起来，一会儿又莫名其妙地变得忧伤起来。对初恋的迷恋使得她对自己的情感和生命有了一种重新的认识和体悟。从此，司马曼玉的心中第一次装进了一个人——侗浩。司马曼玉觉得她越是久久地想念侗浩，那么侗浩的形象在她的心中越是变得模糊起来。她得承认，她每时每刻都想见到他，这是一种强烈的思念，这思念已使司马曼玉变得坐卧不安。

然而连续几天都没有侗浩的消息。一天午后，司马曼玉终于鼓足勇气来到了侗浩居住的校园，校园里的一切都是她熟悉的，可是虽然过去了不到一个月的时间，她却发现校园门庭两边的花圃里的那些芍药和牡丹花一下子蹿起了有半人高,并且枝杈横逸,茎叶繁茂,上面开满了粉色或红色的花。她注意到空空的操场上很多积水的地方重新长出了密密麻麻的小草。她来到操场边上的那排平房,找到了侗浩的宿舍,却发现房门上挂着锁,而且窗帘也是拉上的。司马曼玉在门口静静地站了好大一会儿,内心因失落而突然变得莫名的伤感起来。后来,她还是忍不住伸出手在房门上轻轻地敲了几下,尽管她明知道侗浩不在,可是她还是忍不住又敲了几下。后来,她一个人在操场上徘徊了很久,直到看校舍的老人来到她的身边询问她时,她才回过神缓缓地离开了校园。走到街上时天快黑了,满街都是自行车和汽车的河流,置身在蜂拥的人流中,她突然感到莫名的孤单,她终于忍不住流下了眼泪。

回到家时,她发现妈妈站在阳台上有些焦急地等着她,进了门,妈妈察觉到女儿的脸色不大好,想说什么终于又没有说出口来,可是等妈妈把做好的饭菜端上桌子时却发现女儿已进了自己的卧室,并且把门反锁了。妈妈有些无奈地站在门口,长长地哀叹了一声,她本想说一些安慰的话来,一时又不知如何开口。

大约过了一个星期,在一天早上,侗浩突然打来了电话,显然他是有意选择了这样的时间,大约他是不愿意让司马曼玉的妈妈过早地知道此事吧。电话铃一响,司马曼玉还是愣了一下,她本能地感到打电话的人是谁了。她一拿起听筒,心就同时跳起来,电话的另一头,侗浩听见司马曼玉的出气声明显地有些急促。他问道,喂,是司马曼玉吗?……好长时间电话那一头没有声音,侗浩接着又问了一声,这才听见司马曼玉压抑的很低的声音:嗯,是我。侗浩说,司马同学你今天有时间吗,我们能否出去走走?……好吧,你在什么地方等我?司马曼玉这样问道。

二人在市区的某一个街口会面，然后默默地穿过繁华的城区走向安静的郊区的田野。季令正值深秋,被收割后的田野光秃秃的,三三两两的农人在各自的田地里点燃了拢起的稻草，还没有完全干透的稻草在燃烧中冒出一大股一大股的青烟,烟柱在无风的平原上笔直地伸向天空。

二人沿着田间小道向显得迷茫的平原深处走去。沿途经过一块块的水塘,水塘边上长满了芦苇。在他们行走的小道下面,一渠清水正独自哗哗地向远处流淌。司马曼玉始终勾着头盯着脚下的渠水默默地走在侗浩身边,有几次侗浩爱怜地将她轻轻地拢起来，这时司马曼玉就停下来，微微仰起头一动不动地瞧着侗浩，目光里蓄满了无限的温情，几日不见，双方都有些憔悴，可是一朝相见，彼此的心中又感到无限的快慰。

侗浩说，司马，你是否找过我？司马曼玉说，你怎么知道的？我听看门的马师傅说了。司马小姐有些幽怨地看着侗浩说，你怎么走时也不打个招呼？侗浩略带歉意地笑了，他说，我回了一趟老家，因走得太急没来得及给你说。可是……司马，我一回到老家，一点也待不住，心里老是想起你……司马曼玉抓住他的手轻轻地捏了捏，算是回答。

越往深处走，平原显得越空旷。远处有一片郁郁葱葱的林带，他们不约而同地向那里走去。不久，他们穿过较疏朗的杨树林，来到一泓湖泊的边上，展现在他们面前的湖泊十分宽阔，湖面平静而清澈，湖面四周的芦苇安详地抖动着枝叶。对面的林子里鸟群不停地喧哗着。

二人静静地站在湖边，一任微凉的秋风带着湖面上的湿气，轻轻地拂荡在他们的脸颊上。

司马曼玉显然受到环境的感染，转过头轻轻地靠在侗浩的肩膀上。侗浩伸过手，将她整个儿地揽入怀中，彼此有许多将要倾诉的话语都在这种心灵与心灵的默默的相融中交流了。几只水鸟在湖面上静静地翻飞，划破了幽静的湖面。一只鹰在高空滑翔，慢慢地溶入稀薄的云气。

你知道吗，司马，我喜欢你，我早就喜欢你了，侗浩说。什么时候？司马小姐幽幽地问道。从我看见你的那一天起，你记得吗，在我给你们班第一次上音乐课时，当你唱那首《外婆的澎湖湾》时，我就注意到了你。还有，当我给你辅导音乐课时，每一个星期天，当我们一起待在琴房时，当你那么专注而投入地弹着琴弦时，我发现，我是那么喜欢你，喜欢你恬静的神态，你天真而优雅的举止。只是我一直克制着自己，我不敢流露出一点点自己的情感来，因为我怕我感情的闸门一旦打开，滔滔的激流会将你淹没。可是今天，我终于等到了这一天，我终于有勇气向你表达了。你知道么，当我得知你考入音乐学院时，我又是何等高兴啊。渐渐激动起来的侗浩就这样表述着。

司马曼玉静静地听着，一边抓住他的手死死地握着，双眼里渐渐涌起了泪水。后来她说，侗浩老师，我怎么会忘掉你呢？或许过去，我并未真正注意你，但是我还是朦朦胧胧地意识到，在你我之间肯定会发生一点什么。自从那天下午之后，我发现我开始那么深地迷恋你，而且你在我心中的位置显得越来越重要，我发现我越来越离不开你了。我不知道这是否就是爱情，但我会珍惜这一切的。

一个月以后，司马曼玉前往T市去上学了，临走时，侗浩打来电话想为她送行，却被她婉言谢绝了。她说，我妈妈会送我的，要是她看见了你，她会责备我的。那天，在离开母亲的时候，她表现得有些过于的伤感，实际上，她本想对母亲说出希望您多多保重的话来，但终于没说出口，司马曼玉是那种不愿多说话的女孩，她更喜欢将诸多情感珍存在心里。妈妈觉得女儿猛然间长大了，这倒使她们母女俩产生了某种说不清的隔膜，从而使母女之间失去了许多的亲切和宽慰，因此离别的场面也就显出一丝寡淡来。有一点是母亲纳闷的，她似乎觉得女儿不仅成熟了许多，并且还装着一点心思，这或许就是无形中加大了彼此间的隔膜的原因，这让母亲十分伤心。但母亲毕竟为女儿能进入音乐学院而欣慰。这在一定程度上将许多难以言说的不快都化解了，火车启动的一瞬，母亲落了泪，并且向徐徐远去的火车频频挥手。司马曼玉一直注视着母亲，看见她在一大群人中越来越小，以致最终成为模糊的一片。

火车一开出车站，便渐渐地开始加速，司马曼玉收拾好床铺，躺在上面，从包里拿出一本书开始看起来。可是她感觉到有一个人站在她的床边，她一回头，吃惊地看见，是侗浩站在下面，正微笑着注视着她呢。司马曼玉说，你怎么来了？侗浩说，怎么？我来送你，你还不愿意？说着坐在她的身边。司马曼玉问他，买票了吗？喏——侗浩头一摆说，你对面的那一张床不是还空着嘛。告诉你，其实，在我给你买票时，一开始就买了两张。司马曼玉嗔怪地推了他一把，侗浩趁势抓住了她的手。

到了T市的音乐学院，侗浩帮司马曼玉办好了入学手续，并利用晚上的时间二人一起游览了T市的市容，第二天侗浩就返回了，司马曼玉去火车站送他，临上火车时，二人都有些难舍难分，当火车徐徐启动时，侗浩看见站在站台上的司马曼玉在轻轻地抹眼泪，他忍不住也流下了眼泪。

上学期间，侗浩给司马曼玉写了许多封信。在信中他明确地表达了对司马曼玉的爱慕和思念之情，这中间，司马曼玉也给侗浩回了信，言词虽为含蓄，但仍然充满了情意。在当初的那些日子里，盼望侗浩的来信几乎成了她生活的一部分。而且每当她一个人偷偷地读着侗浩的来信时，心里就荡漾起某种莫名的喜悦。时间就这样一天天地过去了，专业课学习之余，她开始阅读大量的文学书籍，这极大地丰富了她的精神世界，使她对人生和爱情有了重新的认识。无疑司马曼玉从肉体和思想都开始成熟起来，并且对事物和情感的理解都有了独到的见解。随着时间的推移，她开始重新认识她和侗浩之间的情感。后来，她在给侗浩的信里，谈感情的成分少了，而谈理想和谈人生信念的成分多了。实际上没别的什么，司马曼玉还是十分珍惜他们彼此间的情意，只是她觉得这样的情感发展得有点太快，缺乏一些慎重的考虑和事实判断。并且有些直奔主题的味道，尤其是那个失态的午后，她觉得心中那潭沉静的积水被扰乱了，甚至有些什么东西被打碎了。当然这样的感觉并不预示着她对他们之间曾有过的那种情感的否定，不是这样的。只是她自己都觉得这想法有些怪，事实上她就是这样想的。也许，更重要的是，那种朦胧的东西一经挑破就仿佛失去了许多想象的成分，同时也失去了那么一种神秘或者说是魅力。无论如何，司马曼玉还是喜欢处在幻想中。她天生敏感、脆弱却富于幻想，乐于使事物带上一层迷幻的光影。当她面临一些实实在在的东西时，又缺乏适当的心理准备。尤其是情感上的，这的确有些让她无所适从。

放寒假时，她没跟侗浩见面。这让侗浩十分苦恼。其实，没别的原因，她就是怕见面，她怕见到的侗浩不是她心目中的那一个。说到底，她还是不愿意使自己失望。尽管这期间他们通过几次电话，她都表达了回绝之意，但言词却是躲躲闪闪的，缺乏足够的理由。

终于，等到开学的那一天，侗浩去火车站送她。那天，天上飘着密集的雪花，晶莹的雪片又湿又大，沉沉地落在地面上……使火车站的广场变成了白茫茫的一片。侗浩披着一身雪花，远远地跑来了，他把一大束玫瑰花放在司马曼玉的怀里，这让司马曼玉非常感动。

在随后到来的暑假时，他们终于等到了相会的一天。

那是一个夏季的午后，司马曼玉走进中学时的校园，看见了那些过于熟悉的建筑物和场景，不免回忆起往日的那些天真烂漫的学习生活，心中涌起许多别样的感受。重要的是，她觉得她无论从年龄还是从心理上都成熟了，看待或理解事物的方式都变得更为含蓄和深沉。此情此景倒使她为已逝的时光而感到一丝怅惘。

暑假期间的校园非常安静，大门口的那棵苍老的榆树冠上有一大群鸟在聒噪，她低头一看，树根下面落满了斑斑点点的白色鸟粪。根部的一圈阴影处长着几丛嫩黄的青草，还有三两朵小红花却都开得十分娇艳，一只毛茸茸的大黄蜂围着几朵小花嗡嗡地叫……司马曼玉快步穿过楼区，来到操场一边的平房，敲开了侗浩的单身宿舍门。

毕竟这样的相会太显漫长，起码侗浩是这么认为的。相会的一瞬双方都有些尴尬，恼人的是彼此都感到有些陌生。当然，这纯粹是来自于心理上的。显然，她努力使想象更接近现实。一开始，司马曼玉有些局促不安，而侗浩有些手足无措，他似乎在寻找某种自信。双方就这样僵持了一会儿，气氛仍旧有些生硬，那种共有的通感还没有完全到来。这期间，侗浩似乎想起了什么，随后在音箱里放进了一张光盘——《牧神的午后》。等曲子在小小的房间里开始回旋的时候，双方都松弛下来。美妙的音乐声使尴尬的气氛得到了缓解，并且双方似乎都在音乐中找到了共同的语言。美妙的音乐声使小小的房间充满了温馨的气氛。侗浩终于鼓足勇气，将窗帘拉上，并随手关了房门。这时候，司马曼玉略感惊异，但终于还是没表露异议，算是对这种暧昧举动的默认。

房间里变暗了，司马曼玉注意到窗台上放着的那盆海棠花独自忧郁地开放着。一切都在意料之中进行着，而一切又偏离想象，她似乎沉浸在音韵中了。实际上她的内心深处在掩饰着某种慌乱。侗浩走过来，紧挨着司马曼玉坐下来，无意间拉过她的手……司马曼玉想把手缩回来，却失去了勇气，况且，他抓得更紧了。这时刻二人都想起了那个午后，还有那次平原上的远足。潜意识中双方都预感到，此情此景实际上成了那个午后的翻版或重复。偶然间，双方的目光相遇了，侗浩看见司马曼玉变得比过去丰腴了些，也更白皙，嘴唇鲜嫩，一双目光顾盼有神，而且神情中多了一点冷漠和高贵，也更典雅。而司马曼玉看见，侗浩却比过去消瘦了些，脸形轮廓更为硬朗，薄薄的嘴唇四周初生了一层短髭，使得他看起来更成熟，似乎更具备了一点男人的刚毅和干练，只是神情略显忧郁。一种来自于女性气息的怜悯之情浮上了她的心头。起码在这一刻，司马曼玉告诫自己不能辜负了侗浩的情意。舒缓的音乐声显得更为抒情，像遥远的大海的浪花拍击着寂寞的海岸……侗浩眼里流露出的那种关切和热烈倒使司马曼玉感到踏实，仿佛在心理上找到了某种依靠，她放心了，确切地说她找到了某种感觉。当侗浩情不自禁地伸出手臂轻轻揽住她的肩膀时，她几乎十分自然地把身子依偎过去。尽管如此，双方在心理上都有些短暂的若即若离，但最终他们拥抱了。

情感，只要是最真切的情感，无论以何种方式进行，都是值得肯定的。接下来的一切都进行得还算顺畅。侗浩的抚摸虽然显得有些毛手毛脚，但不粗鲁，他有许多要急于表达的语言，但说出来的都是一些语无伦次的东西，并且此时他的语言已完全被行动代替了。侗浩无师自通地掌握着某种节奏或气氛……总之，他的热情弥补了他的不足。在适当的时候，他俯下身吻她，她回吻他。亲吻是平静的，更重要的是双方都找到了某种感觉。这期间，侗浩在本能的冲动中所做出的动作都有些慌乱，甚至是鲁莽的。但这种鲁莽并未超过粗暴的界限，这是司马曼玉所能够接受的。而司马曼玉在渐渐到来的迷乱中由被动的回应变得有些主动。这倒使得侗浩放下了心理负担而变得更为大胆。发展到最后，推诿和大胆的进攻终于达成了某种默契，到后来就变得极为和谐。

这期间，天空渐渐变得阴暗，校园里刮起了一阵阵凉飕飕的风，吹动了操场上的碎纸片或枯树叶，并且能听见风穿过树枝的啸啸声。不大一会儿，远处的天空响起了沉闷的雷声……雷声滚动着，到后来雷直接在校园上空炸响。这时候，侗浩已经将完全酥软的司马曼玉抱在了床上，他迫不及待地抚摸她的双乳，嘴里乱七八糟地说出一些含糊不清的话来。司马曼玉喃喃着。她也许想到了抵抗，但是她感觉到侗浩的身子变硬了，并且她感觉到他的手固执地伸向她的腹部……她在阵阵战栗和迷离的呻吟中失去了抵抗的勇气，况且有一种让他们无法抵抗的东西左右了他们。此时，雨点在屋顶上发出噼里啪啦的响声，接着变成了某种持续的唰唰声。

暴雨持续了很久，也许仅是那么一会儿，总之，当暴雨停止的时候，校园里积起了许多的小水洼。

等司马曼玉从房间里走出来的时候，天色基本放晴了。她看见地面上所有的小水洼都寂然地反射着太阳的光芒，几只鸟在树枝间穿梭鸣叫，校园里显得格外地空旷和明净。司马曼玉没让侗浩来送她。她也说不清，此时她的心情为何变得如此复杂，重要的是，她的心中产生了某种莫名其妙的忧伤，同时，她的心还被一种空虚的情绪填得满满的。

校门口的那棵浓郁的大榆树在微风的吹拂之下，枝条上纷纷往下滴着水珠，叶片却被雨水洗得一派清亮。沿墙一带的花丛里遗落着许多被暴雨击落的花瓣。它们大都委弃在泥水中，使司马曼玉感受到某种凄凉。就在此时，她强烈地感受到她从肉体到心灵都被什么东西掏空了，某种失落感一下子攫住了她。

五

司马曼玉在音乐系学习期间主修钢琴。到大三时，她的演奏技艺已相当娴熟。在此期间她已代表学院在许多音乐会上演出，获得专家们的一致好评。当然，话说回来，她特别感激指导教师欧阳斌先生。

欧阳斌四十多岁，具有成熟男人的一切风度，洒脱、幽默、善解人意。重要的是他富有学养，这就使他的言谈举止显得儒雅不俗。况且，他在音乐上有很高的造诣。作为音乐系最年轻的教授，他在音乐学院有很高的声誉。然而，他的个人生活却是一个谜。他好像一直独身，也看不出结交女友的迹象，这就成了女生们私下议论的话题。甚至，在私下，有几个大胆的女生还给欧阳斌先生写过情书呢。当然，这都是私下话，不足为证。事实是，司马曼玉的几个女同学的确对先生十分的仰慕，课余时间喜欢到他的公寓里去坐坐，谈谈心。周末时会拉先生一起出去跳舞或去酒吧。这都是常有的事，也很正常，无可厚非，起码从欧阳斌的神情中看不到别的什么。可是话说回来，欧阳斌对司马曼玉却是特别地器重。当然这样的器重具有赏识的意味，也有一点关心和好感在里面，这主要归结于司马曼玉在音乐上富有的超常天赋。这么说，司马曼玉对音乐有一种特别的独到的领悟，同一首曲子在她的演奏下却能焕发出更新的意义，也更能体现一首曲子的灵魂。说到底，对于演奏者来说，重要的不是表现而是发现。

大三时，学院的演出十分频繁。星期天，欧阳斌破例在自己的公寓里指导司马曼玉练琴。

欧阳斌的公寓是一套三室一厅的居室，尤其是客厅很宽敞，靠窗户那儿仅摆着一架钢琴，一张坐椅而已。除此之外，钢琴一边的墙角处，古色古香的一枝花架上放着一盆叫不出名字的名贵花卉，椭圆形的翠绿的叶片中间开着许多粉红色的米粒大小的花，薄得像纸，轻得像雾，幽幽地释放出一种若有若无的清香。司马曼玉在弹琴的间隙总要忍不住注视那盆花卉——她疑心在悠扬的琴声轻扬起来的时候,那些碎小的花瓣会像雪片一样凋零。

每次,在司马曼玉弹奏的时候,欧阳斌都会静静地站在一旁聆听,样子像一位忠实的听众,似乎为司马曼玉的演奏所陶醉。先生的虔诚和耐心在一定程度上给了司马曼玉很大的信心。每一首曲子演奏结束时,先生都要先肯定一番,接着指出某处表达的不足,或处理得不够到位等。语气完全是商讨式的,没有居高临下的味道,这使司马曼玉十分感激,油然而生了一种亲切感。这时,她会对先生微微一笑,这是那种非常恬淡的笑容,意味隽永,能融化人的心灵。这微笑就像一个糖块在先生的心里轻轻融化。先生毕定是一个男人,他渴望能从这种微笑中发现别的什么内容。然而,也仅到此为止。欧阳斌十分含蓄,也懂得克制。有一次,他还是忍不住说了一句略显出格的话。他说,司马同学,你的微笑可真是迷人哪……就是这句模棱两可的话,一时扰乱了司马曼玉的心境。有一次在演奏结束时,先生竟然伸出手指把司马曼玉垂在脸颊上的发丝拢起来轻轻地放在耳轮后面。这种细微的动作,一时间使司马曼玉的心跳动起来。这时刻,她几乎呆愣在钢琴旁,显得手足无措……接着,欧阳斌先生从后面将她轻轻地拢在怀里,悠悠地摇晃着,像是在哄一个摇篮里的婴儿。自始至终,俩人都没说话。尽管司马曼玉在先生的抚摸下有些被动,但她没有想到躲避,同时她不愿意伤了先生的面子。她只是觉得这一切发生得有些突然,或者说来得太快。尽管她在潜意识深处有这样的想法,可是她还是觉得发生得太快,太显唐突。她觉得他们之间还似乎缺一点什么,比如,铺垫什么的。并且,在什么地方不大对劲?她好像有一种无端的愧疚感。到后来,欧阳斌先生亲了她的脸蛋还有她的脖颈。

这是一张固执的男人的嘴唇,因自信而具有恰到好处的力度,并且口里有一种清新的薄荷味的清香。

事后,她觉得先生的动作十分温柔,节奏感很好,很有分寸,起初的那种突兀感在他的抚摸下都化解了,变成自然而然的事。到后来,他不仅吻了她的嘴唇,还吻了她的乳房,抚遍了她的全身。他几乎在她身上完成了所有的程序,有一种一气呵成的味道,这使司马曼玉在频频的激荡中迷醉了。奇怪,当司马曼玉沉静下来的时候,却有些留恋和相思的味道。而且,她觉得那经历的一切,都具有了某种抒情的味道,特别缠绵。她整个人就像一首曲子被先生弹出了美妙的音韵，开掘出隐藏在生命深处的奥秘。

到了下一个星期天的时候，司马曼玉略作修饰，一身紧身套裙把她的身子勾勒得更为健美。她破例送给先生一束玫瑰花，先生非常感激。那天，他们没有习琴，先生在音响里放了一曲李斯特的《爱之梦》，将气氛慢慢地烘托起来，然后，先生直接将司马曼玉拥进卧室，随后拢住她，开始吻她，抚摸她。由于彼此心照不宣便省去了许多不必要的中间环节，倒使这一次亲吻成了上一次的继续。只是这一次却更为癫狂。后来，先生脱下司马曼玉的长裙，她默认了。其实女人在允许男人为自己宽衣解带时，接下来的事就较为顺利了。先生为自己大胆的举动未能受到阻挡而获得了更大的自信。只是司马小姐在迷离中稍微清醒的一瞬，被自己裸陈在先生面前的胴体吓了一跳。尽管她略感羞涩，但她平时坚守的堡垒却在这一刻被先生完全瓦解了。然而，事情到了这一步，已无法挽回了。实实在在的性爱仍然使她恐惧。但是相继而来的快感，却使她越来越深地陷入某种难以自拔的境地。先生可谓缠绵至极，他具有的男性之美，恰到好处的力度，一张一弛的节奏感，在一瞬间使司马曼玉完全卸下了心理上的负担而完全顺从于当下的行动。

持续的时间很长，当一切都结束的时候，司马曼玉却轻轻啜泣起来，这使先生有些慌乱。这期间，她不无伤心地看到，被先生随手搁在床头柜上的那束玫瑰花已失去了鲜艳的色彩，似乎近于枯萎。接着，一种毫无缘由的忧伤和空虚感使得她继续啜泣起来。然而先生尽管在性爱上显得更为成熟，可是面对司马曼玉的一张泪脸，他委实有些惊慌，可是先生还是显得更为老练，似乎他颇能理解司马曼玉小姐此时的心情。他一直紧紧地搂着她，轻轻地摇晃着她，并在她的耳边絮絮叨叨地低语着。他一改往日的矜持而变得情话连绵，这让司马曼玉听了觉得多少有些夸张，但还是感到了满足。

欧阳斌先生的确有许多吸引人的地方，这不仅指他外在流露出的一切，当然还包括他个性中隐秘的部分。这一点只有司马曼玉知道。相对于侗浩，欧阳斌更能使司马曼玉感到踏实或者说能使她找到某种依靠，并且这种依靠是长久的。

欧阳斌先生类似于一堵坚实的墙或一只沉稳的船，在她虚弱的时候可以去靠，在她累的时候可以安静地躺下来。这种可靠的安全感，不至于使司马曼玉提防或抵御自身而外的东西。说到底，司马曼玉一直跟母亲生活了十多年，也许只有她才懂得一个男人值得依靠的是什么，而先生具备了她想象中的一切。尽管如此，她的爱仍然没有落到实处，可是她没多想，她怕世俗的东西亵渎了纯洁的爱。

奇怪的是，有时候司马曼玉会一个人想象早逝的父亲的面容。结果她想象中的父亲的面容却类似于欧阳先生的面容。这让她感到十分荒唐。

说实话，欧阳先生含蓄和优雅是一个方面，可他在表达性爱时却十分癫狂。但这种癫狂并不超出某种界限，首先，他对司马小姐是珍惜的，怜爱的，而且有某种尊重的成分。也就是说，他能使双方的爱超越肉体，扩展到想象的层面上，或者说他能使性爱达到无限。这恰到好处地满足了司马小姐的虚荣心。通俗一点说，他很会调情，知道时不时地来一点小布儿乔亚什么的，这使他们的性爱显得更有情趣。

自从司马曼玉迷上欧阳斌之后，她几乎把侗浩忘了。事实上，自从有了那个雷阵雨的下午之后，她就把侗浩忘了。她不得不痛苦地承认，她与侗浩之间的爱情结束了。她对那样的爱失去了热情，或者说那样的爱似乎激不起她的热情。而且，她还感到一点淡淡的厌烦。这其中的原因她并未深究，她只是凭感觉使然。后来，她回了一封信，婉转地谢绝了侗浩接二连三的求爱之意，算是作了一个了结。

事后她想，也许侗浩太急于将他们的关系确定下来，似乎带有一点画圈占地的意思。这使司马曼玉自然联想到家庭、生儿育女什么的，她便感到一丝后怕。她突然间觉得一旦揭去了某种面纱，生活的本质便显得那么庸常、凡俗，生命一旦回到这些普通的事物中就失去了意义。然而，她没权力否定生活。可她对生活却怀有一丝戒心。

说到婚姻和家庭，现在，她根本就没有这样的思想准备，她怕了，退缩了。而欧阳斌先生与侗浩的不同之处在于，他在爱中从不附加什么内容，爱就是爱，他能使爱显得崇高。所以爱在本质上是浪漫的，这在一定程度上符合了司马曼玉的爱情观。

司马曼玉是越来越迷恋欧阳斌先生了，她几乎变得十分大胆，即使当着同学们的面也不愿意掩饰。有时，她会含情脉脉地注视着先生，使先生略显尴尬，她觉得好玩。她感到，他们之间因共同具有的秘密而显得有些深度的默契，有许多东西都是他们通过心灵来传递的。然而，欧阳斌先生毕竟是师长，在同学面前仍然保持着某种类似于高贵的师长风范。平常，当着别的学生们的面他掩饰得滴水不漏，而司马曼玉却处处需要那么一点表露或者说是暗示。

欧阳斌先生不愿这样，个别场合简直有些冷漠，这使司马曼玉感到一点淡淡的痛苦。

可是，暗地里他们之间的接触却更加频繁。然而，让欧阳斌先生担心的事还是发生了。在某一个星期天的晚上，远在外地工作的妻子却突然返家，将二人逮了个正着。当时，他们两个正好同床而枕、缠绵悱恻。结果被突然冲进卧室的妻子扯去被子，一顿暴打。欧阳夫人的愤怒简直是狂风暴雨式的，这就使欧阳先生和司马小姐彼此之间所保持的自尊和圣洁感在顷刻间被践踏成一堆稻草。

司马曼玉被突如其来的事件吓傻了，她又羞又怕躲在床角索索发抖，尽管欧阳斌先生再三求情，但他的妻子依然不依不饶，到最后，她索性抱走了二人的衣服，马上给音乐系主任和院长打了电话。直到二人赶来时，欧阳斌与司马曼玉仍然赤条条一丝不挂。最后，还是系主任和院长给欧阳夫人做工作，才要回了衣服，答应放走司马小姐。

司马曼玉是系主任亲自领回宿舍的。那一夜，司马小姐一直在哭泣，她的脑子里一片空白。

不久，在音乐学院的全体师生大会上，院长亲自宣布了开除司马曼玉学籍和对欧阳斌给予纪律处分的决定。事情既然到了这一步，司马曼玉倒十分镇定。回到宿舍时，她依然能平静地面对同学，并且端着脸盆到水房洗了衣服，整理好了自己的东西。一直到第二天，等同学们去上课时她才提着行李离开了学校。在走出校门的那一瞬间，她流下了眼泪。

欧阳斌先生没敢来送她。

六

这件事情的发生对司马曼玉的打击可谓是严重的，她一回到家就抱住妈妈大声哭泣，羞愧和悔恨使得她面对妈妈说不出一句话来。其实妈妈已经从校方得知了消息，然而并没有责备女儿。在将近一年的时间里，她几乎闭门不出，人明显地憔悴了，更重要的是她的心境变得极为消沉。这当中欧阳斌给她写过几封信，一方面表示自己的愧疚和歉意，一方面给了她极大的安慰。倜浩也常常来看她，有一次他们二人又一次到平原上远足，不知不觉中来到了那泓湖泊边上，司马曼玉盯着平静的湖水沉默了好久，那一次，倜浩已从她的神情中感觉到了一点什么。使他纳闷的是，司马曼玉的心境已变得苍老起来。然而无论如何，司马曼玉还是对倜浩充满了感激之情。

还好，一年之后，欧阳先生通过一位在教育厅任要职的同学的关系，给司马曼玉在她所在的城市的一家大学谋到了一份音乐教师的职位。这就使独居一年之久的司马曼玉不再无所事事了，而且心中的痛苦微微得到了缓解。这期间，司马曼玉的母亲又改嫁他人，她只好搬到学校里来住了。

这一年的年末，在一个大雪纷飞的日子里，欧阳斌来到司马曼玉就职的学校来看她，当司马曼玉听见有人敲门，并打开门时，看见欧阳先生披着一身雪花站在门外。她一时愣在了那儿，忘了让他进门，欧阳斌没等她说话，侧身走进房内，然后脱下大衣随手挂在了衣架上。这时司马曼玉才反应过来，然后关了门，站在地上静静地看着欧阳先生。她发现欧阳先生似乎比过去更年轻了，只是脸上带着某种羞愧和探究的神色。这当中欧阳斌也一动不动地盯着司马曼玉，他吃惊地看见司马小姐明显地变得消瘦了，并且神情中带着明显的疲惫和莫名的忧郁。

你还好吧？欧阳斌问道。司马小姐轻轻地点了点头。然后走过来在欧阳斌先生的一边坐了下来。欧阳斌捧起她的手，爱怜地抚摸着。他说，司马姑娘，请原谅我好么，是我害了你。请不要这样说，司马曼玉说着抽回了自己的手。她接着问他，你现在怎么样？还好。欧阳斌说，我已离开了那所音乐学院，如今在一家大型音乐团工作。噢，忘了告诉你，我已经和我的妻子离婚了。司马曼玉微微一愣，看着他。欧阳斌重新伸出手轻轻地揽住司马曼玉的肩膀。他说，司马姑娘，我这次来看你，是因为我有一个想法要告诉你。我是来正式向你求婚的。请你嫁给我吧，我会好好照顾你的。司马姑娘听到这禁不住泪水就下来了。她说，先生，请再找一个吧，我觉得我们的一切都过去了，过去了就让它过去吧。关键是你不了解我，你不知道我现在的心境有多差。关于婚姻之类的问题，我已懒得去考虑了，让我们彼此都拥有过去的那种美好的回忆不是更好吗？

第二天，欧阳斌先生就离开了司马小姐，他是带着深深的失落离开的。

在往后的日子里他再也没有见到司马小姐，可是他的心中却一直装着她。

七

经受了如此大的感情风波，司马曼玉的情绪变得有些忧郁、低沉，性格也变得孤僻了。这期间，侗浩与她的接触又多了起来。他似乎并不在乎这些，他依然与司马曼玉保持着某种亲密的朋友间的关系，他似乎从没有动摇过对司马曼玉的爱。而且，有几次他谈得更为明确，希望司马曼玉能接受他的爱，渴望能与她建立家庭。这让司马曼玉十分感动，可是等她平心静气地一想，仍然不能接受他的要求。这倒没别的原因，主要还是对家庭生活的恐惧，以及心中难以驱散的某种阴影。况且，她疑心自己孤僻的个性已不适宜与另一个人生活在一起了。

司马曼玉越来越喜欢独处了，课余时间，练练琴，看看书，后来居然养了一只巴儿狗。每天黄昏，她都要到校园外面去遛狗。然而，每次出去时，她遇到的目光总是很复杂。这里面有惋惜、有爱慕、有不解以及暧昧的成分。话说回来，尽管司马曼玉已不大注意外表，衣着松松垮垮，神情中有一种难以掩饰的疲惫，尽管这不是真正的疲惫，可是气度和身材放在那儿，仍然具有吸引人的地方。

日子就这样平平淡淡地过着，没有高潮，没有大起大落，这倒使司马曼玉感受到某种温馨。尽管她的生活有一丝寡淡，但她的心却在一定程度上得到慰藉。然而时间流逝的速度毕竟太快了，一转眼，司马曼玉都近三十岁了，妈妈越来越为女儿的婚事着急了。每一次见到女儿，妈妈就要当着女儿的面唠叨，后来司马曼玉都有意回避着妈妈了。

在秋天的那些阴雨连绵的日子里，司马曼玉喜欢弹琴或站在窗前静静地注视着笼罩着一片云雾的朦胧平原，久久发呆。她的思绪在一瞬间飞得很远，心境也变得空茫茫的，无依无着。

有时候她甚至觉得这种毫无着落的漂泊感非常好，还有不停地袭上心头的无端的忧郁都让她感到充实。

这期间，司马曼玉还遭受到一场更大的不幸。一天晚上，她演出返校，在经过校门边的那片林子时被突然窜出的几个流氓劫持到一辆小型面包车里。车子一直开出市区，后来在郊区的某座废弃的军马厂前停下来。然后，她被挟持到一间空屋子里……

时间过去了一天一夜，等公安局人员包围了那间屋子，并冲进来的时候，司马曼玉因遭受过度的凌辱几乎昏厥过去……

司马曼玉因精神和肉体遭受过度刺激和凌辱被送往医院治疗。

一个月以后，等她出院时，公安局的人为取证叫去了她。当一位女警官让她把遭遇的过程叙述一遍的时候，司马曼玉死不开口，只是掩面哭泣。

不久，三个罪犯因手段极其恶劣，行为极其卑鄙被判了刑。

宣判的那一天，司马曼玉尽管被邀，仍没勇气到达现场观看。那天，她一个人躲在房子里哭了。

一年以后，司马曼玉和侗浩结婚了。可是婚后的生活并不幸福，作为丈夫侗浩几乎无可挑剔。他以最大的耐心和爱意照顾她、体贴她，希望能抚平她心灵所受的创伤。也许，对侗浩来说，这算不了什么，只是他不能接受司马曼玉对他的冷漠。比如，她无法接受丈夫的爱抚，尤其她厌恶性受，这使侗浩常常处于十分尴尬的境地，每每丈夫流露出某种爱欲时，她就躲避，或流露出恐惧和厌恶的神情。说到底，夫妻间的性生活很不协调，而且侗浩发现司马曼玉具有轻微的神经质，她变得恐惧、多疑，心情也十分郁悒，神情萎靡不振，喜欢独处。即使夫妻两个人，她也将卧室的门反锁了，一个人待在里面，这是侗浩所无法容忍的。发展到最后，两个人只好离婚了。

离婚以后，司马曼玉倒没觉得有什么遗憾，而侗浩却十分伤心，仍然每周都要来看望她，顺便给司马曼玉买来各种生活用品。并且，帮她打扫凌乱的屋子，或洗洗衣服什么的。

表面看，司马曼玉并非有什么异常，她所授的音乐课仍然受到学生们的欢迎，并得到他们由衷的爱戴。可是等她一个人独守一套空屋子时，她却无端地感到空虚，有一种排遣不去的忧郁。

她喜欢到校园后面的平原上去。几乎每天黄昏，她都要带着那只心爱的巴儿狗静静地穿过学校后面的那片灌木丛，一直走到平原深处。

秋天，收割后的土地呈现出某种荒凉之态，但是田埂上的野草或水塘里的芦苇却长得十分茂盛。黄昏中的平原上笼罩着一层淡淡的雾霭，司马曼玉特别喜欢黄昏时平原上的凄凉晚景。远远的，她就能看见那片隐藏在芦苇丛中的湖泊了，那湖泊以及它四周的一切都是她所熟悉的。每次，司马曼玉都要在湖泊边伫立良久。她几乎一动不动地站着,注视着湖水发呆。湖面非常平静,有许多蜻蜓会悄无声息地落在水面上,激起一圈圈细小的涟漪,她注视着那些纹圈,徒然地扩展,扩展到很大,然后被另一个纹圈击破……这时候,她发现一大部分天空倒映在湖中,看起来湖底的那些云彩比在天空中更为凄美。可是不久,夜幕沉降下来,湖面变得发暗,像一块蒙尘的玻璃。然而不久,柔和幽蓝的湖底会亮起几颗金星,接着不大一会儿,一轮金黄色的月亮从湖底缓缓升起……此时,站在司马曼玉身边的那只小狗会对着月亮轻声地吠叫起来。

不多几日,天变凉了,偶然的一天,平原上落了一场早雪。

有人发现整整一天没有见到司马曼玉,于是他们前去敲门,却发现里面是空的。一位邻居突然记起,司马老师从昨晚上出去遛狗就没再回来。

几位老师和学生急忙向平原上赶去……当他们在平原四处搜寻时,却听见远处的芦苇丛里传出隐隐约约的犬吠声。他们闻声赶去——首先发现了那只熟悉的小狗。小狗见到人时更为急切地吠叫起来。几个人站在湖边,看见湖面上结了一层薄薄的冰,冰上面覆着一层积雪,是那种非常洁白的雪,比其他地方的雪都要白。冰雪覆盖下的湖面非常宁静,四周那些依然茂密却变得黄脆的芦苇穗子上挂着一嘟噜一嘟噜的雪。当小狗因焦急而四处窜动时,碰折了许多的芦苇,芦苇穗上的雪团便哗哗地掉落下来……

错　位

或许,你正是被注视的那一位。不过,不必担心,因为注视着你的那一双眼睛仅仅是好奇,充其量也是对异性有些过于留恋罢了。

近来,不知出于什么爱好,乌木·道尔吉开始留意每一位经过他身边的人。有时纯粹是出于某种兴趣,他会静静地盯着某一位陌生的过客看上好久。渐渐的,观察别人就成了他的一种习惯,他从中也获得了某种说不清的乐趣。他吃惊于人在大致相同的“结构”之下,却又是如此不同。当然意识到这一点也并不是什么最新的发现,对最为平常的人来说也都是常识。然而,你可千万不要小瞧了这一点。岂不知,这些貌似常识的事情,一旦深究起来,却又是那样深奥而不可理喻。比如说一个人在某一瞬间的神情、特有的行动方式、偶然间流露出的一种眼神等等,都是无法破译的,因为它们直接来源于一个人隐秘的内心世界。确实,仅从一个人的外表还不能完全看出他特有的个性、喜好以及隐藏在他们内心深处的秘密。

道尔吉意识到,每一个人都是一个秘密,并且这秘密因为人的不同而千奇百怪。他渴望揭示出这些秘密。

说到底,躲在暗处偷偷地观察一个人,让他体验到某种难以诉说的快意。他想:人们有时候并不知道自己在干什么。其实,人在很多时候是盲目的、被蒙蔽着的。他们不知道过去、不知道将来甚至对正在进行的一切也说不上个所以然,而在这一点上我们何尝不是如此呢?

道尔吉觉得观察任何事物都不像观察人那样有意思。当他的目光无意识落在某一个人的身上时,便自然间变得专注起来。这目光是探寻式的,仿佛要在这一位被注视者的身上探测出什么秘密来。当然,对道尔吉本人来说,这仅仅是他的一种爱好，或者是下意识使然，并不带有明确的研究目的，也不是出于什么创作上的要求。要知道道尔吉也是一位热爱文学创作的人呐。

后来因为大家都能想得来的原因，道尔吉在遭受到了几次厌恶的白眼甚至是严厉的呵斥之后，开始有所收敛，以致到后来就转变为偷窥人的背影。看来他的这种爱好一时半会还不能消除。

当然，这一切都是以某种秘密的方式在进行。

闲暇时，道尔吉除了在大街上浏览形形色色的人体之外，还在某一处固定的地方，偷窥那些固定要出现的人。这些人的背影都是他特别感兴趣的，因而也是有所选择的。在他看来，这些固定要出现在他视野中的背影在某种程度上成了他的猎物。

近日，他所痴迷的“猎物”是一对处在热恋中的昏头昏脑的年轻人。

这是盛夏的某个黄昏时辰，乌木·道尔吉像往常那样，一个人慢慢地溜达到 K 城西郊的某一处废弃的储煤场边上坐下来。这儿很安静，行人很少，市内的嘈杂声在这儿听起来只是一些模糊的嗡嗡声。

乌木·道尔吉坐在一块废弃的水泥界碑上，样子像一个抿起翅膀的鸵鸟。对了，是一只孤独的失意的鸵鸟。或许对他本人来说并没有意识到这一点。有一点我得说明一下：乌木·道尔吉有一种平衡自己心理的能力，他总能在某一瞬间的失望与希望的交织中找到一种恰当的平衡点，以便把自己支撑起来。这会儿他正是这样。

为了使自己的坐姿更适合某种理想化的形式，他把右腿盘起来搭在左腿上，轻轻地晃动着。尽管周围并没有人瞧着他，可是他仍然凭着习惯保持着某种绅士风度。这是他多年养成的习惯，一时半会无法改变。在如此惬意的情景中，他并没有忘记点上一根烟，以便使自己更悠然。当一大团烟雾随着他的目光徐徐飘散的时候，他没忘记环顾四周——紫色的夜幕像宽大的幕布在辽阔的平原上缓缓沉降，身边两条废弃的铁轨笔直地通向远方。远方，在铁轨消失的地方，是一片茂密的胡杨林带。夕阳隐没在林带背后，一大片橘黄色的光影长时间地滞留在林带上空。从那儿吹来的风是凉爽的，这在盛夏的黄昏尤其让他感到惬意。有一时刻，他几乎忘记了他是带着某种说不清的目的来的，总而言之，大自然那种朴素的美和宽泛的善义能抹平人心灵中的一切不快，当然也包括某种说不清的阴暗心理。

独处往往使人清醒，况且他还带着那种莫名的期待。一个空虚的人，尽管他是失落的，但有了这种朦胧的期待他就变得充实起来。

乌木·道尔吉就这样枯坐着，像一位陷入沉思的哲人。时间在他的周围放慢了，或者说时间正在他的四周编织一张网。他的思绪是漫无边际的，可是他觉得他的思绪并不能有效地穿透罩在他四周的这张无形的网。

然而这一切并不能阻止他把自己消融在某种漫无边际的想象中。他有的是时间，在这个世界上他最不缺的就是时间。这很好，很公平。他意识到，上帝还是公平的。然而，说到底上帝还是不公平的，因为他身上流露出的那种类似于落寞的东西正好说明了这一点。起码上帝在道尔吉的身上没有体现出公平。

道尔吉目前的身份算是一个无业游民，要按自己的说法，那便是一个自由撰稿人。跟一大批自由撰稿人相比，他的不同点在于，他并不显得那么过于落魄、那么愤世嫉俗。起先他怀着某种不着边际的理想去北京闯荡，渴望着日后能混出一个人样来。他从事过多种职业，可是每一种职业都没有干上一年之久。他频频地换职业，每一种职业最终都没有使他安定下来，也没有从中找到他渴望找到的东西，以致后来他就觉得自己成了一个与社会格格不入的人。接下去的时间里，他就开始写作。起码，他觉得写作是一件绝对自由和绝对私人化的事，没必要和那么多人打交道。有两三年之久，他猫在一家昏暗的地下室，写呀写，不停地写，不停地投。可是每一次寄出的稿子都如石沉大海，没有一点声息。后来他变得绝望了。在这之后命运似乎有所转变，他开始为一些人代写传记啦、报告文学啦以及通俗的言情之类的东西，结果倒挣得了一笔数目可观的钱。后来，他就来到了目前居住的这个北方小城。

在他的感觉中，这个小小的K城比北京安静多了。在这里，他感觉不到大都市中人与人之间那种紧张的竞争关系，他体验到某种悠然舒缓的生活情调。他很满意。如今，完全是兴趣所致，他写一些边缘性的文学作品，倒能混得不薄的稿费。他的生活还能说得过去。他自认为自己是有闲阶级，有条件过一种较为理想化的独身生活。重要的是他有充足的时间做他自己想做的事，所以在一定意义上他是为自己活着。意识到这一点，他笑了。

其实，道尔吉并不愿使自己深陷在往事的回忆中，他是一个现实主义者，他只注重当下。

然而，无论如何他坐在这儿已经够久了。他期待的东西还没有出现，他有些不耐烦。天穹在不知不觉中变得幽蓝，那蓝色加深了，带了一点灰暗的钴蓝。他微微仰起头，一下一下地吐着烟雾，烟雾映在稀薄的晚霞里看起来是紫色的。他有一丝恍惚，但不便言说。他同时感受到了空落，像是突然间被什么东西掏空了。然而他吸烟的姿势并未改变，那样子看起来颇为悠然。他脸上的表情也是那种有闲阶级才具有的恬淡和超然。然而仔细瞧来，他的目光一点也不自信，那里面有一种散漫的、游移不定的东西，老像是在搜寻着什么。

这会儿他听见身后的铁轨上传来了清脆的脚步声，凭感觉他知道这是那对年轻的恋人又沿着铁道上的枕木走了过来。听着由远而近的脚步声，他的身上遽然掠过一阵莫名的痉挛。他变得兴奋起来，不过他借助吸烟的动作有效地克制住了这种隐秘的冲动。当这对蹦蹦跳跳的年轻人从他的身边擦过时，他还是从那位男孩的眼里看到了一种明显的敌意。或许他意识到了什么？道尔吉注意到那女孩在经过他身边时，略略放慢了脚步，一双又黑又亮的眼睛很有意思地瞧着他。他有些慌乱，赶忙把头低下来，手指不停地揉搓着那根烟蒂，以此来掩饰自己的慌乱。也许女孩觉得这个人怪有意思，天天待在这儿，仿佛是在沉思，或者说正受到某种情绪的纠缠。她看见，他的身边扔了那么多的烟头。

哇，真吓人哪！女孩感叹道。

男孩伸手拽了拽她，他们走过去了。

道尔吉听见那女孩说，多有意思的一个人呀！

什么多有意思，整个儿一个傻X。那男孩接着说道。

瞬间的不快并没有妨碍道尔吉重新抬起头来瞧着他们：这一对年轻人沿着废弃的铁轨，一直向那处破败不堪的储煤场走去。道尔吉心里清楚他们要到那里去干什么，他的心不由得收缩起来……他一动不动地瞧着他们慢慢地在铁轨的一端消失了。

这一刻，他感到自己是那么孤独，又孤独又可怜。

他不得不承认，这一对年轻人是天造地设的一对，个个都有一副好身材。尤其是那女孩，身子长得高挑而丰腴，走路的样子简直像一匹漂亮的小牝马在轻捷地弹跳，从她的背后看起来有一种摄人心魄的动感。随着步子的迈动，她柔软的腰肢和滚圆结实的臀部一起按着美妙的弧度在摆动着。他们一边走一边相互亲昵地依偎在一起，男孩顺手搂住她的腰，把手指恰好放在那一部分裸露的光洁而紧绷绷的腰部，并不时地顽皮地拍一拍那向上翘起的臀部。

道尔吉的身子掠过一阵莫名的战栗。随后抖抖索索地掏出了照相机，轻轻按了一下快门。这时那对年轻人已走进了储煤场，大概已经紧紧地抱在了一起。他听到了女孩撒娇的声音，像躲在草丛里寻情的猫叫声。这声音一时让他感到隐隐的痛楚。

接下去的很长一段时间里，他陷入某种难以言说的惆怅。

“我不能再这样坐下去了。”他想，“我得去做一件事，可是这是一件什么事呢？”这时，他听到身体中有一个声音说，“去吧，去吧，去做你想做的事，这没什么。”可是他犹豫了。这当儿，他听见身后有人突然在说话，他被吓了一大跳。他猛地回过头来，发现身边站着一个摩登的女人，对，是一个女人，看不出确切的年龄。说不上年轻，起码也不太年轻了。只见她大大咧咧地站在那儿，正一下一下颠着腿、晃着头，向他露出一个神秘的微笑。

他注意到，她的打扮挺新潮，穿着时兴的短袖衫，露出肚脐眼儿。白色的筒裤穿在她的身上紧绷绷的，使她那肥硕的臀部更突出。

他听见她说，“嗨，我说先生，你在这儿干什么呢？一个人神神秘秘的，在这荒郊野外，你说不定是在伺机作案吧！”

“什么话嘛。你看我像个作案的人吗？”道尔吉说着话，站起身来，摊开两只胳膊，装出一副委屈的样子。他发现面前的这个女人很有趣，双手抱在胸前，双腿撇开来，站在那儿微微摇晃，一双眼睛一动不动地瞧着他。然而他从她的眼睛里却看到了某种不顾一切的风骚味。道尔吉来了精神，想着法儿套近乎。

他说：“嘿，我说这位女士，天黑了不回家，一个人跑到这里干什么？”

“这你就管不着了。烦了，出来转转呗，说不定还会遇上特有趣的事呢。”她一边说着话，一边向道尔吉努努嘴，大有深意地微笑着。

道尔吉不知道，她躲在暗处已观察了自己好久。这会儿她手里擎着一枝野花，放在鼻子上嗅着，一边拿眼角的余光瞧着他，神情大有一点挑逗的意味。她接着说：“我说，你怕不是对哪个姑娘感兴趣了吧！”

“什么话，我只是随便瞧瞧而已。”

“随便瞧瞧？我看你的样子不像是随便瞧瞧。”

她发现面前的男人有些窘，便笑了。道尔吉发现，这女人在微笑的时候脸盘特大，像一只被压扁的柿子。

“咳！”道尔吉说，“我们不说这些了好么，能否告诉我你的芳名？”

女人笑了，说，“你还没告诉我你的大名呢。”

“噢，我叫乌木·道尔吉。不过这是我的笔名，我真名叫孙昌。”

“挺不错的笔名呀，乌木·道尔吉。嗯，听起来像一个蒙古人。”

“是的，我喜欢别人叫我乌木·道尔吉，听起来真的像一个蒙古人。”

“可是我看你一点不像蒙古人。蒙古人大都是高颧骨，细长眼睛，你有吗？”

道尔吉不停地眨巴着眼睛，心想这个女人真厉害。女人发现他长着一双大花眼，老是不停地眨动。她觉得怪有趣。看他的身着打扮，倒不像是过于失意的人，并且看样子身上还流露出某种艺术家的随随便便的放浪气。挺好玩。当然，她知道这样的男人也是最靠不住的，明智的女人是不会把自己的一生随便交给他的。然而她就不同了，她喜欢有趣的男人，有趣的男人总能给自己带来新意。

道尔吉还没有完全从那种窘迫的情景中摆脱，在一定意义上，他成了对方戏谑的对象。然而出于男人的本能，他渴望在交谈中处于上风。

他问道：“我说女士，你还没有告诉我你的芳名哩。”

“噢，我嘛，告诉你，我叫乌兰·图娅。对，就是它，乌兰·图娅。乌木·道尔吉……乌兰·图娅……”她唠叨着，沉浸在某种莫名的兴奋中。

道尔吉觉得这玩笑开大了，可是他不便再说什么。

“嗳，我说，乌兰·图娅，让我们成为朋友吧，如果你不嫌弃的话。”

“哪里话，我很愿意成为您的朋友。不过作为朋友，我们可得以诚相待啊！”

“那是一定，那是一定！”道尔吉突然来了精神，在心中他为这位萍水相逢的女人而高兴。但他马上又想到了艳遇。然而这女人是实实在在的，某种程度上使他感到踏实。接下来，他自然想到了那种惯用的程序。

他向这位自称为乌兰·图娅的女人发出了邀请。

“图娅小姐，”他这样称呼她觉得别扭，他停顿了一下接着说，“图娅小姐，若肯赏光的话，我请你去吃夜宵，顺便喝一杯，以庆贺我们成为朋友。”

乌兰·图娅微笑着点了点头，心想这男人也不怎么样，在与女人的交往中想不出什么新花样。可不，你看他还不是落进了俗套。可是道尔吉觉得这女人的微笑怎么看都有些做作。然而他顾不上那么多了，他想到，在一个随之而来的孤独的夜晚，有一个还能说得过去的女人陪在自己身旁，不能不说是一件快事。这样一来，他就将那对恋人的事忘到脑后了。他想那女孩再美也不属于自己，不像面前的这个女人，虽说不怎么样，确能给自己带来某种真实的慰藉，这就够了。何况，这会儿，天色已变得昏暗下来，不远处的城市的灯火正在迷人地闪烁。

挺不错的夜晚，道尔吉因为身边有一个女人而感到庆幸。

乌木·道尔吉和乌兰·图娅像一对情人那样相偎着回到市内，在某一处偏僻的街道上，找到了一家安静的小酒馆坐下来。

道尔吉因为身边坐着一个女人，突然间变得十分豪爽。他频频举杯，一个劲儿地劝这位女士进菜喝酒。待两三杯扎啤灌下喉头之后，他变得喋喋不休起来。图娅坐在一边，一边小口地呷着菜，一边毫不示弱地与道尔吉碰杯，她的脸颊渐渐地变得红润起来。当她由于晕乎而抬起头来的时候，便拿一双湿润的目光盯着他。在道尔吉的眼中那目光已是温情脉脉的了。有一瞬间，他伸出手抓住对方那只纤小的手指，十分爱怜地亲吻着。图娅，一点也不惊慌。显然，她被对方一瞬间流露出的真诚感动了。她伸出另一只手放在他的头发上来回抚摸着。她觉得道尔吉的头发十分柔软，类似于婴儿的头发，这无形中勾起了她心中隐藏的母爱。道尔吉哭了。图娅看到他的身子在微微抖动，一时刻也变得伤感起来。

她自然想到了她漂泊多年的命运。如今她在K城的一家保险公司兼职，薪水说不上太高，也就仅能维持生活而已。在这之前，她还干过好几种职业，但都不太成功。这中间她还结过一次婚，那是她二十六岁那年，嫁的是一位建筑公司的老板。直到有一天，她才发现她上当了。她发现自己的丈夫原来是一个有妇之夫时，她一气之下又离了。之后，她暗地里也傍过几位像模像样的大款。当然这些事情都像烟一样消散了。消散就消散了，她并不遗憾。说到底，那样的关系还不都是利益的关系。这些年来，她算是看透了，这年头什么东西不是以利益来衡量？相对于生活，感情是那样脆弱，不值一钱。经过了几次的感情纠葛，她把男女之事看得很开。比如说今晚，能遇上道尔吉这个陌生的男人，并且能和他坐在一起喝酒，她并不觉得过分。相反，她还有些同情他，甚至还有比同情更复杂的东西。她想，看起来这么一个洒脱的男人，说不上也装着满肚子的心酸事哪，而这一点和自己又是何等相似啊。

想到这，图娅的手上就多了几分温柔。而道尔吉的身子却抖动得更欢了。现在道尔吉不光感到的是庆幸，而是找到知音的那种推心置腹的感觉。

酒已经喝得够多了，不能再喝了。图娅看见桌子上摆着许多空酒瓶，并且道尔吉的眼睛也有些发直，吐字模糊不清。可是他还是死死地抓住她的手，嘴里一个劲地嚷嚷着，大有相见恨晚之意。

图娅终于站起来说："好了好了，道尔吉，让我们回家吧。你看夜已经很深了，何况……"她回头一看，有几个服务员正在收拾桌椅，看样子到了打烊时分，她不好意思再待下去了。

道尔吉摇晃着站起身来说道："什什什么？回家？我我哪有什么家可可回？"他盯着图娅，"还是让我送你回家吧！"

图娅站住不动了，她把头勾下来，情绪一时十分低落。

"我哪有什么家呀，还不是跟你一样无家可回。"能听得出来她的声调十分伤感。

道尔吉忽然挺直了身子说："图娅小姐，若不担心，请你到我的住处，咱们接着喝酒。"

夜深了，一走进道尔吉的租房，二人很自然就抱在了一起。没有过程，也没有铺垫，直接进入主题。对道尔吉来说，这尽管不是第一次接触女人，但是乌兰·图娅还是给了他某种全新的体验。当他抱住她的身子的时候，他激动得战栗起来，图娅比他想象得更为丰满。图娅倒比他平静，也有经验得多。她听着他一个劲地对她说，图娅啊，我真喜欢你，我明天就娶你。真的，我明天就娶你……图娅在黑暗中笑了。倒不是说她不相信他真的能娶她，而是说她听这样的话够多了，然而这并不影响她在一瞬间把自己的全部交给他。

道尔吉看见，图娅慢慢地脱光了衣服，平展展地躺在那儿等他，像巨大的水母浮在海面之下，静静地等待某种可疑的猎物。他首先在心理上怯了。当他被燃烧着的欲望驱使着，抖抖索索地靠近她时，她伸出双臂一下子搂住了他。一瞬间他就被某种热烘烘的海水淹没了……过后，他觉得图娅的骨架十分粗大，骑在她的身上，像是骑在一匹高大的骒马身上晃荡着。

后半夜,图娅被一列呼啸而过的火车的震荡声惊醒。她感觉到随着火车的震荡声,这间低矮的小屋也随之颠簸起来。

接下来的日子里,几乎每周乌兰·图娅都要来到道尔吉的住处过夜。这样一来,他们的关系就有点类似于非法同居。可是他们无所谓。反而觉得这样挺好。道尔吉继续做他的自由撰稿人,他并没有因为生活中多了一个图娅而改变平日养成的习惯。

他在无事可做的时候,还是喜欢一个人在大街上溜达,或者待在某一处,静静地端详某个陌生人的背影。这样的观察使他入迷。有时他纯粹超越对异性的痴迷,转而思考一些与人本身有关的问题。然而,他并没有得出更为有价值的结论,他只在内心发出这样的感叹:人啊,你究竟生而为何?我们如此匆忙,到底是为了什么?

道尔吉从不认为自己是一个高尚的人。他的行为更多的是出于本能,避免上升到道德的层次。

他经常将那些感兴趣的背影偷拍下来。有一天,图娅无意识中在道尔吉的抽屉里发现了许多奇怪的照片。她出于兴趣一张一张地翻看着,结果她发现这些照片全是一些人的背影。这当中,年轻女性的居多,并且大都是一些有着丰满臀部的女人的背影,有的纯粹是一张放大了的臀部。翻到后来,她还发现了一张完全赤裸的臀部,裤子褪在大腿上,光洁的臀部上面有一双男性的手搂在那里。她感到恶心,不过她承认,这个完全赤裸的年轻女性的臀部确实诱人之极。她想不通他是如何偷拍的。蓦然间,她想起了那个熟悉的黄昏。她明白了。随后她把这些照片又重新放好,往后也不打算对道尔吉提起这事,她怕他面子上挂不住。她理解为这是他的隐私。不过,她认识到,这也不是什么大不了的事,充其量是某种下作的阴暗心理。图娅并没有把这件事放在心上。

日子就这样一天一天地过去了,生活依然是平静的。按惯例,每次星期天,当乌兰·图娅在道尔吉的住处过夜以后,第二天,道尔吉都要陪着图娅上街买东西。当然钱都是由道尔吉来付了。时间一长,道尔吉就明白这件事本身的意义了。道尔吉不说,可是心里清楚。他在情感上不能接受他们这是一种变相的交换关系。然而他默认了。

某一个星期天,道尔吉陪着图娅在一条繁华的商业街上转悠,身边行人如织,熙来攘往。他无意识中正在搜寻着某个理想化的目标。忽然间,他觉得他被身边的图娅拽了一下。他回过头来,吃惊地瞧着图娅。图娅继续抓着他的袖子小声说:“瞧,我说你快瞧呀,那边,那边,对！你看前面的那个人多像你呀！”

“什么？像我？谁？”说着话,道尔吉顺着图娅的手指在前面的人群中搜寻着。蓦然间,他看到了一个人的背影。他吓了一跳！不过他承认,那个人从背后看来跟他一模一样。尽管道尔吉并没有看见过自己的背影,不过凭着某种真切的感觉,他还是一眼就认出了那个人的背影。与其说他陌生,还不如说他早就熟悉了。

他与自己太相像了,简直是一个模子里倒出来的。道尔吉吃惊不小。他继续看着那个人。不！应当说,是那个人的背影完全吸引了他。仔细看去,那个人的身材,走路的姿势尤其是那晃动肩膀的样子跟道尔吉一模一样。当然,一个人不会注意到他自己走路的姿势的,但凭直觉是能够认知到自己的这一特征的。道尔吉的心在一瞬间抽紧了。他一动不动地注视着那个人,渐渐地那种强烈的好奇心完全被一丝恐惧感代替了。正待道尔吉向那儿走去的时候,他突然发现那个人在不远处的人群中停下来,并且回过头向这里张望。或许他感觉到了道尔吉注视他的目光,但是他并未显出吃惊的样子,起码他比道尔吉要镇静一些。

当道尔吉和图娅装出若无其事的样子向那儿走去的时候,那人却拐过街口,在另一条街面上消失了。

在随后到来的几天里,道尔吉的心老是被那个陌生人纠缠着,平静不下来。他在直觉上承认那个人的存在,但在理智上却无论如何不能接受他。正是“他”让道尔吉觉得不放心,仿佛“他”的存在在一定意义上妨碍了自己的生活,并且对他构成了某种威胁。是啊,没有人真的会接受在现实生活中还有另一个跟他一模一样的人共同存在。这太不可想象了。

让道尔吉不能接受的是,在这个世界上,他并不是唯一的,除了他还有另一个“他”,这个“他”与自己一模一样。

然而,他总是相信:在这个世界上,“我”是唯一的,唯一的这一个,除此而外,别无其他。

说来人的思维总是变化的,道尔吉在经历了当初的惊诧和莫名其妙的困惑之后,都有些牵挂起那个人来。他想,“他”大概不会像我一样时常感到落寞吧!或许他还很忧伤,也像我一样。有一瞬间,道尔吉都有些同情起他来。道尔吉开始琢磨“他”:“他”是否也像我一样,一个人居住在这个城市里?举目无亲,时常感到苦闷?是否有和我一样的人生历程?“他”是不是在绝望的时候,也产生过轻生的念头?可是道尔吉马上又否定了这样的想法。

有一段时间,道尔吉变得坐卧不安,甚至有些牵挂起他来。真是莫名其妙。他想,我得想法找到“他”。似乎只有真的找到“他”,并且见到“他”,才能证实自己的某些想法,从而使得他放下心来。

在接下来的日子里,道尔吉一直在有意或无意间去寻找他。他留意每一处走过的地方,留意每一位走过他身边的人。他渴望能在某一时刻、某一个地点和他不期而遇。

偶然的一天,道尔吉真的在某个商厦里又看见了“他”。就是那个陌生人,不,应当说是那个和自己相像的人。当时,道尔吉正在三楼的家用电器层转悠,也许是某种突发的感觉吧,当他偶然一回头,就看见在二楼的电梯口,那个人正夹着一只皮包缓步踏上向下的电梯。道尔吉想喊一声,却没发出声来,便快步向电梯口奔去。当他快要下到一楼时,便发现那个人已走出旋转的大门。道尔吉两三步跑下电梯,追寻而去。当他跑出门口时,看见那个人已走向马路一边的停车场,看样子他正准备离去。

焦急中,道尔吉随手推起一辆自行车就跑,他的样子一定是有些疯癫,他正准备跨上车子时,不料一只手突然抓住他,并且大喊一声:“快呀!抓小偷呀!”坏了。道尔吉回头一看抓着他的是一位戴着红袖箍的中年妇女。她大概是商厦的执勤人员。他一想坏了。还没等他解释,就发现身边涌来好多看热闹的人。并且,有两位警察也及时赶到了。道尔吉涨红了脸,露出一副听天由命的神情。这妇女一看警察过来了,便严厉地呵斥道:“想跑?没那么容易。我都盯了你半天了,看你的样子就不是一个好人,鬼鬼祟祟的老是东张张西望望……你说,你到底偷了多少辆自行车?说!你倒是说呀!”

“我……”道尔吉面对如此的阵式,倒是说不出话来。

他听见那妇女对着两位警察说道:“喏,警察同志,你们看着处理吧,不过我得向你们如实回报,我们商厦门口最近可是丢了几辆自行车!影响挺不好。今天,我可终于逮着他了。”说到这,瞪了道尔吉一眼。

这时，一个警察说话了。“妈妈的，我把你个小贼，你看我今天怎么收拾你！”他显然是来气了。道尔吉看到，他是个样子很凶的警察，年龄不会太大。

他本来想说：“我因为有急事，顺手推了一辆自行车。我原是想去追一个人的，并不是我真的想偷它。”可是话没说出口，他就觉得这样的解释连他自己也不会相信。所以，他只好闭口不语了。

“怎么，不说话？哑巴了，是不是拿别人的东西拿习惯了，觉得挺光彩？妈妈的，看我怎么收拾你！”说话的还是那个年轻的警察。那个老一点的警察背着手站在一边，拿眼睛瞪着他。看热闹的人越围越多。

道尔吉听到，那年轻的警察喊道：“把车子扛起来！”

道尔吉不知道他要干什么，站着没动。

那年轻的警察愤怒了，向前跨了一步，逼着他，更大声地喊道：“我说你听见了吗？把车子扛起来！妈妈的，这会儿知道装孙子，来不及了！”

道尔吉扛起了车子，就那么傻站着。他一抬头，看见了那么多憎恶的目光，便又把头勾下来。直到此刻，他才意识到事情严重了。

那个警察又对着他喊道：“蹲下！”他蹲下了。

“起来！”警察又喊道。年轻的警察手里提着警棍，面对着道尔吉发出一连串“起来”“蹲下”的命令。道尔吉扛着自行车按他的命令做着。

有些人看不下去了，纷纷向警察求情说：“警察同志，算了吧，罚他几个款，让他往后学好就得了。”

年轻的警察显然没有听从他们的话，继续发着命令。

这时道尔吉听见有一个人正在对那位年长的警察低声说话。因为羞愧他没敢抬头去瞧他。不过从眼角的余光看出来，说话的那个人正是自己要寻找的人。然而，在这样的情景中他没勇气抬起头来瞧一眼他。随后，他听见年长的那位警察对年轻的那位说：“算了吧，小郑，放了他！罚上三百块钱让他走吧！我看这个人还算老实，看样子不像一位惯犯。”

道尔吉回到住处把自己反锁在屋子里，因为所受的羞辱和继而产生的愤怒心情，他接连摔碎了几只茶杯。房东听见道尔吉的房子里连续发出叮叮当当的声音，便走过来，敲他的房门。然而房门是反锁的。她贴着耳朵听了听，便听见了道尔吉粗重的喘息声。莫名其妙！她不知道他怎么了，心里嘀咕道：神经病！

道尔吉果真在生气，不过他主要还是生自己的气。他想："我真笨啊，为什么在关键的时候就出错了呢？"不过最终他还是平息了自己，在愤怒和好奇中又找到了某个平衡点。他安静下来。现在占据着他内心的又是那种好奇心。

他想：我今天能在警察手里脱身，还真应该感谢那个陌生人。不过，他凭什么无缘故地要为自己说情呢。难道他同时发现了我们彼此相像的秘密？

道尔吉想到这摇了摇头。他有些困惑。不过他想起，在那人走来的那一瞬间，自己为什么就忽然失去了正视他一眼的勇气呢？说到底他还是有些怕见到他，一想到要正视那一张在想象中熟悉的面孔，他不由得微微颤起来。然而越是怕看见那张脸，他越是想见到"他"。道尔吉就处在这种矛盾的心理中。

道尔吉要寻找的这个人叫范伟。不过范伟并不知道有人在寻找他。然而，感觉告诉他，近来他每次出门时，都觉得有人在暗处跟踪他，只是他并没放在心上。可是老感觉到被人跟踪必定不是一件好事。

那天，在他离开商厦时，就本能地感觉到有一双眼睛在死死地盯着他。他突然间想到了别的事，便仓促离开了。后来，他看见两个警察在整治一个小偷。正在他准备离开时，却觉得那个人有些面熟，便纯粹是出于某种突发的同情心，向那位他认识的警察走过去。不过在他离开时，还是没忘记瞧了那人一眼。当时虽说没看清他的脸，可是那人的身形却给他留下了某种难忘的印象。那时，他模糊地觉得在他们之间存在着一种说不清的联系。

范伟最近的心情不大好，老是感到一种莫名其妙的恐惧，他预感到某种不期而至的灾难。就像他所担心的，身边的什么东西突然会一下子爆裂开来。

他最近遇到了一连串不顺心的事，先是股票下跌，(忘了告诉大家，范伟可算是一位专业的炒股人)让他几乎亏损了近二十万。然后是兰朵的离去。尤其是兰朵的离去让他觉得更窝火，这甚至比他损失二十万还窝火。他想不通的是一个二十来岁的小丫头片子，竟然将他给踹了。他是何等人哪，他几乎算一个情场老手，从他手里玩过的女人至少也有四五位，多么高贵、冷艳的女人到最后还不是在他的面前服服帖帖。

范伟想起，最初认识兰朵是在那家他经常光顾的证券交易中心。那几天的股票行情见好，因此也吸引了一大批前来买股的人。当然，这其中不乏一些新手。那天，他从大户室出来，在大厅里转悠。忽然看见一个东张西望的姑娘。能看得出，她显然拿不定主意到底选择买进哪个股。她看见范伟从大户室走出来，一副志得意满的神情。看他的派头姑娘就知道，他肯定是一个大股东。如今她渴望认识的就是这类人，以便帮她拿拿主意。兰朵看见他注意到了自己，便向着他露出一个迷人的微笑。范伟几乎是迎着她灿烂的目光走过来。姑娘微笑着说："先生，真不好意思，我初次买股，还不知道行情，能否指教指教？"姑娘说话大大方方的，一看就是一个性格开朗的人。范伟的心情很好，随意打量了一下姑娘的身材，不免让他暗暗称羡。说实话，他还从没见过身材如此娇艳的女孩。他笑了，盯着姑娘说道："您太客气了姑娘，指教谈不上，不过谈谈感受是可以的。不过还是让我们先认识一下吧！我叫范伟。"

姑娘有些不好意思，忙说："真对不起，我叫兰朵，忘了告诉你。认识您真高兴。"

"那么，我们就不要客气了。若感兴趣的话，请你跟我到大户室来，我们慢慢谈好吗？这儿人太多，空气不太好。"范伟说。

"那好吧！"兰朵说完跟着范伟来到了大户室。

接下来，范伟十分热心地给兰朵分析了各个股票的变化规律，而且预测了几种股票的升降走势。最后他建议兰朵买进一种叫作"隆升建筑"的股票。他说："现在隆升建筑的股票基本处于稳定状态，不像别的股出现了大幅度上升趋势，不过这些股票升得快，降得也快。看你的样子是初次买股，希望是升，哪怕升得不多，只要不赔，少赚一点也可以。是不是这样呢？"范伟蛮有把握地说。

"太对了，我想的正是这样。"兰朵说。她有些激动。

"能看得出来，像你们这些炒股者，用的都是血汗钱，只能赚不能赔，对吧？"

"太对了。"兰朵说。"你看得真准！"

范伟说："兰朵姑娘，听我的好了，就买隆升建筑。从目前的形势来看，中央不是正在提倡西部大开发嘛，时间过不了太久，隆升肯定涨！若赔了我补偿你的损失。"

"哪里话。行！我听你的。"

兰朵微笑着，她庆幸自己遇上了一个高手，不过看他的样子也不错，挺洒脱的。她对范伟有好感,不过初次见面不便表示什么。

时间大概过去了两个月之久,有一天,范伟在西北证券交易中心的大厅遇到了满面春风的兰朵。范伟一看她的样子就知道她赚了。兰朵拉住范伟的手说:“范先生,不,范大哥,我真是太高兴了。你让我买的股赚了。”接着她偎近范伟的耳朵小声说:“我赚了两万多。今天我太高兴了，走，我请你喝一杯！”兰朵因为高兴死死地拉着他的手。范伟笑了,说:“行,听你的。”

那天晚上,兰朵为了表达谢意特意在市内选择了一家较为豪华的餐厅。在一间雅座里他俩坐了好久,菜没有吃多少,酒倒没有少喝,话谈得非常投机。范伟能从她语气里听出她还想买进更多的股票，准备把所有积蓄投进去。范伟觉得这姑娘太贪心了,便说:“兰朵呀,还是见好就收吧。股票行情变化多端,而且风险大。你可要慎重啊！”

可是他心里想，看起来多么清纯的一个姑娘啊，可是谈话总离不开股票,中心意思还是一个钱字。看来,现在的姑娘比过去的姑娘实际多了。

范伟注意到兰朵没少喝酒,脸颊绯红,说话也不连贯起来。

于是他便站起身来说道:“兰朵姑娘,没事吧？”

“没……没……没事,我没喝……喝多少,不过我今儿个真高兴,尤其是因为能认识你而高……高兴。”

“那么,让我们回家吧！时间不早了。”

兰朵喊人来买单,被范伟拦住了,他说:“让一个女士来买单,不大合适吧？”

兰朵说:“今儿是我请你,哪有让你买单的道理？”

范伟说:“你请客,我买单好吗？听我的,就这样定了。钱不多,我们不要再争了,免得别人笑话。”

出了门,范伟伸手拦了一辆出租车,对兰朵说:“让我送你回家吧！”

“不,不。”兰朵说,“范伟大哥,咱们在街上走走好嘛,我有些晕。”

“那好,那好。”他说道。

范伟几乎是搀着兰朵在走。走过一个街口,兰朵说:“范大哥,要不你先回吧,太晚了,嫂子会生气的？”她盯着范伟的眼睛。

“什么嫂子？告诉你,我早离婚了。”

“噢……”兰朵没再说什么,似乎在沉思。范伟不失时机地说:“兰朵姑娘，若蒙赏光，请到寒舍一叙？”

兰朵抬起头对着他一笑。她明白他的心思。不过兰朵属于那种新潮的女性，不大把男女之事放在心上。她也是那种为了钱可以舍出一切的女性。不过这一点一般人是看不出来的，就连范伟也在拐弯抹角地试探。

然而，范伟还是从她的笑容中感觉到了一点什么。于是他纯粹伸过胳膊将兰朵搂了起来。她没有躲避。这就对了。他忽然间意识到这个姑娘肯定有了一定的性经验，这是他在搂定她的一瞬间感觉到的。范伟相信自己的感觉。

他把微醉的兰朵带到了自己的住处。这是一套140多平方米的公寓。当兰朵走进客厅时，不由得“哇”地叫了一声。她说：“范大哥，真看不出，你还是富有的单身贵族哪。真牛逼！”

“哪里话。一般一般。凑合着住呗！不过，我告诉你，兰朵姑娘，我这里就是缺一个女主人哪。”说着话，范伟殷勤地将兰朵扶在沙发上坐下来，随手从冰箱里拿出一桶饮料递给她。

他站在兰朵对面摊开双手说：“兰朵姑娘，你想干什么呢？还是让我们轻松一下吧！”说着话，范伟打开了放像机。他问兰朵：“想看什么？武打？言情？还是带色的？”可是，说出这句话后，他还是觉得自己太冒失了。然而他看见兰朵并无反应，他踏实了。

“那么，让我们看一盘爱情片怎么样？《魂断蓝桥》？”他随口说道。

“不不不，没意思。”兰朵否定道。

“那么……莫不是你想看带色的？那好吧，还是让我们来一点刺激的吧！这年头人都活得累啊！”他自嘲道。

范伟看见兰朵抿着嘴笑了。他来了精神，说道：“不过兰朵，我告诉你，我看激动了，可是控制不了自己，到时你别后悔！”

“哪里话，我会怕你吗？”兰朵勾了他一眼。

……

不大时间，他们就在沙发上纠缠在了一起。范伟有点吃惊，他没想到兰朵比他想象得还开放。不过他的感觉很好。到底是年轻，比起那些半老徐娘来，兰朵纯粹是天鹅，白色的天鹅带着他在云端里飞翔。他不知疲倦，在随着兰朵大幅度地上升和降落时，他几乎被抖碎和融化了。

过后，范伟和兰朵同居了。不过同居的代价是，范伟几乎垫付了兰朵近三万块钱的炒股亏损。可是范伟觉得值，他愿意为她花钱。

直到有一天，兰朵离他而去。原因是，兰朵发现范伟除了她同时和几个女人保持着某种暧昧的关系。有一次，兰朵还在房间里碰上了赤身裸体的范伟和另一位赤身裸体的女人躺在床上颠鸾倒凤。当时兰朵气坏了，虽说他们的关系是同居，可她还是免不了醋性大发。她扑上去，一把掀掉他们的被子，对着那陌生女人的脸又撕又抓，嘴里一个劲地骂着：骚货！骚货！然而那女人也不示弱，光着身子翻起来一把揪住兰朵的头发骂道："小X，什么东西，自己明明是个见X就流水的东西，还敢对着姑奶奶撒野，你也不去打问打问我是谁。你要是不丢手姑奶奶把你拔成秃子。"

"好了好了，都住手！"范伟吼道。"都不是什么好东西，都是见X就叉腿的主，谁也不要说谁了。都住手！"

兰朵丢开手，对着范伟啐了一口，骂道："你个不要脸的猪，你听好了，我跟了你算是瞎了我的眼，我现在就走！"说完话兰朵迅速地收拾完自己的东西就走了。

几天过去了，兰朵毫无音信。范伟想不通，兰朵说走就走了。别的不说，光凭一块生活了近半年的情谊，她也应当给他来个电话吧。他有些生气，他不理解这姑娘太有些绝情而且太显势利。莫不是她发现自己在股票上亏损了二十万，近日手头上有些拮据，才离开他的吧？有这样的可能。

可是话说回来，他一下子损失了近二十万，这将近是他投入炒股的所有款项了。他变得一蹶不振，然而，他还是不甘心，他想重振旗鼓，重新爬起来。

接下来的几天里，他通过关系在银行贷了二十万元的款，一次性买进了他看好的一个股。然而也许是他的心太重了，在股票上涨的高峰，他没有及时抛掉。当时他想一次性扳回亏损的二十万，结果两天之后这份股票大幅下跌，跌到某一个最低点后又作小幅度的徘徊。他粗略地估算了一下，他又在这个股票上亏损了近十五万。他绝望了。

时间过去了不多几天，有一天，范伟正待在房间里一个人喝闷酒，不料电话铃响了起来。他顺手抓起话筒，懒洋洋地问道："谁——呀？"他听到话筒另一头有个姑娘在哭。听不出她是谁。他不耐烦地问道："你到底是哪一个？快说话，不说我挂了。听人哭，真秽气！妈的。"他没好气地说道。接着他听到姑娘在电话那头说道:“我说大哥呀,你快来一下好么? 我是兰朵。”

范伟一惊,问道:“你怎么了? 在哪里?”

“我在南门派出所。你来一下吧,我遇上了一件麻烦事,不好说,你过来就知道了。”说完她把电话挂了。

不大功夫,范伟就赶到了派出所。走进办公室,他看见兰朵坐在椅子上歪着头,一副挺委屈的样子。身边坐着几个警察在低声说着什么。范伟搞不清兰朵到底遇到了什么事,他问道:“兰朵,你说你怎么了?”

兰朵勾下头不吭声,她不好意思对他讲刚才发生的事。

一位警察站起来,把范伟引向门外,告诉了他事情的经过。原来兰朵在公共车上被人猥亵了一番。当时有一个人趁人拥挤就贴在兰朵的身后。后来她就觉得不对了。她感到屁股那儿蹭着一个硬邦邦的东西,热乎乎的。她听见贴在她身后的这个人,像一匹跑热的马在呼哧呼哧地喘气。她又羞又急便大叫起来。后来就有几个同车的人把那个下流的家伙扭送到了派出所。

警察对他说:“事情的经过就是这样,你把受惊的姑娘带回家吧。”范伟生气了,他说:“我要见见这位不要脸的东西。”

警察说:“见见也未尝不可,不过你可不能胡来,事情我们会处理的。”

随后，范伟就看到了被铐在了另一个屋子里的道尔吉。范伟没想到是他,是那个因他求情而被放掉的小偷。他想不通,然而这并不妨碍他继续瞧着他。在双方的目光相遇的那一刻,他们都傻眼了——彼此眼中的对方,一点也不陌生。不,纯粹是另一个自己。随之双方都感到了深深的厌恶。

这事不久,范伟收到了一封信。当他打开信封时,有一张相片掉了下来。他捡起一看,上面是一张裸露的臀部。他觉得好奇,仔细端详着。他觉得相片上的臀部似曾相识。忽然间,他想到了兰朵的臀部。对,正是它。那是曾经让他多么痴迷的一个宝物啊! 他能认得出来,因为在那臀部的上方靠近腰部的地方有一块紫色的胎记。

他想不通这是何人拍下的。他随即展开信纸,只见上面写着:

范伟先生:

你好!

看到这张相片不必吃惊,我想你一定会认出它来。我知道你曾经一定痴迷过它,为它要死要活,这一点上我们是相同的,只是痴迷的方式不一样,你比我强，因为你是它的真正占有者。我就不同了，我只能远远地偷窥它……你知道的，仅有一次我贴近过它。不过让我付出了代价。

也许，你一定想不通，我是如何拍下的，具体细节我就不说了。我想提醒你的是：请你仔细看看搂在它上面的那双手……你一定看得出来，它是另一双男人的手。

之所以告诉你，是出于我的某种同情心。目的是让你明白这个姑娘是靠不住的。

特此告知

乌木·道尔吉

本人电话：XXXXX

话说回来，在道尔吉真切地见过范伟之后，心中感到的已不是当初的好奇，而是某种担心。为范伟担心，不，应当说为另一个“自己”担心。因为他感觉到了他们之间存在的那种隐秘的联系。他似乎觉得“他”的所作所为，正是另一个“自己”的所作所为。反过来，在对方身上所发生的一切也正是自己想要做的事。因此，他们再不是毫不相干的两个人，而是一个，是有着不同经历，不同身体的同一个人。

相对于道尔吉，范伟没想这么多。不过道尔吉的长相还是给他留下了某种深刻的印象。某个瞬间，他也许会记起，在这个世界上竟然有跟他一模一样的人。他真是想不通。不过为了兰朵，他还是拨通了道尔吉的电话。

他们坐在了一起。这是在某个安静的茶楼里，隔着一张桌子，道尔吉一动不动地盯着范伟。同时范伟也盯着对方。大约有两分钟之久，他们就这样傻傻地盯着对方端详着。

“想不到吧！”道尔吉开口说道，“你也许绝对想不到，在这个世界上居然有一个人跟你一模一样，他就是我。看到我，你不吃惊吧。不过我已暗地里盯了你好久，坦率地说是这样。”他接着说，“暗地里盯你的梢，你不介意吧。不过我并无恶意，我只是因为好奇！”他没好意思说“牵挂”。

“好奇？”范伟说道，“难道你不觉得这是一种侵犯他人隐私的行为！”

“管他呢，我可从没有那样的感觉。或许发现一个人生活的秘密，比其他更重要。你不这样看吗？”道尔吉接着说。

“想过没有先生？你有时就是我的替代物，你所做的正是我所想的。尽管我并不太了解你,但我想是这样。因为你理解我,比别人更理解我。只是你并没有真切地意识到我,因为我们是同一个人。你不觉得是这样吗?"道尔吉说道,"知道吗,我有某种预感,有时你会进入我的意识,甚至是身体……我们合二为一。"

"胡说八道!"范伟听不下去了。他想对面的这个人,要不是个疯子就是个神经病患者。不过他还是想不通,对方看起来确实就是另一个自己,并且越看越像,他说话的样子和口气都有些像他。他有些莫名的愤怒和羞愧,在心里他不能接受另一个相像者。他有些厌恶。

他越来越变得不耐烦起来。他说:"告诉我,那张相片是怎么一回事,我想知道你是怎么拍下它的?你也许感觉不到你的行为是多么卑鄙!"

道尔吉显得很有耐心。他说:"拍下它是一回事,卑鄙是另一回事,我看这二者没什么关系。"

"没关系?"

"是的。我只是感兴趣,使它公众化。你呢,不过是占有它,仅使它私有化,仅此而已。你说咱们谁卑鄙?"

"好了好了。告诉我,你知道她和谁在一起?"

"这不太重要。让我看,她跟谁在一起都一样。不过你一定要知道的话,我可以告诉你,那男的比你年轻,比你精神得多。年轻是优势啊,它有很强的吸引力。"道尔吉说,"你知道吗,吸引力多种多样,金钱算是一种吸引力,美丽的异性也是一种吸引力……"

"不要再说了,我不想听你说下去了。"范伟站起身准备离开。"不过我提醒你,不要老是盯着我,否则我……"

"否则你要怎么样?"道尔吉也站起身,微笑着对他说道。

范伟很窝火。最终,他把一切的不快都归结到兰朵身上。他知道兰朵已经投入他人的怀抱,无论如何他不能接受这一点。

时间过去了一些日子,在道尔吉几乎都要忘记了范伟的时候,他们相遇了。

一天晚上,当道尔吉骑着自行车穿过郊区的一片树林时,看到有一个鬼鬼祟祟的人隐在林子里。因为好奇他停下来,隐在一边观察着。一瞬间,他似乎看见那个人像是范伟。他吃惊不小。看他的样子好像正准备着要干一件什么事。正在这时候，道尔吉看见从林子边上的那条小路上走过来一个人……渐渐地，他看清了，是一位十分摩登的女郎。她走动的脚步声听起来是款款的那种。不过，她的样子有些眼熟。

也许就在这一瞬间，道尔吉意识到了什么，可是等他刚要准备大喊一声的时候，却发现那条人影已经冲出林子，扬起手向那个女人的头上猛地一击。他的动作是如此迅速而凶猛，以至于使道尔吉感到他就是一头窜出林子的野兽。他看见那个女人在受到致命的猝然一击之后，发出了一声十分微弱的呻吟，便软软地倒了下去……

整个事件的发生过程可以说只是一个瞬间。他被自己看到的情景惊呆了。也许是因为一瞬间的恐惧，使得他没能在关键时刻冲上前去。等他恢复过来的时候，那个人已经逃离了现场。他的行动实在是太迅速了。当道尔吉跑向出事的地点时，便看见受伤的女人躺在血泊中微微地呻吟着，身边还有一块带血的砖头。他蹲下身，抱住她，准备将她侧卧在一边的身子翻过来，可是女人的眼睛慢慢地睁开了，她只看了他一眼，便发出一声惊恐而微弱的喊叫：抓凶手呀！……

因为本能的惊慌，道尔吉丢开她拔腿而逃。

道尔吉认出来了，这位女性正是兰朵。

整整一夜，道尔吉坐卧不安，有一刻，他竟然怀疑起自己来，仿佛他就是那个凶手。

第二天早上天刚亮，道尔吉就听见不远处的马路上响起了刺耳的警笛声，便急忙翻起身，趴在窗户上一看，发现对面一座楼顶上正站着一个人，他狂呼乱叫，手舞足蹈……楼下面停着几辆警车，一些公安人员四处跑动，看样子试图爬上楼顶。接着，道尔吉看见楼下面的市民越围越多，而且一律仰起头向上观望着。

他匆匆忙忙地跑下楼，穿过马路来到那座楼下面，挤在人群中，好奇地向站在楼顶的那个人仰望着。同时他看见几个正在攀缘的武警快要接近那个楼顶了。然后——道尔吉比较清楚地看见了那个人——他像是范伟。他听见他大叫了一声，然后从楼顶上纵身一跃……

道尔吉闭上了眼睛，接着听见了一声沉闷的钝响。因为恐惧，人群向后拥挤。可是他仍然克制不住想要看一下这个人的面孔，以便最后证实一下，

"他"是否真的就是自己？道尔吉挤进人群，看见几个武警正好把摔者的身子翻过来——于是他看见了"他"的脸，道尔吉失声尖叫了一声——

这个人正是范伟！可是，道尔吉却觉得摔下大楼的像他自己。仅仅是一瞬间，他变得恍惚起来。他开始怀疑起自己来："说不上我正是罪犯本身？"这念头使他猛地战栗起来。

或许，道尔吉下意识的喊叫声引起了别人的注意，几个武警抬起头看了他一眼，然后又十分吃惊地低下头重新看了看那个死人……这一次，他们更为惊诧！接着，道尔吉看见几个警察向他慢慢地围拢过来。

羊的月亮

沿着一线朦胧的山脊，一群羊急匆匆地往前走。羊群前面是不断延伸的戈壁滩——野野莽莽。在戈壁滩的尽处，一轮金黄色的夕阳正缓缓沉降。

每一只低头赶路的羊都是温顺的，但温顺中又带着一点难以察觉的肃穆和惶恐。羊的样子急迫而又默然，它们像在荒野上匆匆赶路的旅人那样喘息、轻咳，显得小心谨慎。

羊的步子细碎而杂乱，像不断敲击繁急的鼓点。这不是我们通常在山坡上或草原上见到的那种悠闲舒缓的羊群。它们的样子倒使人联想到那些执意赴难的圣徒，跟在羊群后面的那个人叫核塞，他缩手缩脚的，神色中有些难以掩饰的慌乱。他怎么看都不像一个真正的牧人，他的面孔略显发白，一双眼睛尽管睁得很大，但没有一丝神采，对走在他前面的这群羊，他几乎没必要拿鞭子去驱赶它们。羊群仿佛知道该怎么走，该到什么地方去。他实际上手里没拿鞭子，只是象征性地握着一根树枝，在羊群后面茫然地挥舞着。

在刚刚经过的几个岔口，几乎不用他去吆喝，羊群就知道该选择这一条最准确的路线，好像它们完全明白他的心思似的。

走着走着，核塞的心里就有一点发毛，刚才他可没这感觉。那时他的脑子里只有一个念头，轰鸣着一种声音，那声音使他在一瞬间变得如此狂热，像一根绷紧的发热的弹簧不能自已。那时候他只想弄到这一群羊，而要达到这样的目的，意味着他必须排除某种障碍，而这个障碍正是那个牧羊老人，事情发生的时候就这样简单。现在，当一切都结束之后，他并没感到轻松，人也平静不下来，脑子里乱七八糟的。再看这一群羊，仿佛它们的肃穆和沉默倒使得他变得不安，而且给了他一种说不清的心理压力。

在一瞬间，核塞感觉身边有一种无法言说的东西存在着，而且这种东西就在他周围的某一处。实际上，他一直盯着前面这群不声不响低头劲走的羊。他纳闷它们竟没有一只愿意发出叫声，都是默默地屏息敛声，一个劲儿地往前直走。看起来，更换了主人的羊群呈现出某种孤苦茫然的样子，仿佛它们的存在也成了一种无法依托的东西。核塞盯着羊群，想看一看某只羊的眼睛，实际上，他连一只羊头也看不见，因为每一只羊都把头勾着，好像有意要将自己隐藏起来。

这是起伏连绵的贺兰山脉，在沙坡头一带的西向余脉。一律的青色脊岩却失却了主峰一带的峥嵘奇险而呈现出低缓平实的态势。紧挨着山脊的就是这片戈壁滩。此刻，临近黄昏的那种略显灰暗的天色，使戈壁滩罩上了一层虚幻的紫晕。一垛垛低矮瓷实的草巴子随处可见，还有堆拢其中的那些柔软细碎的小沙包，呈现出凝固而光滑的波纹，看起来整块戈壁滩更像一片荒凉的海滩。

羊群一直沿着一条较为平坦的山路走着。这是一条废弃的土路，仿佛有几百年了，路面几乎被流沙覆盖，只能依稀辨出大概的轮廓，上面除了沙子还有碎小的砾石。能听见疾走的羊蹄子踩在石子上，发出磕磕吧吧的响声。

太阳完全陨落了，浓艳的夕辉把戈壁滩涂抹得一派辉煌，那些密集的草巴子隐隐地烧起来。夕光的火焰在滚圆的沙包上安静地跳跃，使得整块戈壁滩呈现出某种恍惚的动荡。只有细心体会，才能感受到这戈壁滩的深处隐含着一种过于深远的悲凉和苍郁。

然而，核塞并没有心境来体会这些，他只是茫然地走着，他开始怀疑起自己，怀疑起这一群疾走的羊。他想：它们是否真属于他呢？其实，羊群一刻也不属于他。他知道这一点，他只是暂时拥有它们而已。或者说，连这暂时的拥有都不可能。实际上，羊群成了突出他之外的另一种存在，而且有一种圣洁而庄严的味道。核塞感到，有一种圣洁而庄严的味道，有一种更高的东西驾驭着羊群，甚至包括他自己。这样想着，他开始怀疑他所做的一切，对将要面临的一切也感到疑惑。一瞬间，核塞感到周围的一切都变得虚幻起来，而且变得毫无意义，仿佛他不再是他，羊群也不再是羊群了。他抬头望了一眼沉默的山峰，发现那些坚硬的灰色脊岩，在夕辉将要褪尽的时候，仍然闪烁出某种凝重的黄褐色的晕光。眼前被夕辉镀亮的羊群，更增添了几分庄重和肃穆。不久，核塞看到那些残淡的夕辉，在羊的干爽的皮毛上跳跃了一会儿，就黯然消失了。

核塞听了听，从戈壁滩的深处，潜来一种咝咝咝的声响，好像在它的深处隐含着难以名状的生命的躁动。

仔细听起来，戈壁滩非常寂静，这是包含了诸多生命气息的，深沉而丰富的寂静，它像某种宽泛的流体在慢慢扩展，不断地向远处渗透。核塞抬起头，隐隐约约地看见戈壁滩以南的几处模糊的村舍和弥漫在村舍上空的大团大团的紫气氤氲，但是那些却显得非常遥远，听不到一丝声息，这多少使核塞的心里感到一点侥幸。

他和羊群选择的是一条较为僻静的山路，核塞心里明白，他和羊群大致沿着贺兰山西去的路线在走。如果照这个速度，用不上一个晚上，他会在一大清早把这群羊赶向一个沙漠边缘的畜牧市场卖掉，然后溜之大吉。随便给一个什么价钱，只要能顺利脱手就行。他知道，那里的牛羊贩子很多，这不会是一个多大的难事。

不久，核塞和羊群就遁入真正的黑暗。核塞看见，浓厚的夜色像一大块幕布从高空的四面八方沉降下来，然后像水一样洇渗开去。刚才还清晰的戈壁滩，已变得朦胧而模糊了。就连先前燃烧的草巴子也寂然融进了夜色，在均匀的缓缓流动的夜色中，它们成了一些颜色更深的硬块。

核塞的心口感到有些憋闷。

羊群像一只船，默默地行进在海水一样漫漶的夜色中。核塞几乎是紧跟着这群快速移动的羊群，他觉得，他在此刻反而有些依赖于它们，他想，如果没有这一群羊，他一个人走这荒天野地，那会是什么样子？他的心肯定比现在更乱。

在这条布满砾石的土路上，他的脚步踉踉跄跄的，然而走在前面的这一群羊一点也没有减慢它们的速度，核塞看见很多羊腿骨，在黑暗中不停地错动着向前移动，把蹄子下的碎石踢得发出一连串的火星。现在他才感到心里有些恐惧。他一次一次地想起那个牧羊老人，又干又瘦的身子蜷缩在沙地上，不停地战栗着，尤其那一只羊腿一样粗细的瘸腿，从宽大的裤筒里伸出来，不停地抽搐着。核塞想起，他用刀子刨开一个沙坑，把这个干瘪的身体拽过去放展，然后用沙子掩埋的时候那只瘸腿就露在沙堆外面抽搐着。裸露的脚踝那儿黑黑的，像一截子烧黑的干柴棒子，脚趾僵直地伸开来，不停地痉挛着，几根筋在脚背上抽得硬硬的。让核塞吃惊的是，一个如此干瘪的老头子人都死了，可唯独这只瘦腿还没有死？这倒有点怪！可当时他没有时间去想这些，他只是手忙脚乱地往这具尸体上不停地堆沙子，堆成一个凸起的沙包。一会儿，他就发现有黏稠的血液从沙堆底部慢慢地蚓行而出，把周围的沙子渗印出许多的湿痕。

现在，核塞满脑子里想的就是这一件事。当时，看见那群羊的时候他正巧一个人走在通往一个集镇的公路上，越过戈壁滩，远远地他就看见一个老人赶着一群羊慢悠悠地拐过一处山坳，向那座山峰后面隐去了。

当他走近那个老人的时候，并没急着下手，尽管他很有把握，还是毫不经意间向四周逡巡了一番。他发现这一带除了起伏连绵的青灰色的山脉，和干燥的灰茫茫的戈壁滩外什么也没有，那一条公路在虚茫茫的天空下只是一条不断扭曲延伸的黑线。那上面偶然会驶过一辆卡车，等卡车完全消失以后，戈壁滩就长久地恢复到它的沉寂中去。

核塞看见老人的时候，就向他扬手打招呼，装出一副过于亲切又极尽疲惫的样子。他的样子大概也像一个游手好闲的游客，老人见得多了并没感到吃惊。后来，老人还主动地从肩上取出水壶递给他喝。核塞对着水壶喝水的当儿，觑了一眼爬在山坡上正在吃草的羊群，不错！起码有一百来只，同时，他又回过头来看了老人一眼，觉得站在他身边的这个老人又黑又瘦，整个人都皱巴巴的，而且露出一脸的愁容，一双混浊的眼球可怜兮兮地瞧着他，有几次他都不忍心下手了。核塞记得当他一边和老人心不在焉地搭着话，一边突然亮出刀子的时候，老人在一瞬间因吃惊而张大了嘴巴。这一刻，他肯定想喊一声就是发不出声来。那时，核塞的一张脸变得十分恐怖，老人根本没有反应过来，他怎么说变就变了呢？他看起来好好的怎么说变就变了呢？灾难的到来太突然了，老人一刹那好像被魔法圈定了，他想跳开去，却移不动身子，大张的嘴巴就定格成了一个空空的黑洞。核塞在一瞬间还看见老人的口腔里有几只脱落殆尽的龋齿，当他一手抓住老人的后领，扳过他的身子，毫不迟疑地将刀子猛地刺进他的咽喉的时候，他发觉老人的一双眼珠顷刻间变得完全呆痴了。老人几乎连动都没动一下，身子就软软地瘫倒了下去，蜷成一张弓抽搐着。核塞在老人倒下去的时候，一直盯着老人的那一双惊恐的眼睛，它们一直大睁着。核塞还记得当刀子刺进老人咽喉的那一刹那，那一双眼珠还在深处战栗了一下，然后就慢慢地变得黯淡了。大股大股的血从刀口深处汩汩地流出来。他听见老人的喉管里发出含糊的咕咕噜噜的声音。

当核塞手忙脚乱地将一切都收拾干净的时候，他一抬头，看见正在山坡上吃草的那些羊却不知在什么时候，全部停下错动的嘴巴回过头来瞧着他。

在他聚拢羊群，匆匆忙忙驱赶着它们上路的时候核塞发现这些羊特别温顺，整个羊群按照他的意愿在走。有一刻，他甚至担心这群羊会因为受惊而"炸群"跑得一个都不剩，那他就没有办法了。可是他担心的事并没有发生，一切都进行得太顺利了，他倒有点纳闷。

核塞在羊群后面，努力使自己看起来像一个真正的牧人，其实他心里一点都不自信也不感到轻松，反而有些空茫、有些莫名其妙的烦躁与焦虑。

按说他是没有什么顾虑的，这又不是他第一次杀人。在这之前他已经连续杀过两个人。核塞想，在他杀过两个人之后再杀掉一个应该没什么顾虑的。反正是杀人，杀一个跟杀几个都一样。如果不是这个老人就是另一个，今天刚好让这个老人碰上了那就是他的劫数。作为一个在逃的杀人犯，要活下去必须要杀人。自从杀死第一个女人之后他就作好了死的准备，他对活下去已不抱任何希望。他决定从省城来到乡下就是为了放松一下绷得太紧的神经。可是想不到他一出来就随手干了这一件事。其实，有一刻，核塞已打消杀他的念头。那时他和老人并排坐在一处土坎上，老人艰难地啃着一块干馍，两只手十分谨慎而小心地捧着不时遗落的馍渣。一瞬间，核塞为老人的吃相感到厌烦起来。那念头就一下子跳了出来，而且变得不可更改。受到那念头的支配，他浑身发热了。

某一瞬间，核塞在戈壁滩上隐隐地看到了一群羊，赶羊的还是那个老人，老人牧羊的样子十分悠然，而且他看见老人赶着那群羊正向他这边走来，他越来越清晰地看见了老人的面容了，老人似乎带有一种超然豁达的微笑，不再像刚才那样凄苦了……这样想着，他回过头瞧了一眼黑黝黝的戈壁滩除了远处闪烁的几处虚幻的灯火之外什么也没有。他留心听了听，戈壁滩上死一般的静，除了羊群在走中发出的响声外听不见一点声音。

核塞摇了摇头，驱散了不时浮现在眼前的幻象，借着一点星光，他看见前方出现了一片较为开阔的戈壁滩，显得黑苍苍的。贺兰山的余脉在这儿完全消失了。但是在不远处贴着西方天壁，却突兀地矗立着另一座山峰。那山势更加威猛雄壮，仿佛释放出一种特别森严而神秘的气息。

现在，羊群走得更加欢实了。核塞觉得他几乎被黑暗中的羊群带着往前走。

在布满星辰的天穹下，戈壁滩显得更加森然。蓦然间，核塞好像听见从戈壁滩的某处隐隐地传来诵经声。他知道这是幻觉，可是只要他稍一留神就听到了那咿咿嗡嗡的声音，忽高忽低忽强忽弱。听到这声音他又留意了一眼这羊群，它们依然在黑暗中走着，没有表现出一点异样，而且没有一点要停下来的意思，仿佛它们一直要这样走下去。核塞想，如果羊群真要这样走下去，他大约也得这样随着羊群走下去，他一个人是不能拦住一群羊的。

当核塞和羊群完全走出这片戈壁时，他已经清楚地看见横亘在面前的这座大山。核塞知道这就是香山，他以前不仅一次见到过它，但是在今天晚上见到它时，却觉得它变得如此森严。而且这庞大的山体在朦胧的星辉下显得更为肃穆，有一种往人骨髓里渗的气息。核塞凭借星光已隐隐约约看见那些岩壁上开凿的黑咕隆咚的石窟。

现在，羊群又贴着香山走着，在寂静的夜色中羊群发出唰唰的声音。拐过一处较大的山腰，在另一处山谷下面，现出一条较为平缓的坡地。核塞看见那坡地上坐落着一座废弃的寺院。大概羊群也发现了那个寺院，它们可能是把它当作一个羊圈了。核塞看见，羊群撇开路面径直向那里奔走。

核塞跑在前面想拦住羊群，不料它们根本不听他的阻拦，羊纷纷从他的身边跑过去，核塞一只羊也没有拦住，他只好随着羊群来到这座寺院。黑暗中他看见寺院四周的墙壁已坍塌殆尽了，院子里野草长得有半人高。正对着大门的那座大殿的顶部已经塌陷，下面沿墙壁站着许多泥塑的神像。核塞并没留意这些，他关心的是这一群羊。

他发现这一群羊全部站在寺院靠西的那几堵墙壁跟前，挤成一堆，尽管院子里的草长得十分繁茂，但没有一只羊去吃它们。核塞的双脚踩在青草上发出咯吧吧的脆响。他随即闻到了草秆在折断时发出的十分辛辣的味道。他本来想，这群羊也许饿了，吃上几口草就会走，现在看来不是这样。羊群根本不理会草，它们全挤在那儿喘着气，肚子一鼓一鼓的。核塞走过去大声吆喝着，一边挥舞着树枝抽打着它们，但是没有一只羊愿意走出羊群。有几次他伸出手去拽其中的几只，却发现它们各个拧着脖子在他的手里死命地挣扎，却一声不吭。现在他才知道这些貌似温顺的羊变得有多么倔强了。他无奈地叹了一口气，懊恼地站在羊群边上，想不出更好的办法。

他抬起头来看见正有一轮金黄色的月亮，从高高的香山顶上冒出了一部分，不是十分明亮却像一块正在熔化的黄灿灿的金子。核塞有些吃惊地盯着这枚月亮，不大一会儿，月亮就从香山之顶缓缓地升上去，悬在半空，现出光鲜的一轮，周身溶溶地发散出十分柔和的光，轻柔得像一层雾。那光的绒毛颤抖着散开来，使原本黑黝黝的山体显得更加幽暗，但不大一会儿，山体的表面就覆上了一层飘浮的光晕。

这时候，所有的羊都抬起头来盯着这枚月亮，核塞看见一群羊的眼珠被月亮的光映得熠熠发亮。与此同时，破败的寺院越发显得幽静。核塞稍微平静了些，接着，他看见月光像一层明亮的水波，带着清晰的阴影从黑黝黝的山坡上慢慢地移下来，漫过坍塌的墙壁、羊群，然后，映亮了整个寺院。

核塞又一次仰起头来，把整个面孔沐浴在月辉中，于是他的眼眶里就变得潮湿了，热的泪水便从颧骨那儿流下来，他眨了一下模糊的泪眼，却发现月亮在某一刻贴在他的脸上像一块冰。恍惚中他看见被月光镀亮的山坡上正蹲着一个人影，仿佛就是那个老人，他注视着自己的羊群。只是，在溶溶的月光下，他变得十分虚幻和涉远，恍惚间就融进了月色之中。核塞回过头，看见那群羊静静地沐着月光，站在墙根下寂然不动。有一刻，他仿佛听见这一群羊轻轻地叫唤起来，可是他仔细一听却什么声音也没有，只有月光像一层清水在废弃的寺院里静静流淌。

手

通常都是这样，在入夜的很长一段时间里，义德老人总是沉浸在黑暗中，静静地聆听着那条河流的喧哗声。这是一条古老的河，人们习惯于叫她母亲河。她在宽阔的河床里奔流，带着大量的泥沙。在白天它的响声还不怎么大，可是一到晚上，它的声音就突然变大了。

义德老人是个筏子客，对赖以生存的这条大河总是有着特殊的情感。为了方便起见，他在河岸边的山坡上搭了一间简陋的茅屋，一住就是十多年。要知道他还是个鳏夫，对孤独和简朴的生活已经适应了。然而，尽管如此，某种落寞的心怀还是常有的。在漫长的夜晚，听着不息的涛声，他的思绪总是难以平静。相对来说，他想得最多的还是与这条河有关的事，具体地说就是河面上的那些形形色色的漂浮物。

他每天要去的地方是一个很大的回水湾，位于兰州市以东的什川盆地。当黄河穿过兰州市区，流经这里时，水势便变得平缓下来。一路冲刷下来的物品、人畜的死尸也在这个叫作回水湾的地方搁浅。老人的任务就是打捞它们，把物品收集起来当废品卖掉，对那些不成样子的人的尸体，一般都要先放一两天，等待人来认领，实在没办法了便就地掩埋。老人说是个筏子客，其实干着与摆渡无关的事。可以说他成天都在与一些人或动物的残骸打交道，好在他已经习惯了，并不觉得这是一件怎么特殊的事。在他的眼中，人的尸体与动物的尸体几乎没什么两样，可是，每当遇到那些被肢解的人的尸体时，他还是禁不住会觉到一种寒意。

常常有这样的情况，在某个繁华都市的边上，总有一两处相对安静的所在，回水湾正是这样一个地方。它空旷而荒凉，除了老人很少有人来问津。在它的四周分布着许多隐秘的土堆，都是一些无名尸体的坟墓，时间一久连老人也辨认不出来了。

义德老人是一个和善的老头，与尸体打交道的时间久了，脸上就时常挂着一种狡狭的似笑非笑的神情。然而，单凭这一点你还不能完全理解他的内心生活。

在夜晚，黄河的涛声是低沉的，它不仅是一种如泣如歌的吟唱，也是一种持续的低吼……老人进入了梦乡。老人一旦进入梦乡就睡得很死。在梦中，他梦见了另外的一条河。这是一条清澈的河，河面宽阔，几乎望不到边，涌动的波浪是蓝色的。他驾着羊皮筏子航行在水面上，尽管波浪很大，但是他不觉得颠簸。鱼儿从浪尖上跃起来，径直落在筏子上，可是，待他伸手去捉时，它们又都飞了起来。他觉得奇怪，搞不清鱼为什么会长上翅膀，像鸟一般飞起来，并围绕着他连续地发出啸叫声……

老人惊醒时，听见黑子在用爪子轻轻地抓挠门板。他哼了一声，算是回答。黑子在门外不情愿地吱哼了一声，像是在埋怨主人又起晚了。黑子是一条颇通人性的狗，与主人朝夕相伴，彼此都有些离不开对方了，听见主人在起床它就跑开了。

屋后，桃树林里的鸟噪成一片。早晨的鸟就是这样，惯于聚成群在树冠上比试歌喉。

义德老人拉开门走出去时，看见黑子在桃树林里穿梭的身影，他笑了。那是一片很大的野桃林，几乎所有的桃树都开花了，一树一树的桃花连成一片，根本分辨不出到底是哪一棵桃树在开花。

风吹过来，里面全是桃花的苦香。

义德老人的心情很好，不是每天都有这样的好心情，但是今天早上，他的心情就很好。这得益于鸟的叫声，桃花的苦香还有晴朗的天空。

狗在林子里奔跑，好像在追逐什么东西，不时地发出叫声。没必要去理睬它，义德老人知道，它是一条淘气的狗，有时候不免一惊一乍的。

义德老人走到屋后的柴堆那儿，顺手抽了一把干树枝，准备拿回去生火。当他直起腰来时，就看见了坡下那条闪光的大河。他凝神听了听，大山背后的繁华都市像一个庞大的蜂箱又开始轰鸣起来。

几乎每一天都以相同的方式开始，又以相同的方式结束，生活对于义德老人来说已没什么新鲜可言。

一个小时以后，老人吃完了早饭，熄灭了炊膛里的火，然后走出来。黑子已卧在门口，用爪子洗脸。老人看见它的胡须上沾着一点血迹。

老人背着羊皮筏向那条河走去，后面跟着那条狗。

太阳升高了，河滩被晒热了。面前，这条熟悉的大河，还是老样子在不紧不慢地向前流动，浑浊的浪花一下一下地轻拍着岸边。老人注意到在弯曲的河岸边的某处，有一条搁浅的死狗，身子随着冲击的浪波而微微晃荡。看样子是一条体骼不小的狼犬，它一定在水里漂流了很长的一段时间，肚子胀大了，四肢硬硬地撑开来。它的棕黄色的皮毛上沾着不少的柴草，尸体四周还淤积着许多的塑料废品。老人琢磨着，今天又得忙乎一阵子了，剥一张狗皮，少说也能卖二三百块钱。不过没必要急，在这里不会有人与他争抢一条死狗。老人一边走，一边观察着，渴望发现更多的收获。

这当儿，他注意到在远处的河滩上躺着一条鱼。要是它就那样躺着一动不动，从远处看就跟一块石头没什么两样。可是它动了动，就被老人发现了。当义德老人终于分辨得出它是一条鱼的时候，身边的黑子已撇开他向那边飞奔而去。多亏义德老人及时喝了一声，才使黑子没敢张嘴叼走它。

义德老人将背着的皮筏子放下来，赶忙向那边走过去。到了跟前，他才发现躺着的是一条很大的鱼，模样像是一条金鱼，但比常见的金鱼要大出好几倍。看样子它还活着，两鳃翕动着，圆圆的嘴巴一张一合的。

这家伙太大了，有些不合乎常规。要是一条普通的鱼，可能还没等义德老人下手，就被黑子叼跑了。现在，老人和他的狗都不知道该如何下手了。要是有一个什么东西大得超出了常规，就显得有些异样，比如眼前躺着的这条鱼就是这样。老人注意到这条鱼的一双凸出的眼睛是有表情的，仿佛带着一丝困惑，正死死地盯着他瞧。

他怕了，但是没移开目光，而是勇敢地和这条鱼对视着。他在心里告诫自己，千万不能怯它！他知道，凡是遇到可怕的东西千万不能怯阵，一怯阵就垮了。

老东西，你怎么了？你还怕一条死鱼不成？他在责备自己。这中间，站在身边的黑子叫了一声，老人这才想起他手里还握着一根木棍，他抡起木棍，对准鱼头狠狠地来了一下。他敲得真准，鱼受到致命的一击之后，还有力量蹦了起来，身子在半空中弯成一张弓，然后重重地落下来，尾巴急速地拍打着地面，不过这样的动作没持续多久，就不动弹了。

黑子叫嚣着，列开架势随时准备扑上去，老人喊了一声，它就趴下不动了。看上去鱼很肥嫩，少说也有七八十斤重。老人准备把它的内脏掏空了，以便拿回去腌制起来。

他抽出随身携带的匕首，蹲下来用左手压住鱼头，与此同时，用右手的刀尖挑开鱼的腹腔。

一根手指头露了出来，老人没怎么留意，继续扒拉着，他觉得不对劲，鱼的腹腔里有个硬硬的东西。他使了使劲，将肠肠肚肚一股脑儿地全掏了出来。这时他才看清，在这堆东西中间有一只手，是一只人的手，已有些残损和零碎，但还是一眼就可以看得出来。他吓坏了，一屁股坐在地上。狗站起身，咬起来，然后围着这堆东西转圈圈。

老人缓过神，将这只手从鱼的内脏中间拔拉出来，仔细一瞧，是一只女人的手。手指细长，手指甲还染成了粉红色。

从手的样子看，它还没有开始腐烂，看来这条大鱼吞下它的时间并不太长。或许这条鱼在吞下这条断手之后，感觉到了不适，以致还没有来得及消化它就自己变得不行了。

有几分钟的时间，老人一直默默地瞧着这只手，在打量中像在回忆或想象着一种什么。黑子也很懂事，它和主人一样也在一动不动地打量它，然而，对于这只断手背后所发生的事，它和主人一样是琢磨不透的。面前的这只手，对老人和一条狗来说，是一件陌生的东西，尽管他们对类似的东西并不陌生。它，一只手，当从母体上被生生割裂开来的时候，就成了一件陌生的东西，即使对曾经拥有它的主人来说也成了一件陌生的东西。观察一只失去生命的断手比看一个尸体更让人惊心。单从这只手可以看出，它的主人一定是个年轻的女性，大概人也长得不丑。老人注意到手腕的断口很整齐，一定是一把锋利的斧头所为。

老人在捡起这只断手的同时，心里有一种异样的感觉。他抡起胳膊想把它一下子扔在河里去，但是他想了想，又放下了。对于那条破开腹腔的鱼他也懒得去动了，黑子走过去在死鱼的身上闻了闻就走开了，它也不想动这条鱼。

这中间，老人将那条死狗从水里拉上来，开始剥皮，他发现自己惯有的刀法变得不流畅了，刀尖不是走得太浅就是太深，有几次都把皮子挑破了。事实上，他想借助于这件常干的事，而忘掉另一件事，但是他发现自己做不到。弃置在沙滩上的那只断手和那条死鱼一起，变成了一桩折磨人的事。

老人鼓捣了很久，才算把这张狗皮剥了下来。现在他不打算再动了，于是他坐下来，点上一支烟，对着河水发呆。从整体看，河水是平静的，可是在浪花与浪花之间却蕴含着不尽的变数。老人看见河面上随着波浪颠簸的还有许多的漂浮物，像旧木板啦，破草筐啦，硬纸箱啦，缠着柴草的衣服啦，还有口子扎得很紧、整体鼓胀起来的麻袋啦，等等。要是过去，他就划动皮筏子将它们一个个地打捞上来，说不上还能从它们中发现有用的东西。可是今天，他却突然失去了打捞它们的兴趣，倒不完全是因为那只手，他的心境突然间竟变得很糟。

在空旷的河滩上，低首发呆的老人像一只孤独的鸵鸟。他的身后，躺着那条剥干净的狗尸，四肢还硬硬地叉开着，不远处就是那条死鱼，还有那只断手，它们组合在一起构成了某种具有莫测意味的图景。

黑子对剥干净的同类的尸体连闻也不愿闻一下就远远地避开了，有一段时间它一动不动地卧在那只断手的跟前，仔细地打量它，间或偷偷地伸出一只前爪轻轻地触碰一下。

老人将狗尸草草掩埋了，他担心尸体被晒热以后会迅速地腐烂而发出臭味。这时候天还没黑，老人就起身往回返。不知出于什么心理，他没有将那条鱼和那只断手掩埋，而是把断手小心地装在一只塑料袋里随手提了回来。

有一段时间，老人在忙着做饭，当他烟熏火燎地吃完饭后天就黑透了。他点起了灯，并就着灯火抽了一锅旱烟。即使点着灯，房子里也并不明亮。风从茅屋的某处缝隙吹进来，使得豆粒大的灯火在轻轻摇晃。有一刻他突然想起那只装有断手的塑料袋就放在门背后的某一处地方，即使在黑暗中他也能凭着想象找到它。老人觉得，它是一种独有的存在，仿佛带着某种顽固的特性成了这间茅草屋的中心。老人觉得别扭，于是跳下土炕将塑料袋提出去，随手放在门外的一堆废品上，然后关了门早早地躺下了。

五公里以外，城市喧哗的声音传到这儿就成了一种持续的轰鸣声。老人很少到邻近的城市里去，但是凭着想象，他也清楚此刻的兰州市区华灯初上，车流如注。可是在灯光照不到的某个阴暗的地方，说不定正悄悄地酝酿或发生着一件什么事……

夜里起了风，由于位居河岸，风势本来就猛，长风吹来带着河面上的潮气，连续不断地拍击着茅草屋的门板。在不息的风声中，老人能感觉得到桃英飘落的簌簌声。

……

一声枪响，把老人从睡梦中惊醒，从声音判断开枪的地方就在附近。当老人慌慌张张地跑出门时，看见一个警察提着手枪站在桃树林里，他的身边有一个东西躺在地上。老人预感不妙，便迅速向那儿跑去。

躺在地上的正是黑子，生命像一股旋风已离它而去。在最后的一刻，它还一下一下地蹬着腿。它的眼睛大睁着，但是已经失去了惯有的光彩。老人跪下来，把颤抖的双手放在黑子的眼睛上。子弹是从黑子的左耳根处穿过去的，从枪眼处流出的血水将四周的皮毛渗透了。

这是怎么了，这是怎么了啊？老人一边抚摸着黑子的头，一边带着哭腔问站在一边的警察。警察是个个子很高的年轻人，沉着脸，一手提着枪，一手提着一只破烂的塑料袋，里面装着那只惹事的断手。

年轻人说，你看你养的好狗，居然叼着一只手在林子里跑，要不是我及时发现，它会将这只手啃了的。不可能，老人说，它是在玩……玩？你说得轻巧，我还从没听说过有玩人手的狗。年轻人很愤怒，他继续说道，你知道这是谁的手么？告诉你，它是一位女局长的手，没有这手，她就不能下葬知道不。为了找这只手，我们连城里所有的垃圾箱都搜遍了……多亏我想到了这里……

老人懵了，咕咕哝哝地说，人都死了，还要一只手做啥。年轻人似乎已懒得向老人说什么。

老人不吭声了，只是机械地在黑子的身上来回抚摸。黑子的身上还很温暖，但是它再也跑不起来了。年轻人看老人是个不太难缠的人，于是说道，老人家，打死你的狗，也是没办法。说着，从身上掏出一卷儿钱，递给老人，并说道，对不起老人家，真是没办法。他好像也没有很好的法子来安慰老人，略略踌躇，就拎着袋子走掉了。

老人在黑子的尸体边坐了好久，然后回去拿了一只铁锹将它埋在一株很大的桃树下面。桃树林的地面上,铺着一层粉红色的落英,当老人起身往回走的时候,发现踩在脚下面的落英很柔软,并且散发出一种浓郁的苦香。

这天,老人没有到河边上去,而是在门口傻坐了一整天。他老往桃林那边瞧,有几次他都看见黑子在林子里往来奔跑的身影,有一次他还当真听见黑子叫了一声,旋急便消失在桃林深处。

晚上他吃了一点剩饭就躺下了。夜晚很安静,大河的声音和城市的声音都变得遥远起来。他聆听着,小小的风从桃林那边吹来,一下一下地轻拂着门板。深夜,桃花的香味更浓……

夜里,老人糊里糊涂做了许多的梦,大水啊、鱼骨啊、那只断手啊,等等,在他的脑子里幻灯片一般闪烁着,当然也还有他的黑子。他还看到一个影子似的女人,个头很高,空了一只袖子在水边来来去去地寻觅着什么,他似乎猜得到她在找什么,也一次次地冲动着,却终于不敢走过去告知她。

老人醒来时,太阳已升起老高了,可是梦中的情景却还是那么清晰地留在他的心中。他觉得不安,就像还在一个梦中,未能完全地醒来似的。

这天,他一直到中午才来到河边上。太阳又红又大,照耀着浑浊的河面,他闻到的河水的气味是一种晒热了的蘑菇的气味, 里面掺和着一丝淡淡的腥味。

他注意到那条被破开腹腔的大鱼还躺在那里一动不动, 有几只苍蝇围着它飞,发出嗡嗡的叫声。他知道,一条鱼的死亡过程比人们想象到的要漫长一些……

单身公寓

变化是从什么时候开始的呢？我指的是我居住了多年的这套单身公寓，它里面的东西从某一刻开始变得陌生起来。

这不是房子本身每时每刻都进行的那种变化。比如说，天花板由于年久失修而逐渐脱落，墙壁变得灰暗，浇铸在里面的钢筋一天天变得锈蚀。不，不是这样的变化，我是说，房子里面的东西从表面看起来有被动过或被使用过的痕迹。不过它出自于一双陌生的手。

我观察了好久，我相信这一点。

之所以这样认为，并不是说我过于敏感、善于捕风捉影，实在是因为它来源于我的直觉，挺真切的直觉：我的房子在我不在的那些时候，被人偷偷地用过了。

那次因为工作的需要，我出了一趟公差，也就四五天的样子，没觉得多么疲惫，倒是胡须长了一大把。下了公共汽车，我径直向“家”里走去。所说的家，在西城区靠近某一个菜市场的边上。一路上，我勾着头，步子迈得挺快。作为一个单身汉，我历来对购物兴趣不大，同样对繁华的市区也不愿作过多的浏览。

一切都挺平常，生活总是沿着某种固定不变的轨道在运行。

打开门，走进去，旅途的劳累一瞬间消失了许多。我又闻到了那种熟悉的气味，看到了经常看到、并经常使用的东西。我放松下来，同时一种满足感油然而生。

一个人只要回到他最熟悉的生活氛围中，他才感到惬意。说到底人也是与他独有的生活环境相适应的，小到一处居所，大到一个城市或是一个社会,道理都是一样的。

某一瞬间,我看到房子里的这些式样古朴的家具化作同等大小的动物,十分友善地凝视着我,使我感到惬意。于是我感叹道:这就是生活的全部。生活就是由这些毫不起眼的被我们经常忽略了的最平常的东西构成。当然啦,这还包括自己熟悉的那种气味,那种习以为常的色彩等等。我自言自语着,体验到只有在自己的房子里才会感到的那种舒适与熨帖。这类似于某一只胆怯的动物,只有来到它的某个藏身的所在,方才感到安全。当然啦,对我来说,待在自己的房子里不仅感到熨帖,同时思想的自由度也变得非常之大。

说到底我是一个喜欢独处的人,除了看书、写作,不大与人来往,所以一处安静的居所对我来说是重要的。

“噢!我终于回到了自己的房间。”我摇了摇头感叹道。忽然间,我觉得我得干些什么,不过一时说不清要干什么。

我习惯性地向床那边走去,经过浅红色写字台时把旅行包随手搁在了上面。然后坐在了床上。我像小孩子一样晃着屁股颠了颠,然后静下来。不过在下意识中,我还伸出手指在床头和叠起的被面上摸了摸,一切都出自于习惯。我自然环视了一下室内不大的空间——竟觉得有点特别,随着心跳也有些不大自然。这感觉有些别扭。我意识到房间里好像有一种暗暗存在的东西,影响了我和房间的亲切相融!房间里的味道也有些不同寻常,至少有些异样。我的心立刻绷紧了。我不由得警觉起来,再次更认真地环视屋内:敦敦实实的写字台,摆在它前面的棕皮椅子,挂在墙上的翻在某一页的挂历,门后面的绳子上搭着的毛巾、袜子等等都保持着原来的样子。不过这一切并不能消除我的那种感觉。还是那样,我有些别扭,心跳还是不大自然。我这样想道:我的房间在我离开的这些天里,发生了一些变化——重要的是,我竟指不出这种变化到底在哪儿,到底哪儿与过去不同了?

这会儿我想否定我自己,可是我发现我越是想否定自己,那种感觉就变得越固执。

受那种想法的驱使,我继续看着房间——水泥窗台上,放的那一盆紫罗兰宁静地开放着——向四周伸展的肥嫩的叶片被明亮的阳光照得透亮。叶子上,细密的小刺在光线里像银针一样发亮。

看起来房间里的所有东西都没有改变,都是我离开时的样子。比如说床头的这本书,还照原样子打开着,我甚至都记得翻开的这一页上所记述的文字。但我总觉得房子里的气氛不对头,就是有那么一点陌生,一点拘谨,一点神神秘秘的东西。这不像往日我打开房门时,就立即感觉到房子本身流露出的那种亲切感——那种融融合合的东西,这东西不见了。

现在,我只有一个想法,那就是:我的房子被人偷偷地侵犯了,就像一个人的隐私被一个没有教养的家伙突然暴露在大庭广众之下。想到这,我的浑身一下子燠热起来。

你们要知道对于一个居住了五年之久的人来说, 一间小房子早已成为我身体的一部分了。我几乎熟悉这房子里的一切,包括它特有的声音、气息,光线的微妙变化,时光流逝的速度,以及它特有的昏沉沉的脾性,甚至连它墙壁上的水渍印迹以及弥漫在房间里的尘土的味道我都熟悉。

对于一个长时间沉浸在孤独中的人来说, 房子里的一切都成了主人自身的东西,它们甚至渗透了主人最隐秘的精神活动。如果房子是有生命的话,它也绝对熟悉这个人。因为他们是一体的、不能分割的。

总之,有了第一次的体验之后,我无形中变得慎重起来。

之后,有那么一次,我去省城毗邻的左旗参加一个民间文艺研讨会(因为我自己就是省文联民间文艺协会的一名驻会工作人员),在阿拉善草原上待了三天,心里老觉得不踏实,总觉得有一件事放心不下。后来明白了,我原来一直惦记着自己的房子。

离开家这么远,突然对自己的房子不放心起来,好像冒冒失失地把一条陪伴了自己多年的老狗托付给一个陌生人。我的心里一下子变得空空荡荡的,这感觉是以前从没有过的。也许,对于一个独居多年的单身汉而言,有某种古怪的心理,大家也是可以理解的。

阿拉善草原的夜色是清亮的, 铺天盖地的青草的气息在夜晚像一层隐秘的河流一样流动着。我和一群同行一边饮酒,一边跳舞,气氛是热热闹闹的。突然间我的心被什么东西揪了一下。随后有关房子的某个画面出现在我的面前:这会儿,我清清楚楚地看见正有一个人趁着楼道里的黑暗悄悄地潜入我的房子。他的后面还跟着一个人——一个黄头发的小个子女人,蹦蹦跳跳的。看样子这是一对热恋的情人, 正忙着四处寻找一个放心做事的场所……他们终于找对了地方。男的是一个玩世不恭的家伙, 脸上长着粉刺疙瘩，后脑勺上扎着一条小辫子，嘴角处斜叼着一根烟。他轻声哼着流行小调，一双小眼睛总是忍不住向四周滴溜溜乱转着。他进了房间后并没有停下来，而是晃着身子在房间里不停地走动着，东瞟瞟西望望，一副特感兴趣的样子。他走到床边那儿停下来，随手抓起一本书，胡乱地翻动着。接着扔下书，从旁边的一沓子手稿上面拿起一块鹅卵石赏玩着。那女的站在窗前，伸手摸着那盆紫罗兰的叶片，嘴里发出咿呀咿呀的叫声。不留意间，她随手揪下几片叶子，放在手指间捻碎了，然后把紫红色的叶汁细心地涂在另一只手指上。她十分爱怜地欣赏着自己的手指。这时一双手慢慢地伸过来，搂住她的腰，同时一张热烘烘的嘴巴偎过来，贴在她的右颊上摩挲着。她回过头瞪了他一眼，嗔怒道：死鬼，赖皮，真拿你没办法！那男的嬉笑着，更紧地搂住了她，她趁势向床上倒了下去……想到这，我一下子就变得厌倦起来。

第二天，我就告别了朋友，急匆匆向“家”里赶去。

一旦走近这幢不起眼的住宅楼，我便不由得变得警觉起来。待我轻手轻脚地走到房门前时，我停住了。房门是紧锁着的，我突然感到了一种压力，压力是从房间内部传出来的。此时，楼区外面的菜市场传过来一片熙熙攘攘的声音。可是楼道里很安静，我习惯性地掏出钥匙。

要不要打开这扇紧锁的房门呢？一瞬间，我变得犹豫起来。有一会儿，我就这么傻站着，不愿动弹。我没勇气打开自己的房门了，我有点担心，却不知道担心什么。

我承认我怕陌生的东西，我怕我熟悉的东西一下子变得面目全非，我就怕这种突然的变故……后来，我还是硬着头皮打开了房子里的门。

呈现在我面前的一切都原模原样。那台紫红色的大衣柜靠墙立着，拉门是合上着的。一边的写字台上码着一摞书，仔细一看，连我放的次序也没有变。窗台上那盆紫罗兰的花长得更茂盛了。肥嫩的叶片上，几乎渗出细小的油汁，而夹在叶子中的黄色的米粒大小的小花也似乎开得比往日更艳丽了。有许多细小的花瓣都飘落到桌面上来了。一小堆凋落的花瓣中间还躺着一只死去的小瓢虫，它黑色的细小的四肢紧紧地折叠在变得硬邦邦的腹部。床上的被褥整整齐齐的，洁白的床单铺得很平整，没有打褶，被子也叠得四四方方的。这都是我离开时精心收拾过的，看起来它们和我离去时一模一样，这倒有点出人意料！

房子里的一切太像是我布置过的,这倒使我感到蹊跷。我觉得我正在进入某个陌生人设置好的圈套,我有些不知所措。

感觉告诉我房子里有人来过,并且把所有的东西都悄悄动过了,只是动过以后又照原样子放好罢了。不过,他们做得比我本人更认真、更细心。他们尽可能把能留下的一切蛛丝马迹都收拾得干干净净。

"要是我真的落入某种圈套,我会努力去挣脱的。"我这样想道。

有时候,事物太真实了就显得有些虚假,像是特意伪装起来的。我尤其疑心自己的那张床,这张床肯定被人用过了。我俯下身来,揭开一部分垂下来的床单,想从床下找出一些不小心而遗弃的东西来,没有找到。接着,我又趴在床上,仔细查看了一遍铺在上面的床单,没有什么。还不放心,结果又看了一遍,还是没发现什么。我感到吃惊!不相信自己。我索性把被子摊开来,在上面寻找,也没找到什么可疑的痕迹。我伸出鼻子闻了闻,味道确实有一些,但我又拿不准是自己的还是别的什么人的。

尽管如此,我还是坚信自己的床被人用过了。"他们只是用完了床又照原样子弄好罢了!他们肯定想给我某种错觉。"想到这,我变得越来越烦躁起来,这是被人深深愚弄过的那种烦躁和懊恼。一瞬间,我变得无法自制,便发了疯一样更专注、更仔细地查找房子里各个可疑的地方。

我走过去把门口放的那只垃圾箱也翻了一遍。除了自己过去扔掉的那些废纸、塑料袋、烟盒等等,并没找到什么。我有一点灰心,接着,彻底绝望了。

我不想对别人讲这件事,因为我不愿意让别人把自己看作是一个神经病患者。我知道在别人的眼中我是一个有点怪癖的人。平时除了待在房子里做自己喜欢做的事以外,很少出门。除非因为工作上的事,到单位上去一趟。偶然的,我会上街去买一些日用品,也是匆匆忙忙的。出门时,碰上熟人也不愿打招呼。由于喜欢安静,我不大爱结交朋友,因此到我这儿来的人自然很少。

如今,我心里老装着这件事,总是别别扭扭的不舒服,甚至成天恍恍惚惚的,仿佛总在提防着什么。这可不行,时间一长,我自然有些受不了。于是便想着,能否找一个人来随便聊聊呢?在心理上,我希望有人能说服我。

某一个星期天,我正待在房子里看书,却听到了几下敲门声。我吃惊不小,便放下书仔细听了听,确实是有人在敲我的门。于是我便迟疑地走向门边，小声问道：谁呀？

是我呀，老同学，我是郑君。难道你听不出来？

我想起了他，便打开了门。

郑君进了门，坐在椅子上，盯着我看了有一分钟之久。我都有些不好意思了。我说，郑君，你老盯着我干什么，我有什么好看的？

啊呀，老同学你这是怎么了，几个月不见，没想到你一下子变老了。郑君说道，你看你，你看你，胡子拉碴的，人都瘦了一圈。没准儿，你是心里有事吧？他自顾自说着。我说老同学哪，看样子一个人生活不是个长久之策啊，你得找一个了。

我说，找谁，谁愿意跟我？还是一个人过着吧，一个人过着也挺好的。不过，说真话，有时不免闷得慌。

那是，那是。他十分理解地应称道。一边露出关切的目光瞧着我，一边说，老同学啊，看你的样子好像有什么心事？

没没没……其实也没什么，就是瞎想呗。你知道的，我这个人就喜欢看书，免不了想一些乱七八糟的事情……

我不想对他讲我的真实苦恼。我怕一说出来，他笑话我。不过，看到他关切的目光，我放心了。我说，老同学，你说怪不怪，近日我老被一种感觉纠缠着……

什么感觉？他问道。

就是……就是关于我这个房子的。最近，我老是觉得我的房子里有人来过。不过，我说不上他是谁？

你是说，在你不知道的情况下，有人偷偷进来过？

对对对，是这样的。我急忙说道。

你凭什么这样说？郑君问我。

我是凭感觉。

感觉能说明什么。我说老同学呀，我看你是一个人待傻了，有些神神叨叨，不要再胡思乱想了。有闲时间多出去走走，不要一个人老是闷在房子里，时间长了真会闷出病来的。

听他这样说，我有些着急，于是争辩道：老同学，你误解了。我不是痴人说梦。感觉你理解吗？你要相信感觉，一个人的感觉，有时比看到、听到的更真实。

什么乱七八糟的，我可听不懂你说的感觉。不过我可提醒你，不要钻牛角尖，你这个人就喜欢钻牛角尖，我是知道的。

……

郑君待了一会儿就走了，我承认我们谈不来，他更多的是不理解我，尤其缺乏那种对人内心世界的探察。我不怪他，不过我承认他是一个热心肠的人。

我躺下来。我想是不是我在庸人自扰？我想象着能否避开房子去想一些别的事？别的让人快乐的事。可是我发现思绪总是在某一处打岔子，冷不丁就又回到房子上。房子房子房子，真恼火！

那个想法又回来了，像一团看不见的雾罩住了我。

是不是有人拿着我房间的钥匙呢？我马上否定了这一想法。门上的这把锁子是前几天才换上去的，这把锁共有三把钥匙，一把就戴在我的身上，另两把放在写字台的抽屉里。我马上起身打开抽屉，没费什么事，就找出了另外的两把，我把它们拿给自己看：我仔细地端详着它们，事实再明显不过了，它们还在！遗憾的是我还是不相信自己。

要知道，人有时候自己就被自己骗了，我宁肯相信自己的感觉，也不相信自己的眼睛。

我坐下来，像是被某种看不见、抓不到的东西打败了。我像一个陌生人一样，重新打量自己的房子，发现房子里的东西都变得可疑而陌生起来，由于受到某种神秘力量的作用，它们在暗处不断地改变形象。重要的是过去的那种亲切感找不到了，有一种陌生的东西隔在我们中间。我意识到房子里的所有东西包括房子本身都背叛了我，猛地觉得自己倒像是一个陌生的闯入者。

我想：我得采取一些措施，我要用某种事实证实给自己看，否则我自己就被自己否定了。

不过这事得悄悄来，一声不响，即使有了这种想法，我也不想当着房子说出来，我得为自己保密。现在我只相信自己……

我一声不吭，像一个机敏而又狡诈的私人侦探，装出一副若无其事的样子，像往常一样出了门，我当然把门锁了。锁了后，还不放心，又返回推了几把，确信是锁了，这才从楼道里推着自行车走出去。我是到菜市场去买菜的，我这样想。到了半路上，我突然改变了主意，迅速掉转车身，向家里赶来。我怀着某种幸灾乐祸的想法,迅速地悄悄地潜到房门前。这时,我听见自己的心脏怦怦地跳动着,我有点莫名的兴奋。那时,楼道里有几个老太太给我打招呼,我也没理她们。我的样子一定是神经兮兮的,不过我已经顾不上那么多了,现在我满脑子只有一个想法。我一心一意,轻手轻脚地走向自己的房门前,几乎一声不响地拧开了锁子,猛地推开门——

“哗”一声,我突然看见房间里的所有东西都迅速地逃匿了——回到了各自的位置,速度比闪电还快。然而,刚才它们分明是动着的,好像在舞蹈?我似乎看见桌子前面站着一个人,跟我脑子中的那个人一模一样。他看见有人进来时,一点也不慌张,只是不停地眨巴着一双小眼睛,里面没有一点光彩,既虚幻,又空洞,神色中紧锁着一种深深的厌恶,倒好像是我自己突然间走错了别人的房间。然而等我刚要大喊一声时,他就不见了,像影子一样消失了。房子复归平静,所有的东西又都保持原来的样子。可是仔细看起来,每一件东西上面都浮现出一张模糊的脸,露出似笑非笑的神情,像是在嘲弄我!我猛然间觉得被人捉弄了,与此同时,我还产生了一种莫名其妙的恐惧!

我立即有了一种冲动:想把房间里的东西全部砸碎,甚至把房子也捣毁了去。

我觉得一切东西都背叛了我,我不仅仅是被侵犯了,某种程度上还被欺辱了。

晚上,睡在床上,我一点也找不到过去的那种惬意和安然,那种别扭感非常难受。我的身体阻止我继续使用自己的床、自己的被褥。我想那两个闯入者一定在这张床上疯狂地做过爱,而且歇斯底里地折腾过自己的床。这一次,我躺在床上隐隐约约闻到了一种陌生的气味,同时有了一种不洁感,一想到自己的被子、床单还接触过另外的肉体,我的身上一下子就起了一层鸡皮疙瘩。接着我看到:地上的椅子被他们坐过了,柜子的门也被他们拉开过,放在床头上的几本书也被他们随手翻弄过,总之所有的东西上面都留下了某种让人恶心的痕迹。房子里的一切都变得可疑起来,想象中进入房间的就是那一对玩世不恭的家伙。他们在安心享用我的床铺的同时,一边开着粗鲁的玩笑,一边嘲笑着我的房子以及我这个人。

我承认自己有洁癖,在心理上无法接受属于第二次的东西,现在能有几件东西让人放心呢。如今哪怕房子里真的没人进来过,我也不愿接受这一事实，我宁肯相信自己的感觉，也不相信我看到的事实。因为在心理上我已经有了这一想象的阴影，我又无法打消这种阴影，好像皮肤上生了一层洗不掉的锈斑，何况生活中有许多真实的事情都是无法证实的，大打折扣的。

第二天，我就把自己的被褥全换了，换成新的，其余的东西还没来得及更换，可是一看到它们，我就联想到别的事，觉得十分别扭。这感觉似乎成了一种习惯。妈妈的，真是……

事情并没有完结，现在我经常会看到某个闯入者的影子。有时候我一躺下来，就看见有一张属于某个男人的又尖又瘦的三角脸伸进窗口，对着我挤眉弄眼，露出讥讽的微笑。有时候又是一张女人的脸，又白又胖，贴在天花板上若有所思地瞧着我，瞧着瞧着，嘴里发出“嘁——”的一声，便遽然消失了，我十分恼火。

有时，我也想驱逐这些古怪的感觉和想法，可是我做不到，我老是处在否定和被否定之中而难以自拔。

我很少出门了，我几乎成天躺在床上看书，或者胡思乱想。我希望能静静地、安稳地、从容不迫地思考，没有谁来打扰我。我希望更深地沉下去，离开表面的那些貌似真实的事实，以便触及到本质。同时我告诫自己：要稳住，要稳住，以便抓住每一个真实的念头。

实际上我难以平静。我像一个胆小怕事的人，守着自己的宝窟一样守着自己的房子。我被那种想法反复折磨着，有时候我几乎几天不出门，为此我一次性储备了几天吃的东西。我连出门上厕所也是匆匆忙忙、鬼鬼祟祟的。我很想给别人造成这样的错觉：以为我真的出门了，如此而来我便有望实现自己的这一想法：亲手抓住那个贸然的闯入者。

细小的声音

一

海原城的西面有一截子残存的老城墙，虽经多年的风蚀雨淋，但墙基基本完好。只是高大的墙身已斑驳不堪，上面布满了蚁穴和虫洞。然而土质并不疏松，摸上去还是硬硬的。凸凹不平的墙头上长满了密密麻麻的蒿子、刺蓬和索子草。一缕清风吹过，野草们就会发出唰唰唰的响声。偶然，有两三只鸟从草丛中飞出——箭一般射向辽阔的天空。

老城墙的背面有一大块荒废了的坟地，坟地里杂草丛生淹过一堆堆颓圮的坟冢。夏天的时候，逢上几场好雨水野草便长得很是茂盛，厚厚的草叶变得油汪汪的。草丛之中夹杂着星星点点的刺玫花，花瓣碎小却很是红艳。

那时我刚上初中，学校就在城墙下面。几排黑瓦房，一长溜杨树，干爽爽的杨树叶在风里瑟瑟地抖动，像半空里摇着一树清脆的铁片。

课余时间，教生物课的沈老师常带着我们几个男生到坟地的草丛里去捉蛇，那情景很是惊险！

坟地上的野草枝叶缠得很是密实，双脚踩过去草茎纷纷折断，发出咯吧吧咯吧吧的脆响。而且随即会释放出一种干涩而辛辣的苦香。

我们和沈老师一起弯着腰在草丛中搜索。沈老师手里拿的是一根专制的带铁叉的竹棍，竹棍弯弯曲曲但磨得光溜溜。

每次总是我们中的某一个最先惊叫起来，这时沈老师就闻声赶来，顺着我们手指的方向趋身向前，然后把手中的铁叉猛地往下一掷，接着把身子向下狠狠地压几下，再压几下。我们怯怯地走近一看，铁叉果然叉住了一条肥硕的青蛇。这蛇身短而粗，光滑闪烁，扭动不已，硬邦邦的秃尾巴把竹棍的下半截缠得紧绷绷的。沈老师一声不吭，脸憋得黑紫。他一脚踏下去，踩住蛇身，再一探手掐住蛇头，然后把蛇整个儿提起来，那蛇的身子紧跟着就拧蜷起来，还没等它缠住手腕，沈老师就把它使劲地向外抡甩几圈，然后再猛猛地抖几下，那蛇的骨就被抖碎了，身子一时间便在他的手里软软地耷拉下来。这时候，我们都噤住喉咙不敢叫出声来。

我偷眼觑了一下沈老师的脸，发现他的脸上正凝聚着一层黑云，阴阴沉沉的，跟他平时的脸色不大一样，好像多了一点残忍。而且他整个人在一瞬间也仿佛变了，不再是斯斯文文的样子了。

沈老师提着蛇大踏步往前走，我们紧随在他身后一直走进他家，我们想看他给蛇脱皮。

他先用一个铁勾刺进蛇头，把蛇吊在树杈上。再用一柄小尖刀把蛇头上的皮挑开，然后把刀子咬在口里，伸出双手掐住蛇皮猛地往下一扯，只听“刺啦”一声，蛇皮就被脱了下来，成一个空皮筒被随手丢在一边。这时候粉红鲜嫩的蛇身子再一次剧烈地抖起来。

我一直纳闷，沈老师怎么不怕蛇呢？而且他还要吃蛇！

不久，那一块坟地就被吼叫的推土机铲平又平整成一个大操场了。当时我们看着推土机从草丛中和土层里铲出了很多的蛇，那些受惊的蛇四处窜动，却全被推土机拦腰铲断或者压成碎末了。

听老人说，早年那城墙上趴满了蛇。尤其是盛夏的正午，草丛中的蛇群全都游出来，趴在城墙上晒太阳，身子软软地吊在城墙上。在强烈的阳光照射下，一片蛇身明晃晃的。

二

时间过去了三十年，那截子老城墙还在，只是校院连着翻新了几次。当年的杨树已长成了参天大杨，树干上被我们用小刀划破的地方已结成黑色的疤瘤，摸上去感觉像岩石那样粗糙。可是我怎么也没有想到，当年的沈老师却在不知不觉中衰老了，成了一个颤颤巍巍的老人。还有他的妻子也成了一个满脸皱纹的老妪，她怎么看上去都不是当年那个风姿绰约的女老师了！

他们怎么说老就老了呢？

衰老原来是一件很可怕的事！每次见到他们我就产生这样的想法，无论如何我不能把衰老与沈老师和他的妻子联系起来。事实上这是一对衰老得像一把尘土一样的老人，而且随时都会在风里飘散。

生命在这样一对衰老的躯体上已失去了意义，这是一件挺让人费解的事。

人会衰老？人还会死去？变成一把尘土，什么也没有了！由此我想到这样一句佛语：一切胎生、卵生、息生皆从虚空中来，又归还虚空中去。

我每隔一段时间都要抽空去照料一下那一对垂死的老人，不为别的，仅出于怜悯之心，也为了不至于使我像大多数人一样冷漠！眼睁睁看着一对孤寡老人在寂寞中悄然死去！

这是一对蛰居很久的老人，除了万不得已几乎足不出户。他们偶然碰见生人会变得惶恐不安！以致后来就怕见到任何一个生人了，他们成天待在屋子里静静地等待死亡！

这仿佛有点不可思议！

每次去那一对老人的居所，我的心里就有一种莫名的恐惧！恐惧什么呢？我也说不上，按说一个四十岁的大男人是不应该怯于一对将要死去的老人的。

黑暗的房子里那一对老人看上去很虚幻，在他们安静躺着的时候仿佛正融进某种黑暗。我尤其怕见那一对老人的脸，上面布满了灰色斑点，皱纹深得像裂开了口子。还有那目光，很遥远，很陌生，而且偶然会释放出一种让人心惊胆寒的东西！无论是他们其中的任何一个，当他或她瞧着我的时候，我的心里就开始发毛！

我从他们的身上感觉到一种很浓的墓穴中的气息！

三

每次去那里，我都随身带上一把推子，一把剪刀，一把木梳，还有一罐灭蝇灵。

这是紧靠那截子老城墙下的一座很不起眼的独家小院，右面不远处有一座废弃的大粮仓，所谓粮仓其实是几间破败的大瓦房，高高的屋脊上长满了嫩嫩的灰条和卷耳，黑黑的瓦楞里还有别的小草钻出来，也是嫩嫩的。粮仓里很安静，灰尘像毛絮一样浮动。成群的鸟儿在粮仓的破窗孔里飞进飞出，声音吵闹极了。

相对来说，沈老师的这个小院子里很安静，听不到一点声音。由于无人收拾,院子里长满了荒草,还有胡乱扔弃的断砖碎瓦。南墙根有一棵梨树,枝叶繁茂,由于无人修剪它只长枝叶不开花结果。沈老师小院的大门从不上锁,我每次来都是径直推开门走进去。门是将要破碎的木板门,每次推门时,我都要小心地将整个门抬起来,移开一点,然后侧身进入。尽管破门发出很大的响声,还是听不见房子里有人走出来。我每次进到院子里都要先静一静,习惯性地听听那房子里的动静。有时候,我真担心两位老人会在人不知道的时候悄然死去,尽管我有这样的思想准备。

我不大留意院子里的树呀,砖呀,杂草呀什么的,我只注意沈老师挂在房檐下的几条蛇。

靠近窗户那儿,一溜挂着五条,有三条蛇的皮已经脱了露出光光的肉身。没有脱皮的那两条还在半空里不停地扭动着身子——尾巴不时地朝上蜷起,蜷成一个圆盘吊着,吊一会儿又无奈地耷拉下来,接着又茫然地向上蜷起,如此这般毫不间断。脱了皮的那三条,几乎不再动了,身子软软地吊在半空,在微小的气流中不经意地摆着。我看见其中一条的身子几乎快被风干了,我有意捏了一下那条变干的尖尾,不料这风干的蛇却在身体里面扭动起来,我的心一下子抽紧了。

我开始敲沈老师的房门,没人应声,接着又敲了敲还是没人应声,我索性推开门走进去。客厅里有一些霉变的气味扑鼻而来,我看见桌子上,沙发上,破损的墙纸上以及每一样东西上面都覆着一层看不见的灰尘。厚厚的窗帘拉得严严实实,光线只映亮了灰色窗帘上的模糊图案。地面上覆着一层更厚的尘土,上面有隐秘的虫类爬行过的痕迹。

我干咳了几声,揭开门帘向里面的套间走进去。套间里更暗,里面弥漫着一股衰老的躯体发出的酸腐气味。我瞥见床头那儿隐隐约约有两颗完全变白的脑袋,我的心开始在胸膛里跳动。我有点后悔,我怎么又来到了这里!我大喊了一声沈老师,才见其中的一个白脑袋动了动。沈老师咕咕哝哝地说着什么,也许是觉察到有人进来了,然后抖抖索索地直起身来,接着躺在他身边的另一个白脑袋也开始动起来。

房间里的光线太暗,我索性把窗帘全部拉开了,我没说什么。房间里的气氛太沉闷,我赶忙在床沿下铺了一张报纸,着手给沈老师理发。

我坐在床沿上,沈老师把头枕在我的大腿上,听话得像一个小孩。我扶住他的头把推子搭上去，一推子走过去，白脑壳上就露出一溜粉红的头皮，头发掉在纸上沙沙响。我发现沈老师的头发白中发黄但很柔软，像稀疏的羊毛没有一点硬度！也就一会儿，我就把沈老师的头发收拾干净了。我顺手摸了摸他变得光光的脑壳感觉有些软，像一颗将要煮熟的稀软的蛋黄，上面粉红色的头皮薄得像一张纸。我自始至终不敢看沈老师的脸，他的眼睛始终是闭着的。我偶然间发现他的脸其实只剩下一张松软的皱皮了，脸上的神色很古怪，而且若有若无。他闭着的眼皮偶尔会睁开一下，一瞬间，我瞥见他眼睛里有一种非常陌生的东西，仅一闪就不见了，这是什么呢？

我赶紧放下这颗头颅急忙去收拾另一个。沈太太的身子软得像一条水蚂，头发长得盖住了脸面。这头发杂乱极了，而且粘在一起，像锈在一起的破毡片。她的头皮上有一层很厚的头皮屑，我照样先用梳子把这一层头皮屑刮干净，再把头发梳展梳顺留，然后把盖住脸部和脖颈处的长发剪掉！

沈太太的脖颈瘦得只连着两三根筋。耳根后面有一根大血管过一会儿就咕噜动一下，像爬着一只蚯蚓。她的脸部很阴暗，仿佛是身体本身的阴暗。稀疏的眉毛紧锁着，瘪进口腔的嘴唇抿成一条硬线。

我从来不敢去瞧她的眼睛，凭感觉我知道这是一双变得阴鸷的眼睛，尽管我希望它是慈善的。收拾完他们的头发，我连忙拿出灭蝇灵在房间里乱喷一气！因为我看见房间的墙壁上以及天花板上趴满了苍蝇。

我临走的时候，看见沈老师想跟我搭讪几句，我没敢接话，但是我看见他对我笑了一下。对！是笑了一下，可是那隐隐约约的笑容看了让人恐惧！

四

大概又过了一个多月，也许更久，我几乎忘了这一对老人，便急忙抽出时间再一次到他们那里去。其实在心里我希望他们快一点死，对于他们我没有任何责任，只有一点道义。

当我轻手轻脚地推开院门时，却意外地发现门框上方吊着一条很大的麻皮蛇，那半个身子软溜溜的，几乎触到了我的脸上。我吓得大叫一声退了回来，幸亏蛇没有缠住我的脖子。我站在大门外稳住神向里面瞧了瞧，发现院子里还有其他游动的蛇，甚至连那棵梨树枝杈上也吊着几条，尾巴一拧一拧的。其中一条大青蛇就缠在树干上，身子闪着幽暗的光。我倒抽一口冷气，反身跑出去。

当我们一群人手里拿着铁锹、木棍乒乒乓乓地走进院子时，发现梨树上的蛇还照老样子盘着吊着。只是大门框上的那一条已爬在了墙头上，身子还在一曲一展地往前挪动着。

我们相互壮着胆子走进院子，小心翼翼地推开沈老师的房门——客厅里静静的什么也没有。我们把窗帘拉开，甚至把窗户也打开了，然后向沈老师夫妇住的那个房间里走进去。

先进去的是二黑子，二黑子最胆大。可是他进去不久就惊叫了一声，我们随后挤进去。这时候，我发现沈老师夫妇仍然躺在床上，一动不动，枕在床沿上的还是那两颗变白的脑袋，就像我过去见到过的那样。可是，我发现沈老师的身上有些什么东西在蠕动。仔细一看，沈老师的脖子上，胳膊上，脚腕子上全缠着蛇。有一条小蛇正向沈老师的口腔里爬进去，留在外面的一截尾巴梢一摆一摆的。沈太太的身上也有蛇。这一切我们都看清了，然而谁也发不出声来，房间里只有蛇发出的咝咝咝的响声，还有蛇身上散发出的阴森森的气味。

我也说不上我们是如何跑出去的，当时我的脊梁骨全凉了，身子骨软得几乎滩成了一堆泥。

接下来的事情是这样的，我们求得有关方面的同意。然后用五杆高压喷火枪，顷刻间烧毁了那个小院子。而且用一辆推土机在完全是灰烬和残垣断壁的小院子里来回碾压，直到把里面的一切都碾碎夯实为止。

现在那块地方已成了学校新建的一个生物实验室，实验室里的木柜子上摆着许多玻璃瓶子，瓶子里用药水泡着不同形状的蛇供学生参观。

滚钟寺院里的蜜蜂

那天早上爷爷起得很早，当我趿拉着鞋，迷迷糊糊地走进后园小解时，看见爷爷正站在一株桃树旁，手里拿着一根细木枝仔细地剔去结在桃树枝上的虫蛹。爷爷喜欢这些桃树，每天早上都要围着它们忙碌上一阵子。并且我知道再过上几天，他会把后园墙壁上用泥抹住的那个蜜蜂窝捅开一个小孔，冬眠了一个冬天的蜜蜂会从那个小孔里慢慢地钻出来趴在四周晒太阳，等天一转暖，桃花开放的时候，成群的蜜蜂就开始满园子飞舞了——那是爷爷最快乐的时候。

我低下头，发现爷爷已经为每一棵桃树浇上了水，看上去每一棵桃树的根部都湿了一大块，想必清亮的水已经渗到地下的根茎部分，这会儿正沿着树干被输送到树冠上的每一根枝枝杈杈上。我抬起头看见每一根枝条都被水充盈得又绿又嫩，上面密密麻麻地结满了即将吐蕊的紫色花苞。瞧上去，每一株桃树都显得矜持而含蓄，像初次怀孕的小媳妇露出一副娇羞的模样。

大清早，湿漉漉的园子里还缠绕着丝丝缕缕的雾，弥漫着一股若有若无的淡雅清香。露水打湿了桃枝，还有地面上刚刚冒出的嫩黄的小草芽。

太阳从后山露出了一张红红的脸庞，微弱的光线沿着山坡漫射而下。

我看见爷爷的脸被太阳染成了酱紫色，我觉得好笑，我说，咳——我给他打招呼，我跟爷爷从来没大没小的。听见喊声，他转过头来，看见我正往上提裤子，他微微笑了，伸出一根手指头在自己的脸上刮了一下。他在羞我，这个死老头，今天看起来格外亲切。

早春的天气还有些寒意，我没跟爷爷纠缠，提上裤子跑进屋，重新钻进被窝。然而这会儿已经睡不着了，我听见爷爷走出后园以后，那里就落进了一大群鸟。

鸟在后园里叫疯了。

我听见爷爷一直在院子里忙乎，我趴在窗户上看见，他打开了那间装药草的房门，从里面抱出一捆一捆的干药草放在门台子上晾晒，随即一股浓郁的草香在院子里弥漫开来。

不久，我看见爷爷背着背斗提着剁铲像往常一样出了大门。我知道他是上山去挖药材的，我没留意。

爷爷就这样走了，这一走就再也没有回来。他走得非常平静，丝毫没有流露出一点异样的表情。记得临出门时，他还回过头来看了一眼我睡的这间小厢房，那时我正趴在窗户上给他绕手呢，我想喊他一声，却没喊出声来。事后想起，在那一刻，我的心中突然产生了某种说不清的预感，只是当时，我一点也搞不清这预感的具体含义。

爷爷到天黑没回来，一家人着急了。父亲带上我在附近的山上转悠了大半个晚上，却没有找到爷爷的影子。我又着急又伤心，我只是一个劲地放开嗓子对着山野呼喊。

下半夜，月亮从对面黑黝黝的山顶上颤巍巍地升起来。我和父亲累了坐在一条山梁上休息。我静静地盯着月亮，看着它慢慢地从山顶升上半空，把溶溶的清辉洒在附近的山坡上。我站起身，对着那枚金黄的月亮高声呼喊：爷爷——爷爷——爷爷——幽静的山谷里传来更为悠远的回声：爷——爷——爷——

我们一家人连续寻找了三天，转遍了附近的山山沟沟，就是不见爷爷的影子，我们绝望了。

之后在乡亲们中流传着有关爷爷的许多传闻，可我一个也不想听，因为那些不吉利的传闻尽管是猜测都会让我伤心。

很长一段时间，我们一家都笼罩在某种无法言说的阴影中，大家都避免去提到爷爷。我变得非常怅然而恍惚，很多次，我都一个人站在大门外，盯着远处的山道发愣，我想象着说不定，爷爷会在某一刻从我注视的山道上突然出现……远远地向我挥着手。

然而这样的情景却一直没有出现。

爷爷走后不久，后园里的桃树就开花了。同样是一个早上，当我走进后园时，发现所有的桃树都开花了。看见满树满树的桃花我愣了，我觉得每一株桃树都像是处在某种盛大的节日当中。只是园子里少了些什么，对，是少了一个人——爷爷！爷爷不在了，我感觉到这一园子的花开得有些寂寞。

一瞬间，我想起，每一年桃树开花时，爷爷都要兴冲冲地拉着我在园子里转悠，脸上露出一副少有的兴奋之色。

正午，桃树的花开得更为红艳，散发出浓郁的香味，一园子的蜜蜂围着桃花嘤嘤嗡嗡地飞舞着。

然而这一切却使我感到无端的空落。

事情大概过了一年，很偶然的，在一天晚上，我突然从父亲的口中得知，爷爷原来上了天都山，在滚钟寺当了一名僧人。我愕然了。我想了好久，也没想明白爷爷为什么要有这样出奇的举动。

事隔多年，我才明白爷爷之所以这样，实在是他思慕良久的事。只是爷爷把这个想法在心里埋藏了近三十年。三十年哪，也许他的心从来就没有平静过。

看上去爷爷是那种不苟言笑的人，性子有些木讷，眉宇间时常紧锁着某种难以言说的忧伤。我发现在他独处的时候，多半会陷入某种恍惚的境地而难以自拔。有时候，他甚至显得丢三落四的，完全是一副魂不守舍的样子。并且随着年龄的增加，这种情况就显得越来越突出。当时我有些不解，我想这大概是衰老的缘故吧，其实我哪里知道，爷爷的心中是有一种难以告人的隐衷。几十年来这隐衷一直埋藏在他的心底，使得他总是处于长久的不安和自责中。

据父亲讲，爷爷是1945年秋带着奶奶和父亲从甘肃的斗城(一个紧挨着黄河边的小村)迁至到这里来的。在这之前，爷爷是黄河边上的一个筏子客，一直做着摆渡的生意。有一天，他遇上几个急着要过河的客人。当时天变了，宽阔的河面上刮起了风，掀起了微小的波浪。爷爷知道这种天气要过河是有危险的，但是几个人就是听不进他说的话，死缠硬磨地要让他帮帮忙，说是兰州那面有急事要等着他们去办理。

最后爷爷答应了他们的请求，谁知爷爷把坐满了人的皮筏子划到河中心时，河面上的风势已变得更加猛烈，浑浊的浪涛翻卷着掀起一人高。筏子上的人看到这情形慌了，有一两个甚至试图站起来要往水里跳。爷爷情急之中大吼一声：谁也不许动！

要知道这一动筏子会摇晃得更厉害，随时都有颠覆的可能。

爷爷顶着风浪死劲地划着，躲过了一个又一个风浪，眼看快要到对岸了，不料一排巨大的风浪涌过来，一下子将筏子打翻了。

幸亏爷爷的水性好，等他爬上岸来，一看打翻的皮筏子早已被风浪卷走了，那六个年轻人也被浪涛吞没了。

他在一瞬间吓呆了，他死死地盯着河面，黄河咆哮着卷起浑浊的波涛向前涌去……除了如雷的涛声，河面上什么也没有。

当父亲告诉我这一件事的经过时，爷爷已死了三年。父亲说，这事也是在滚钟寺我们最后一次见到爷爷时，爷爷告诉他的，看来爷爷把这一件事在心中隐藏了一生。由此我可以想到，由爷爷擅自决定的那一次迁家就有些逃避的意思了。

爷爷一生背着六条人命案，在这个小山村隐姓埋名，诚惶诚恐地过了近三十年，他的内心受到的煎熬和自责是可以想见的。

看来爷爷是带着赎罪的心态来到滚钟寺的，这一点也许只有他心里明白。

自从我得知爷爷的去处以后，我几乎每天都站在屋顶上眺望远处的天都山。在我的眼中天都山不再是通常意义上的一座山，在我的心中那里仿佛增加了些什么。

春天过了，转眼到了夏天，我看见天都山一直是蓝色的。早上天都山顶上拉着一层洁白的雾……到了黄昏，太阳从天都山顶上慢慢地滑下去，霞光染红了天都山之上的天空。这会儿，我仿佛真的听到天都山山顶上的滚钟寺院里有悠扬的钟声敲起来，慢慢的天壁上的霞光退尽了，黑黝黝的天都山缓缓地陷入浓重的夜幕当中。

终于盼来了去看爷爷的那一天。

由于莫名的兴奋，那一晚上我几乎没有睡着。半夜里我和父亲就从炕上爬起来，草草地收拾了一下，便动身上路了。

一路上，尽管我们的脚步迈得很轻，还是惹起了村子里的一大片犬吠声。看上去，后半夜的夜空颜色淡了些，却在头顶升得非常之高，越往高显得越飘缈，像一片蓝绸子抖动着似乎随时离我们而去。满天星星闪着恍惚的轻薄的光,在夜空之下行走,我的身子一时显得十分孤单,尽管身边走着父亲,还是觉得孤单。那是一个人被置入旷天野地的感觉,并且我的心总是被某种淡淡的忧伤填得满满的。

四周的山野非常安静,听不到一点声音,声音好像寂灭了或是遁入某种更大更宽泛的存在之中。小小的风在山野间茫然地吹着,夜风很凉,远处天壁上的星光被深处的风吹得明明灭灭。我们已走出村庄很远一截子路了,我回过头看见熟悉的村庄已完全融进了夜色里,成了黑乎乎的一片。从那里传来的零零星星的犬吠声,已渐次在夜色里熄灭掉了,感觉大地是一只又大又破的船,在飘缈的夜空之下微微摇晃着,摇晃着滑入某种更深更隐秘的境地。

远远看去,星辉下的天都山是一抹朦胧的灰影,它显得格外含蓄、格外端肃。我不时地仰起头望一眼天空,我发现在它的深处有一种沉潜下来的过分的安谧,像带着善意的大海把人世间的一切苦痛都化解得干干净净。

六十里的山路也不算太远,天一亮我们就到了天都山下面。早起的羊已伏在山坡上吃草,风漂白了它们的身子。间或有一两只从深草中抬起头来,咩咩地叫唤上一两声,使得山野显得越发空寂。看上去山坡上的青草长得很是茂密,半山坡以上长着密密麻麻的红松和槐树。山脚下有一条河哗哗地流淌着,从河面上刮来的风带着凉意一片片地打在脸上,鸟儿浮在清亮的风上起起落落地飞翔。

我们沿着一条山道爬上去,等太阳在山顶闪着金光时,我们已爬上了山顶。在一块较为平缓的山坡上,我们看见了这座依山而建的滚钟寺。

我和父亲小心地推开两扇沉重的大门,走近寺院。一阵陈年老旧的气味突然间把我包围了,那是尘土和时光腐朽的味道。

寺院四周的墙壁上,早年间抹上去的白灰早已脱落殆尽了,有的地方还露出发灰的墙基。颓废的墙根一带长满了荒草,并且这些荒草已向寺院四周蔓延开来。寺院里有几棵苍老的古槐,上面密生着嫩嫩的叶片。寺院正中有一座颇为雄伟的大殿,门厅四周的雕刻和廊柱上的油漆也剥落将尽,露出斑驳的木纹。几近塌圮的大殿顶上铺着灰色的脊瓦,瓦缝里长满了荒草。

寺院显得凄凉却格外安静,听不到人声,也看不到香火。有一瞬间,我只看见成群的鸟在四处散落的殿堂里飞进飞出。

父亲牵着我的手，怯怯地走进对面的那间殿堂。我趴在门框上向里面一觑，却见一个佝偻着腰身的秃头和尚正用一把长掸子轻轻地拂去一尊佛像身上的灰尘。我从背影认出了那个老人，他正是我爷爷。在看见他的那一瞬间，我失声叫了一声，只是声音十分微弱。突然间我觉得我们中间隔着一点什么。老人大概听见了喊声，回过了头，看着我们，看样子他有些吃惊，脸上却又看不出什么来，然而我能感觉得到。静了一会儿，老人向门口慢慢地走过来，我偷偷地看了一眼父亲，发现他的眼里噙满了泪花。爷爷走近我们不说话，只是仔细地打量我，看得我心里一阵阵发热。我想拉住他的手，可是忽然间我觉得爷爷身上有一种很冷漠的东西排斥着我，同时我发现爷爷变得陌生了，从他平静淡然的神态上我已感觉不到早年的那种亲切了。

爷爷还是拉住了我的手，他的手有些冰凉。

我们跟着爷爷来到寺院背后的一间小厢房，坐下来。我看见擦得光亮的禅桌上放着一鼎铜香炉，里面插着三炷燃烧的香烛，三缕青烟缓缓地升起来，在高处变得粗壮起来，然后轻轻地扭动着缠在一起化成一团烟雾……香炉边放着一本打开的经书，纸页发黄了。一会儿，我听见隔壁房间里传出一位老人嘟嘟哝哝的呻吟声。爷爷噢了一声，站起身走出去。我看见爷爷从隔壁房间里搀扶着一位颤巍巍的老僧走出来，把他扶在一只小板凳上坐下来，让他晒着太阳。看样子那老僧比爷爷还老，坐在那儿像一堆稀软的泥巴。

他手里掐着念珠，干瘪的嘴唇慢慢地却不停地嚅动着。

父亲一直流着泪和爷爷说话。爷爷一直静静地坐在炕边上，脸上依然是那种十分淡漠的表情。我不时地看一眼爷爷，我发现他比在家要精神一些，穿了一身灰色的衲衣，收拾得清清爽爽的，脸似乎比过去白净了一些，只是目光不像过去那么亲切。

能听出来父亲说话的大概意思是想让爷爷回家去，爷爷坐在那儿始终不吭声，只是缓缓地摇头。父亲几乎是央求了。后来，我听见爷爷说，你们不要再来了，我已是出家的人了，生死都是佛的人……我的心早已定了，你们不要再来找我……

一转眼到了正午，我听见寺院里满是蜜蜂嘤嘤嗡嗡的叫声。我悄悄地溜出厢房，走向大殿那儿，我看见从大殿四周以及附近的槐树冠上全是飞舞的蜜蜂，感觉空空的寺院成了一只大蜂箱。我疑心这是我家后院里的那一群蜜蜂飞到了这里？它们难道是追随爷爷来到了这里吗？我有些纳闷。

我走近一块土壁前，看见上面写着往生坛三个字，此刻往生坛上趴满了蜜蜂，一大片蜜蜂在那上面蠕动着，有的飞起来又落上去，纷纷扬扬的，声音嘈成一片。接着我在寺院的各处看到了爷爷为这些蜜蜂准备的饮水木盆。

看来爷爷是爱这些蜜蜂的，像在家里一样。只是在这寂静的寺院里看到这么多飞舞的蜜蜂，我的心里有一种异样的感觉。

我转身来到大殿后面，看见那里矗立着一座灰塔，我趋近一看，塔身里面有一个佛龛，里面盘腿坐着一位佛，秃头青衫，露出一脸的悲苦相。我从没有见过神情如此悲苦的佛，我端详良久，看不出他的名字，我心里就叫它悲苦佛。

仔细瞧着，我突然发现，这张佛的脸有些似曾相识，我猛地联想到了爷爷的那一张脸，他们是何其相似呀！

临近黄昏时，我们下山了，爷爷把我们送出大门以后，一直站在门口目送着我们。我最后看了一眼爷爷，从他的脸上还是没看出什么来，那时我本想告诉他说，您栽的桃树今年花开得旺极了……但是我终于没说出口。

一路上，父亲一直流着泪。直到下了山，我们停下来，向山顶上站着的爷爷挥手，那时我的眼泪哗的一下全流了下来，我觉得我心中很大一部分东西都留在那个破败的寺院里了。

过了几年，爷爷死在了滚钟寺。当我再一次上山的时候，发现昔日的滚钟寺已修葺一新。那天，滚钟寺院里香客如云，寺院上空香烟缭绕，敲打的木鱼声和诵经声此起彼伏。

我向一位年轻的僧人问起了爷爷。他想了想，然后带我来到寺院背后的一座山坡上，他指着山坡上的一座土塔对我说，喏，那就是你爷爷的灵塔。

当时，我在这座土塔前伫立良久，心中涌起许多无名的感慨。从年轻的僧人口中得知，爷爷直到死都是寺院里一个打扫庭院的老僧，我想这对爷爷来说再合适不过了。

年轻的僧人对我说,你爷爷临终那会儿都能背出大段大段的《金刚经》了,他很少说话,人太好了……他圆寂后,我们为他念了三天三夜的经,超度他的亡魂……这是他最后的愿望。

那一瞬间,我流下了眼泪,我想爷爷应该安心地睡去了。

然而我很想知道这些年来,爷爷在这个寺院是如何度过的?我还想知道在他临终的那一刻,他是否得到了解脱?

那天,我静静地看着这座普通的土塔,在我心中因为里面躺着我的亲人,就不再是一座平常的土塔了。

偶然间,我发现土塔上面趴着许多蜜蜂,有一瞬间我还发现在这座土塔的上方悬着一团蜂久久不去,我突然间又想起了那个蜜蜂飞舞的正午。

年轻的僧人告诉我说,其实你爷爷的灵塔前一直悬着一大团蜜蜂,多年来都是这样……

湖　　光

很多次,柳夷都意识到了那一片幽蓝的湖光。那湖仿佛在她的心底慢慢地渗溢而出,借着一大片明净的天光,湖水静止不动却显得越发幽蓝、越发静谧……

她还说不清,这面湖到底对她隐含着什么样的意义。

在柳夷失去丈夫而孀居的这些日子里,她老是梦见那面湖泊,要不就是丈夫的一张脸,年轻时的或年老时的,它们相互转换、相互叠加,以致最终成为一团模糊的光影……

她把这一切幻象的产生都归之为她内心的孤寂。

无论如何,丈夫的死使她多少感到一点轻松,至少对丈夫来说是一种最好的解脱,尤其像他这样一个瘫痪者。的确,有时候死对人不见得都是一种过于沉重的东西,柳夷坐下来的时候这样想道。房子刚刚被她打扫过,干干净净的,同时又冷冷清清的,柳夷的目光不由自主地落在对面墙壁上的那桢丈夫的遗像上,这是丈夫年轻时的一张照片,脸上露出那种拘谨的微笑,正是这微笑让她感到逝去的日子已经变得相当遥远。

柳夷之所以认为丈夫的死是一件让她感到轻松的事,倒不是说她没有一点痛苦,可是这想法仍然使她感到一点愧疚。丈夫因中风瘫痪了三年,三年来,她像照顾一个孩子一样照顾丈夫的饮食起居,尽管这给她的生活带来诸多想象不到的麻烦,甚至是苦恼,然而她却没有流露出一点厌烦的情绪来。她在这一点上表现出少有的贤惠,可是这一点并不足以证明他们夫妻间的关系就是完美的。怎么说呢?柳夷和丈夫共同度过的日子可谓都是平平淡淡、微澜不起风波。不是吗?有人说,平平淡淡总是真,可是几十年这种平平淡淡的日子过下来,总使柳夷感到生活中缺少了一点什么,更何况作为音乐系副教授的她,天性中又是那种充满了浪漫气质和理想化色彩的人,自然把精神生活看得高于一切。或许他们夫妻间的生活缺乏一点新意或一点激动人心的东西,这就使得看似温馨,事实上有一丝寡淡。尽管他们平常相敬如宾，和和蔼蔼，起码在外人看来是和和蔼蔼的,“这的确是天造地设的一对呀！”然而柳夷觉得她和丈夫之间实在是缺少一点心灵上的交流或者撞击。她总是觉得与丈夫间存在着那么一点距离，或者也可视为内心有一点淡淡的隔膜。到底是什么阻碍了他们的亲切交融呢？她想,这不完全是性格上的原因。

随着丈夫的死,她觉得一下子把他们之间的距离拉大了。而且,过去的那些日子都显得恍惚而不真实。她突然觉得丈夫有些陌生,她甚至觉得与她生活了几十年的丈夫,她竟然有一点不理解。而且在他们之间曾发生过的所有事情都变得不真实起来。看来要真的理解一个人是多么难啊!

柳夷坐在钢琴前的圆凳上,沉浸在那种乱七八糟的思绪中。一束秋日的阳光透过窗户在紫色的琴盖上形成一个明亮的轻轻抖动的光环。她不愿打开琴盖,而是伸出手把落在琴盖上的几叶花瓣捡起来,随手放在上面的花盆里。这是一盆紫罗兰花,许多碎小的花瓣在边缘变得枯萎,在毫不经意间悄悄凋落。钢琴一边的椅子是空的,平时,在许多个这样的午后,丈夫都坐在这把椅子上,歪着嘴巴,专致地听她弹琴。他的样子虔诚极了,嘴角上总是挂着一丝若有若无的微笑。

柳夷记得一个月前的那天午后，她给丈夫弹了一曲他最爱听的曲子——《秋日私语》。那天,她难得有那样好的心境,悠扬的琴声在房间里轻轻地回旋着……琴声持续了很久,柳夷弹得非常投入,当她在琴键上慢慢地抬起手指的时候,沉默了片刻,这时候她发现丈夫已没有一点声息。她一回头却看见丈夫睡着了,脑袋软软地耷拉在肩膀上。

事后,柳夷想,也许正是她用一阵琴声送走了他。

柳夷是一位凡事都看得开的女性,对待丈夫的死也是这样。她之所以能平静地接受丈夫的死,也基于这种平常的心态。也许,由于她目睹了丈夫的死,这就使得她更固执地认为死亡不就是一种最为平常的事嘛。然而,毕竟丈夫的死使她变得空落,好像突然间失去了某种依托。尤其在这个具有怀旧气息的且带有某种忧郁色调的秋日,当她一个人坐在空落落的房子里的时候,这种感觉就变得非常强烈。

什么东西在暗中悄悄消失不留下痕迹?事物在它们的深处都是孤独的。

一种念头在柳夷的心中暗暗地滋生,她知道这是什么,她只是不愿意承认罢了。可是这念头一次次地袭来,她就不得不面对它。尽管这样的念头她以前有过,可从来没有像今天这样变得具体,似乎带着不可抗拒的意味。

“去吧,去吧,噢,去吧!没什么可怕的……”

“可是……”

“……唉,那又有什么呢?一切都很简单,当你有勇气去做的时候,一切都变得简单起来……没什么值得顾虑的,你会像一阵风那样消失,不留下痕迹……其实你并没有消失,你只是融入更大更宽泛的世界……”

“然而,如果我不存在了,那世界对于我还有什么意义?”

“意义?什么是意义?”

“活着本身就是意义……”

“就这样活着?”

“是的,活着,活着,活着?它到底意味着什么呢?不就是像如今这样重复着的固定不变的日子。日子,日子,日子,过去的日子,正在消失的日子,以及将要到来的日子,不都是这样吗?”

“如果我不存在了,世界会是什么样?一旦我真的不存在了,这世界会悄悄改变吗?”

“世界永远是这个样子,世界不会因一个人的存在或消失而改变!”

……现在困扰着柳夷的就是这些念头。可是柳夷依然没有把握,一瞬间生或死对她都变得空幻起来。

当柳夷站在窗前的时候,她看到了平原上变得枯黄的芦苇荡以及零零星星的明净的水泊,一些高大的杨树正簌簌地飘着叶子。

柳夷牵着巴儿狗走出校园。星期天的校园有一点冷清,学生们住的公寓楼上传来悠扬的笛声还有手风琴声。楼下长长的铁丝上晾晒着五颜六色的床单和衣物,在一阵淡淡的秋风里,床单轻轻地抖动着送来洗涤剂挥发的香味。她走出校门，经过一条环城路，径直向平原深处走去。

平原上的秋阳格外明朗，只是阳光的热度明显地减弱了。收割后的平原变得十分开阔，平原本身有一种凄美的调子，它融入晚秋更宏大的气韵之中。从贺兰山吹来一缕缕的秋风，吹动了田埂上的杨树枝条，树枝上变黄的叶子哗哗地飘落着。柳夷带着她的巴儿狗走在落叶中，干爽爽的叶子在她的脚下发出十分清脆的声响。柳夷看见附近的田畴上，一些农人引水灌溉，有的在烧草肥田，一堆堆的稻草燃烧着，橘黄色的火苗上升起浓浓的青烟，在半空里扭动，然后轻轻化开……远处隐在芦苇荡中的水泊，映着秋阳闪着明净的光波。

柳夷感觉到自己已经走出去很远了，她看到身后的村庄上空升起朦胧的烟岚，犬吠声和人语声听起来也是朦胧的。她走进一大片芦苇丛，马上感到一种清凉的气息扑面而来，接着她便看见了这面湖——它安安静静地躺在那儿，好像几千年来就是这个样子，孤寂、淡漠、超然。湖水四周的芦苇密实而繁茂，只是芦苇秆儿全都变黄了，风干的芦苇穗儿在微风里发出瑟瑟的声响。

柳夷伫立在湖边，湖不大，却十分幽静，湖水很蓝，蓝得发黑，平静的湖面闪烁着数不尽的光斑，从湖面上吹来的风凉飕飕的。

柳夷在湖边站了很久，她感觉到这个湖正是她心中连续映现的那面湖。湖面非常平静，时而有三两只水鸟飞临湖面，伸出翅膀在水面上轻轻拍一下，然后又飞起来，于是平静的湖面便被激起一圈圈的涟漪……她目不转睛地注视着那些不断扩展的纹圈，以致一个正在扩展的纹圈被另一个无声地击破……这时候，她发现一大部分天空倒映在湖中，看起来湖底的那些云彩带着一层迷幻的光影，比在天空之中更加凄美。渐渐的，从湖面上升起一层淡淡的雾……随后，夜幕降了下来，湖面开始变得灰暗。不久，柔和幽蓝的湖底就亮起几颗金星，继而一轮金黄色的月亮就从湖底缓缓升起……此时，站在柳夷身边的这只巴儿狗就对着月亮轻轻地吠叫起来。

柳夷仿佛从痛苦的思索中解脱出来，现在，她似乎只受着某种单纯意念的支配，看似复杂的东西却在一瞬间变得简单起来。的确，死是一件非常容易的事。死亡突然间来临了，它在一瞬间变得真实而具体。在最后一刻，她根本就没有去想什么死亡的理由，也许她只是想，我只是为我而死，与任何人任何事情无关，我只是做了一件我愿意去做的事……

柳夷抱着小狗向湖面慢慢地走下去，温柔的湖水在她的前面轻轻地分开，又在身后合拢……湖水并没有她想象得那么凉，甚至深处的湖水是温暖的，月亮在湖底像一块不停闪烁的金块。

湖水从下面轻轻地泛上来漫到她的胸部，沾湿了小狗的胸腹，这时安静的巴儿狗突然惊叫起来，挣脱了她的双手……其实这时候柳夷已经听不见小狗的叫声了，她仿佛沉浸在某种难以言说的巨大的快慰中，而且有一种超越于命运之上的东西左右着她。

湖面在一丝残淡的月光下慢慢合拢，然后重新恢复到原先的那种寂静的状态中。

那只小狗在湖边吠叫了整整一个晚上，直到第二天黎明，太阳重新在平原上升起来，灿烂的霞光染红了湖面……看起来，一切都是原来的样子，什么都没有发生。

雪　葬

明杉摸黑擦亮了一根火柴，点燃了搁在窗台上的那盏煤油灯。煤油灯的火焰从灯芯上慢慢地升起来，水波一样闪动着，把影子投在对面的墙壁上。明杉盯着火柴根上的这粒火焰，一直等它燃近手指，然后猝然将余烬扔在地上，火焰随即熄灭了，但残存的火星还闪着一粒微小的红光，仅一会儿就消失了，像是隐没于房间里的黑暗。

这是一间小厢房，黑咕隆咚的，里面的夜色非常浓酽。明杉看见煤油灯把筛子那么大的一坨光斑照在屋顶上，映出了一部分黑色的木椽和发黄的草巴子。他在地上站了片刻，心中若有所思，但又一片茫然。他爬上炕，拥被坐在窗台下面，隐隐约约听见上房里传出爷爷时断时续的呻吟声，还有父亲和叔叔压低嗓子说话的声音。他能想象得出爷爷这会儿正躺在炕上，双目微闭，灯光下的面容轻薄而黄脆，像一颗熟透的冬梨。他微微地喘息着，游丝般的气息将细长而洁白的胡须吹得轻轻晃动。现在，明杉满脑子里萦绕着爷爷的影子。他觉得病中的爷爷仿佛变得比过去消瘦了些，也洁净了许多。这洁净使他平添了几分神韵，显出一丝高贵来。尽管爷爷的神情有些黯然，但神色中却笼罩着另一种看不见的光，这是能照见普通人的那种宽博而圣洁的光，带着一点救赎和深远的意味。明杉觉得病中的爷爷的确有些不同于往日，这不同在什么地方呢？好像沉静了些，恍惚了些，而且身上有一种不真实的东西存在着，这让明杉觉得纳闷。

爷爷是方圆几十里有名的老中医，为人谦逊豁达，人缘很好。在他病重的这些日子里，前来看望他的人自然很多。明杉记得，每次来人总是在窗下静一静，凉一凉走热的身子，然后带着敬重或几近神秘的神色走进屋去。而村子里的几个老人也隔三岔五地来，每次来都先趴在窗户上向里瞧一瞧，然后悄声问明杉，怎么样，你爷爷还没走？

爷爷今年87岁了，直到他一病不起，明杉才觉得他真的衰老了。而过去，他可是一个刚强的老人啊，明杉这样想。

爷爷几乎病了一个冬天，但春节那会儿，他的病略显好转。明杉记得，初一那天早上，爷爷还和他站在村外的土岗上，观看一大群后生把一群牛马赶在一块空地里“出行”。他看着在噼里啪啦的鞭炮声中被惊得四处乱窜的牛马，脸上露出了欣慰的笑容。

过了正月十五，爷爷看了一场老戏，着了风寒，又病倒了，看来这一次病得实在不轻。可是，即使在病重的这些日子里，爷爷却一直拒绝就医。也许，因为他是一名中医，更了解自己。但明杉觉得爷爷一直隐忍着疾病的折磨，但他即使在疼痛难忍的时候也从不大声叫唤，从而显出某种刚强的个性。有时候，明杉看着怀病的爷爷，觉得他变得圣洁而高贵，使他顿生了某种敬意。也许，是疼痛使他在面临死亡时显得坦然了，而且这疼痛又使死亡染上了另一种神秘的看不见的光环。或许，死亡像一片花地在远处闪烁着——它能像接纳一缕风一样接纳一个人的灵魂么？会的，明杉这样想。

现在，明杉自然想到了爷爷的死，而且他预感了那正在临近的死亡，像一只徐徐飞来的黑色大鸟。

明杉借着微弱的灯光浏览了一下房子，看见一部分黑暗像一片绵绸一样，在灯光里抖动着，他从心里感到空落。过去，他是和爷爷一起睡在这间房子里的，现在爷爷不在了，他感觉到房子突然变空了。自从爷爷得病以后父亲和叔叔硬是把爷爷搀扶在上房里住下，这就是说，爷爷得病以后，获得了儿孙们应有的敬重和孝义，并且第一次在儿孙们面前显出了作为长辈的尊严，这是细心体会才能感觉到的。

有一刻，明杉在闪烁的灯影里，看到了摆在地下的那口红色漆棺。他的心动了一下，仿佛是第一次看到它，他突然觉得这棺材在这一刻呈现出某种不同于往日的气象——它在黯淡的灯光里显得庄重肃穆，仿佛成了一件活的存在物。它不单纯是一口棺材，好像与某种未知的东西联系在一起。想到这，明彬的心中随即掠过一丝惊悸。

事实上，这口棺材对于他是一种司空见惯的东西，多少年来它就摆在那儿，好像与这黑黑的房子融为一体，只是明杉在过去从没有真正留意过它而已，仿佛在过去的那些日子里它一直沉睡着——沉睡着等待。而在这一刻，它却一下子呈现出全部应有的意义。明杉猛然想起，有几次深夜，他听见棺材自己发出某种轻微的声响。

明杉不敢再看了，他收回目光，趴在窗户上，透过一块玻璃，看见屋外的夜空朦胧而深邃。一轮明月升在天空正中，光线略显微弱，但依然映亮了四周的天穹。它仿佛深陷在一种广阔而沉郁的气氛中，显得黯然神伤，同时，明杉感觉到天穹深处动荡不安，那里正吹刮着一股股的长风。覆在天穹之上的云翳在缓缓地汇集，一时变得厚重而阴暗。

村庄非常寂静，村庄以外的地方更加寂静，寂静使山乡的夜色变得深邃无边。明杉听见一只夜鸟掠过村庄上空的惶悚的拍翅声，还听见一缕缕细小的风相继掠过屋顶，然后拨动了屋后山坡上的那片干爽爽的杨树林。明杉能感觉到屋后的山坡把浑厚而浓重的阴影，全部压向这个小小的山村。

有一刻，明杉看见大门外那棵高大的黑苍苍的榆树冠的阴影，并且听见了风弹拨枝条的萧萧声。明杉在不经意间看见上房那片宽大的窗牖上，渗出一方块薄薄的橘黄色的灯光，映亮了院子里的一部分夜色。

夜色黏稠而均匀，它在看不见的地方弥漫、涌动，包容了一切。一阵阵的夜风送来天穹深处潮湿的气息。

明杉在风声里入睡了。睡梦中，他看见村后的那条流淌的小河涨起来，慢慢地溢满了河滩。肆意漫漶的水波晶莹而澄澈，在阳光下像一条闪烁飘动的银带。

突然，他看见爷爷骑在一匹红鬃飘逸的骏马上，那马奔驰着越过河滩，然后在一片梨园中穿过去，明杉看见繁茂的梨园中，所有的梨树都开花了，浓密的枝条上挂着一嘟噜一嘟噜粉白色的花。一阵轻风掠过，梨花纷纷飘落……那驮着爷爷的马就在纷扬的梨花中飘飞，尾巴翘起来，和整个舒展的身子拉成一条直线。明杉看见爷爷伏下身子，双手紧抱着马颈，有一刻，爷爷还回过头来瞧着他……

明杉在梦中反复看到爷爷骑在那匹马上奔驰，他们一会儿升上山顶，一会儿又沉下谷底。有一次，明杉看见那马驮着爷爷向一座深渊里徐徐沉下去，像一只大鸟。

明杉可能是喊了一声，然后惊醒了，这时候房子外面的夜色更深了。他听见院子里一片沉寂，有一种沉闷而庄严的气氛笼罩着夜空。他爬起身，借着微弱的灯光，看见半空里碎絮般的雪花，纷纷扬扬地飘下来。他看见上房里的灯还亮着，窗口的光影里全是密集的飘扬着的雪花。但是，房子里却一片哑然。

明杉想到房子里去瞧瞧，但在一瞬间，他感到有点惶恐，他不知道他怕什么，但心里就是不踏实。而且一瞬间，他觉得爷爷显得非常遥远。

明杉又睡去了，当他再醒来的时候，看见房子里所有的物什都被屋外的光亮映得发白。他透过窗户一看，雪在院子里落了厚厚的一层，白得刺眼，而且大片大片的雪花继续从半空里落下来。明杉穿衣的当儿，听见上房里传出嘤嘤嗡嗡的哭泣声，他预感到了一切。当他跑到上房里去的时候，看见大炕上已经空了，而且墙壁上的图画都被揭了下来，爷爷不在了，他看见几个老者勾着头，盘腿坐在炕上，一页一页拓“往生”。他们看见明杉的时候，微微抬起头来，有些茫然和吃惊地瞧着他。

明杉突然记起，黎明那会儿，院子里曾朦胧地传出杂沓的脚步声，那时他还陷入沉沉的梦境不能自拔。

明杉一转身，看见爷爷已经僵直地躺在正墙根下的麦草上，身子缩得又短又小，上面盖着白纸。他看着爷爷的躯体在白纸下面寂然不动，听不到一丝声息……他知道爷爷已经走了，他强迫自己接受眼前的事实，但是他说服不了自己。他一低头，看见父亲和叔叔披麻戴孝，正跪在一张供案前面不停地点纸，喉咙深处哽咽着，脸上全是泪水，纸钱燃烧过的灰烬积满了一只黑色的瓦盆。他们一边点纸，一边在灰烬上奠酒。明杉看见供案上摆着几样简单的供品，还有几根燃烧的红蜡和香炷。他怔怔地站在地上，想对着爷爷的尸体大喊一声，或者放开嗓子哭一声，但是他发不出声来。他觉得有一种沉闷的东西压在他的胸腔上。一瞬间，他觉得爷爷变得非常陌生，他不再是过去那个亲切和蔼的老人了，他也不是眼前这个躺着的尸体，他好像成了别的什么，或者说，他像一缕风已经飘走了。

明杉觉得是死亡将他和爷爷隔开了，而且是死亡使眼前这个躺着的尸体变得不真实，甚至连过去的一切也显得恍惚起来。

他走过去，跪在爷爷身旁，看见爷爷戴着的那顶瓜皮小帽，在白纸下露出了一部分。有几次,他想伸手揭开盖在他脸上的那张白纸,他想看一看爷爷这会儿到底是什么样儿,他不相信,爷爷就这么说走就走了。并且,他要证实一下,爷爷到底在什么地方与过去不大一样了,他想看看死亡在爷爷身上到底是什么样子,死亡在取走爷爷生命的时候是否留下痕迹呢?

然而,他的意图被父亲默默地制止了。明杉茫然地看着摆在爷爷头前的这张小供桌上,摆着两碗用竹筷挑起的长寿面。但是面条已经凉了,一盏小煤油灯安详地亮着,在初现的晨光中,那灯光收敛了全部的光影,缩小为一粒细小的豆苗,在毫不经意间颤抖着。

明杉含着泪从上房走出来,脑子里一片空白,他站在门台上,看见天空显得低沉而凄迷。雪越下越大,雪片落在雪地上发出细微的沙沙声。

他看见院子里陆续来了许多村里的人,还有远处赶来的亲戚,他们有的手里提着成卷的白纸,有的胳膊上挂着竹篮,里面装着洁白的馒头。他们走进来的时候都披着一身大雪,然后站在院子里轻轻地踱着脚,一边拍打着衣服上的雪。

明杉默默地拿起一把扫帚,将院子里的积雪扫成堆。雪,继续下着,他每扫一扫帚,裸露出的地皮上立即就被新的雪片覆盖了。

他拿着扫帚走出大门, 看见门口的那株百年老榆浓密的树冠上积满了新雪,沉重的雪片在树枝上越积越厚,然后压折了几根树枝,白粉一样的雪便随着断枝从树冠上纷纷抖落。

明杉抬起头,看见屋后的山坡变得一片银白,而山坡下的村庄完全被大雪所覆盖,变成洁白的一片。远处的田野和山脉隐在一片朦胧的云气中,只剩下一幅白色的剪影。积雪下的村庄非常宁静, 仿佛大雪吸纳了所有的声音——听不到犬吠和鸡鸣,几乎连人说话的声音也听不到,只有一个个高出屋顶的烟囱冒出一股股的青烟。青烟在云气里浓得化不开,它们高高地升上去,然后在半空里缓缓地扭动。

明杉低着头把大门前扫干净。他扫得非常认真,似乎含着某种庄重的意味。他转过身进了院子,院子里站着许多人,有几个人在屋檐下支起了一顶帆布帐篷,然后从那间小厢房里将那口棺材抬了出来,放在两条长凳上。他们把沉重的棺盖打开, 从那里随即就释放出一种药草的苦香。明杉走近棺材,把几捆干药草拿出来放在门前的台阶上,他发现这些风干的药草茎叶依然翠绿，只是失去了水分，显得干巴巴的。他拿出一条干净的毛巾反复地擦拭棺材上的尘土。不一会儿，棺材就被擦拭得锃亮，露出了沉重的紫红色和上面的漆花。

一群人围着棺材，几乎略显吃惊地打量着它。也许，是雪地的洁白使棺材显得越发鲜亮，它似乎摄取了雪地上所有的光，而显得格外庄重突兀。

夜色缓缓地降临了，下了一天的大雪似乎收敛了些，并且夜空被干硬的冷风廓清了许多，有几处天壁上还隐隐地渗出了几颗晶莹的寒星。

按乡俗，到了亲人们为亡人“明路”的时刻。其实，明杉在大白天早已为爷爷制作了八十七盏油灯，全用柔软的芨胡拧编而成，而且一律用香油浸透。

作为长孙，明杉在孝队前高举着经幡，后面紧跟着一大群身着重孝手持丧棒的孝子，随着阴阳一声高喊，众孝子大放哭声。

孝队出发了，跑在孝队前面的人沿着出殡的线路，一路上把点燃的灵灯放在雪地上，孝队沿着摆放灵灯的路线向前走着，一直到最后一盏灯燃着的地方为止，然后，跪下来点纸，点了一大堆纸，磕了头，接着起身往回返。

这时候，明杉有意走在后面，它几乎在每一盏灯火燃着的地方都要停一下，他看见厚厚的积雪在灯火四周轻轻化开了一部分，露出了发黑的地皮。当他回到村口的时候，还看见那一长串灯火在白茫茫的雪地上摇晃闪烁，把雪地上空的夜色映得更加黑暗。

第二天一大早，雪又落了起来，入殓的时候到了。明杉看见院子里黑压压地站满了前来送葬的人群。明杉在大门外点燃了一大堆谷草，熊熊的火焰奔窜着，在寒冷的夜空中发出了轰轰隆隆的响声。接着，他看见家家门前也相继燃起了火堆，将村庄四周的夜色映得一片雪亮。

明杉走进院子，站在棺材边，不一会儿，他看见几个人七手八脚地把爷爷从上房里抬了出来，然后径直走近棺材，他们把爷爷抬起，然后小心地放下去。父亲和叔叔把穿戴一新的爷爷的身子摆平，把衣服拉展。明杉借着火把，看见爷爷的身子变得又干又小，一张脸也紧紧地缩在一起，他闭着双目，双颊上的肌肉向骨缝里收缩进去，神情显得木然而冷漠。

沉重的棺盖合上了，有人抓了一只红冠子公鸡，缚在棺顶上，那红冠子公鸡在棺顶上死劲地拍打着翅膀，发出一连串惊慌的叫声。

七八个人将棺材捆在几根横杠上，然后抬起来，棺材前面扯着一根长绳，一大群孝子，一手抓着绳子，一手拄着丧棒放开步子走起来。

明杉扛着经幡走在殡仪队的最前面，他听见，杂乱的脚步踩在雪地上发出咯吱吱咯吱吱的声响。殡仪队所到之处，惹得一村庄的狗咬起来。

天色渐渐放亮了，大片大片的雪花落个不停。长长的殡仪队在大雪中走着，红色的漆棺和各色鲜艳的纸花映亮了雪地。

远远的，明杉就看见山下的那块坟地了。走近墓地时，殡仪队按惯例先在坟坑边匆匆绕了三圈，然后放下棺材。孝子们纷纷跪在坟地四周，把背来的纸钱和扛来花圈燃起来，一大堆火焰在坟地上凶猛地燃烧着。明杉跪在雪地上，一直看着众人把棺材缓缓地放下积雪的墓坑。

这时候，雪似乎下得更大了，明杉觉得山野里所有的雪花都聚集在坟地四周，并且向墓坑里发疯似的落下去。

众人纷纷挥动铁锹向墓坑里扬土，顷刻间将墓坑填平了。

明杉默默地看着那平地上突兀地隆起的坟包，想着那在一瞬间被埋葬的爷爷和雪片，他觉得这一切都像是梦幻。他一动不动地看着那刚刚隆起的坟包，不一会儿就被大雪覆盖了。

山野里的雪越下越大，雪花像满天飞蛾，欢叫着落下来，像一种节日。乡亲们纷纷远去了，遗弃的铁锹和洋镐零乱地扔在雪地上。父亲和叔叔在默默地收拾零乱的坟地，明杉把身边的桑火煨得旺旺的，黄色的火焰高高地升起来，抖动着。落在火焰中的雪花发出吡吡的声响，让他觉得这纷纷扬扬的雪花全部葬在了火焰里。甚至，天空之中所有的雪花都向这堆火焰里倾泻。他们已经走出坟地很远了，有几次，明杉停下脚步，回过头，看见坟地完全变白了，那里非常安静。他看见那刚刚鼓起的坟包也只是一个凸起的圆圆的雪堆而已，并且它已和茫茫的雪融为一体。

只有那一堆火，还冒出大股大股的青烟。

一天中的不同时刻

这是个湿漉漉的早晨，它像进入秋季的大多数日子那样，阴郁而潮湿。我拉开门走出去时，院子里升腾着雾，那只鸡站在屋檐下，抿着双翅，将一只爪子提起来，藏在腹下温暖的羽毛里。它刚把眼皮合上又睁开了，它听见了我走动的脚步声。

“瞧这个人，耷拉着膀子，阴天也不多睡会儿？”

公鸡的胸腔里都有一圈发条，白天上紧了，晚上就一圈一圈地往开松。它们是自然界的生物钟，这由不得它们。我家的这只大公鸡，胸腔里的那盘发条很大，而且磨得很光溜。

看见我在院子里走动，那只老黑狗也卧不住了，它站起身跟着我，露出某种若有所思的神情，它大约想搞明白我要干什么？我回过头，瞧了它一眼，它就停下了，它看出我不怎么喜欢它这样跟着我。

一条忠实的老狗，就算是自家人了，我不愿老是迁就它。不过看着它走开的样子，我有点内疚。它老了，重新卧倒的样子有些迟缓，身上还东一块西一块挂着没有脱尽的毛发，一夜的雾把它身上的皮毛都溽湿了。

后院里雾气更重，水分子抱成团在树枝上凝成晶莹的水珠，大颗大颗的水珠从树枝上掉下来。我站在一棵桃树下小解，想把这泡黄尿尿到树根部。我想，天天这样尿尿就相当于天天给它上肥。它的根部有几棵小草，叶片由于过多地吸收了水分而耷拉着。

其实，这会儿我还没有完全醒过来，我想着夜里做过的梦，我想弄明白在我好好走着的时候，路在前面突然断开是怎么回事？

一颗水珠掉下来，刚好落在我的脖子上。

秋天的雾即使拂在脸上也不怎么冰凉，可是时间久了就觉得皮肤发紧。秋凉山寒，连树木都绷紧了皮肤。

身子骨倒还敏感，我打了一个激灵。这时，我的目光落在了一只宽大的葫芦叶子上，那上面蜷着一条小黄蛇。小蛇盘成一个圆圈，很圆的一个圈，大圆圈套着小圆圈。这圆圈不是孩子们画的那种纯粹的线条，它是有质感的，冰冷而光滑，摸上去的感觉肯定是柔软的，不过我终于没敢去摸。黄色的圆盘睡着了，那上面的粉红色的小斑点也睡着了。小蛇的呼吸，只有一只蚊子才能感觉得到。我的心紧了一下，都是因为它。我悄悄地走开了。

待会儿太阳一照，它的身子就变硬了，它会一点一点地把身子打开，沿着叶柄缓缓地爬下来，在草丛下面溜掉。粗心的小家伙，昨晚一定是找不到回去的路了。

地上湿湿的，又湿又软，黑色的甲壳虫在草丛间笨拙地移着身子。从微小的局部开始，世界动了起来。可是我没往大处想，比如世界它动起来的样子是什么？对于不懂的事我从来不卖关子。可是那条小蛇是怎么回事呢？好了，不管它了，我要去跑步，晨练，这是每天要做的事。四十多岁了，黄土像水一样涨起来，快漫到我的胸部了，就是这样，最终的结局已变得不再遥远。它是某个模糊的幻影，像一只狐狸，偶然间在墙头上露一下脸，一副似笑非笑的神情。好了好了，这样说倒显得我认真了，不去说它，免得孩子们烦。

我已经跑在马路上了，两边人家的大门一律紧闭着。贪图享乐的人啊，你们还是我过去的样子。快起吧！太阳都在东山顶上发红了，雾气正在变淡，远山露出了尖顶。这是多么好的景色啊，看着就让人感动。

沿着公路一直跑到一处沟岸边停下来，弯腰，踢腿。我这样做的时候都面对太阳，别人说这样一来可呼吸到太阳的真气，谁知道呢？我听到骨头在响，感觉血液缓缓地流动起来。就是这么回事，我得多活几年，不锻炼不行，大夫说了，得多锻炼。到了这个年龄，我特别爱听大夫的话。而且我还特别留恋妻子，过去可不这样。我渐渐衰老了，失去了追逐新鲜事物的热情，没办法。

浑身发热了，要的就是这种效果。我得先使自己热起来，我得时常这样推动自己。我站下来，对着沟壑喊了几嗓子，四周又归宁静。早晨的宁静，是充满希望的宁静。可是……随着这宁静有一种东西又爬上心头。去你的，我不愿承认它，这就是老缠着我们的孤寂。就是老想抓住，又老是抓不住的那种东西，有时它又是某种空落感，心总是落不在实处。孤寂孤寂，它像影子随着你，有时就变成了弥漫的雾……我转身往回跑，我总想借助于别的东西来抵御这孤寂。

回家的路上，迎面有一辆重型卡车从我身边开了过去，我没有停下来，接着往回跑，但是要是有一种鲜艳的东西吸引了你，你就跑不动了。是的，我发现了一摊血迹，在马路上。血迹中还有一个东西在蠕动，我停下来，慢慢地靠近那儿，这时我看清了，是一条蛇，一条麻皮蛇。有成人的大拇指那么粗，模糊的下半截身子还浸在血泊里，与地面粘连在一起，可是，它的头不停地扭动着，牵扯着上半身都在动。太可怕了。蛇从不喊叫，即使疼痛如此也不喊叫。蛇的忍耐力让我胆寒。

我怎么去救它呢？要是过去，我连这想法也没有。现在不同了，怜悯之心是渐渐有的。不过，看样子它是无法挽救了，它的下半身不可能复原了。那么去死吧，蛇，这是你的命运。你一定记住了这个早晨，你一定记住了那辆轰鸣的卡车！你承受住了卡车的重量，这是重要的。对了，你或许还记住了一个人，他瞧你的目光多少还有些怜悯。再见了蛇，早晨的蛇，马路上的蛇，特意要穿过马路的蛇，硬要活在世上的蛇，痛苦的蛇，仇恨的蛇，慢慢死去的蛇……这就是你的命运，命运是不可抗拒的，你懂吗？

这是怎么了？又是一条蛇？蛇的早晨？不对，应该是人的早晨！

家人都起床了，女儿上学去了，妻子正在收拾房子。我坐下来，抽了一支烟，喝了几口水，吃了一点饼子。我没跟妻子说话，我本想给她说说马路上的那条蛇，但我不知道怎么开口。通常我不愿在早上说话，更不愿喋喋不休，要是遇上妻子这样，我就会发疯。早上是个奇妙的时刻，安静一下总是合适的。好在今天早上她很沉默，大概是天气的缘故。可是当我坐在书房里时，天放晴了，阳光抹红了窗玻璃。

我打开普里什文的《林中水滴》，恰好有这样一段话：自然界是没有像两把椅子一样彼此酷似的日子，一个日子只会出现一次，便永久地消逝。在黎明前的时刻，随着这个新的、从未有过的同样特征的日子的逐步明朗，我也一心思索着自己的什么事……

思索着什么事？莫非说这个俄国老头和我一样，在某个早晨同样感到有什么事？那么这是什么事情呢……一个全新的日子，对，他的意思是说，每一个日子相对于前一个日子都是一个全新的日子。那么是否这样理解：在一个全新的日子里，所有展现的事物都有不同的意义？

突然，一声尖叫，吓了我一跳，我听出来是妻子在叫，这个懒婆娘，总是大惊小怪地让我不得安宁。

什么事？我问她。遇到可怕的事，我知道对方特别需要别人的声音。

你快下来！她这样命令我。我只好顺从她的意思，女人一到更年期就这样，一惊一乍的，但你还得顺着她。我走下楼梯，出了房门，看见她站在锅炉房门口，一副受惊的样子。她脸还没洗，头发像一堆刺蓬。不过，她的脸色都变白了。

什么事？我有些吃惊，多大的事，至于吗？我来到她身边，她一把抓住我，用一只手指着锅炉房。我顺着她的手指，走近门口，往里一看，没发现什么。这是间锅炉房，不过不常用，里面堆满了杂物。我被妻子的样子吓住了，不知发生了什么，也不敢往里走。

婆娘说，你再看，就是那只烂纸箱上面。按她的提示，我看清了，纸箱上盘着一条蛇，它大约感觉到了什么，身子蠕动起来，想早一点离开纸箱。

婆娘说，赶快！赶快！不要让它跑了。她是怕蛇钻到了别处。我的眼睛没离开它，我说，你赶快给我拿一根木杆。……我接过木杆，她就跑开了，她以为我要对这条蛇下手了。我没这么干，我知道，对爬进房子的蛇不能这样对待。

我把这条蛇挑在杆子的一头，一点一点地往回收。它老实多了，要是在伏天可不是这样，蛇在伏天最厉害了，身子光溜溜的，爬起来快得很。秋天了，它们的身子骨就变软了。不过，它看起来还是让人发麻。即使一条不太大的蛇，也觉得它不轻。它像一截子泡湿的烂皮绳，一挑出它，我就把它顺势一甩。它在空中画了一条弧线落在后院的草丛里。

过了一会儿，我去找它，它已经跑开了，不知钻在什么地方去了。婆娘还在埋怨我，为什么不将它打死？我说，你呀你呀！她说，什么你呀你呀，要是让女儿碰上了咋办？说得有道理，不过，我已经寻过它了。这事就这么完了。

我想起小时候，每遇到一条蛇非打死不可。人总是容不得蛇的，后来看《圣经》才知道，人与蛇结下的仇恨早了。

耶和华对蛇说：你既做了这事（引诱夏娃偷吃禁果），就必受诅咒，比一切的牲畜、野兽更甚。你必用肚子行走，终身吃土。我又要叫你和女人彼此为仇；你的后裔和女人的后裔也彼此为仇。女人的后裔要伤你的头，你要伤他的脚跟。

怎么处死一条蛇，我们的花样可多了，除过打它的头之外，还有其他法子。比如，抓住一条蛇，先提起来，使劲地甩抖，将它的骨头摇碎，它就不动了，软软地耷拉下身子，吊成一条线。随后就好处理了。

蛇的劲道很足，有时抓住一条蛇，即使捏着头，提在手里，也能感觉到它的浑身在使劲，身子一拧一拧的，转着圈，尾巴卷起来，想一下子缠着你的手腕，你得特别当心。弄死一条蛇，我有一个好办法，那就是在湿地上用木棍往下戳一个洞，一旦将蛇头放在洞口，它一下子就钻了进去，这时你得及时将上面的洞口用土填实，踏瓷实了，然后远远地跑开，等着，用不了多久，你就会听见，砰的一声，在洞里膨胀起来的蛇就会这样炸开。

有时，我们还学着给一条蛇脱皮。把一条粗壮的蛇钉在树干上，钉的是头部。一旦被钉住，蛇就会不停地拧转身子，左右转圈子，样子难受得很。要是不管它，它会这样一直折腾下去的。蛇的命太长了，要是你把一条蛇像这样钉住后走开了，过上几天，你再来看，它还在不停地动呢。有时你看着它不动了，以为它已经死了，用手指一触，吓！它还活着！

不过，一钉住就给它脱皮，很有刺激性。用一柄小刀先挑开它的下颚，沿着刀口转一圈，然后掐紧裂翻出来的皮，往下猛地一扯，刺啦一声，一张完整的蛇皮就被生生扯了下来。套在鞭杆上，看起来又像是一条蛇了。要命的是，赤裸的蛇还会折腾好久，直到被剁碎喂了鸡。鸡一吃蛇肉，浑身就发烧，羽毛就炸开来，张着嘴巴出气。

以上这些，都是少年时的恶作剧，随着年岁的增加，已经不敢如此了。记得小时候母亲常告诫我说，不能轻易伤害一条蛇，蛇是特别能记仇的动物。后来我就不敢了。

说到底，我不怎么怕蛇，不像妻子，一见蛇就大惊小怪的。

这天下午，我到街上去溜达，发现几个恶少在公路一边的树壕里，用石块砸一条蛇，这还是一条麻皮蛇，但身上带着黑色的斑纹。头部阔大，尾巴粗短。凭经验，我知道这是一条厉害的蛇，毒性大，一旦伤着人，可不得了。我发现，这条蛇已经被砸得不成样子了，但还拧着身子，试图夺命而逃。

我大喊一声，你们这一帮兔崽子，不要命啦？他们停下来，看着我，其中一个说，我们打的是蛇，关你什么事，烦！这小子，我吓唬他，逼急了它会往你身上扑，不信你再试试！他怕了，带着他们跑开了。

我一转身，那只受伤的蛇已经溜掉了。

不可能，我说。肯定有什么事情，否则我不可能无缘无故地碰上几条蛇。我怕了，不由得想起小时候的事。

黄昏时，大门外站着一个老妇人，看样子是个讨吃，头上围一条花围巾，脏兮兮的。她用一只打狗棍不停地敲着我家的大门，我有些生气，要东西也不能这样，凭空敲人家的大门就不礼貌。我想说几句，但还是忍了。我赶忙端了半碗面走过去，想快一点打发她走。她一看我手里端着面碗就不接，又用木棍敲了几下大门。我这才发现，她根本就没有带盛面的袋子。我明白了，她是要钱。我心里虽不高兴，还是摸出了几张毛票，递给她。她接的那当儿，我看了她一眼，发现她的前额上有几块疤痕。同时我发现，她的脸上带着某种莫名其妙的神情：似笑非笑。如果她真的笑一下，会更可怕。有些人就是这样，笑容是冷冰冰的。

莫名其妙！她一转身就走开了，倒还干脆。对了，那围巾包住的脸，像……我真想不起它像什么了，还有那凝固的笑容。妻子喊我，发什么愣？看上了？真是的，没见过对一个讨吃感兴趣的。

你呀你呀，你这个臭婆娘……我说。

邻居家的门又被敲响了，大约是院子里没人，她一直在敲。我听见她沿着这条巷道一直敲了下去。

奇怪，后来我才想起，几乎没一家的狗出来咬她。莫非狗也怕她？

一直到晚上睡觉时我都想着那个妇人。就这么怪，其实我倒不是真的想她，而是她冷不丁就出现在我的脑子中。

我揭开被子钻进去，觉得不对头，便用手摸了摸一边的东西，随后我大叫了一声。妻子吓坏了，一个劲地问：咋了咋了？我跳下床，一把揭开被子，看见床上盘着一条蛇！

天哪！

这时候，妻子倒比我胆大，她揍近床铺瞧了瞧，笑了。一个大老爷们，倒像个娘们。

原来是一条假蛇，不过看起来跟真的一样。现代人真能，连蛇身上的斑点都弄得像是长上去的。

女儿趴在门框上哧哧地笑。这是她送给我的礼物，她知道今天是我的生日，也知道我属蛇。

这个鬼丫头呀！差一点把老子吓死。

义犬之死

虎子看起来的确已经成了一条老狗，它可以大半天卧在某一处迷迷糊糊地打盹，要不就蔫头耷脑的在院子里来回晃悠一会儿，由于后腰老是直不起来，所以走起来的时候像是拖着后半条身子。眼看着一身漂亮的皮毛都变得枯焦了，腹腔上面还遗留着早些时候没有脱尽的旧毛发，乱蓬蓬的，上面沾满了杂草。它的臀部几乎干瘪了，像是凭空缺少了些什么。那条时常竖起来的直愣愣的尾巴也完全萎缩了，仿佛害羞似的夹在两只大腿根部。它的一双耳朵也似乎不大好使，老是听不见人喊它。有时候，你得去拨一拨它，它才明白你的意思。如今它的一只眼睛正在发炎，眼球赤红，眼角四周溃烂了，时常有脏水流下来糊脏了脸和嘴巴。当它哼哼叽叽、摇摇晃晃地走动时，衰老的迹象就显得特别明显，看样子它已经失去了当年的威风，而且整体上给人一种邋里邋遢的印象。

然而过去它可不是这个样子，它可是我们村顶呱呱的一条好狗。

如果我们不把衰老当作一种缺陷的话，那么我完全可以这样说，虎子作为一条狗在许多方面都是无法挑剔的。它不像别的狗那样，每每看见主人吃东西时就扬着头，站在主人身边，一边死劲地摇尾巴，露出一副让人讨厌的馋相。它从不偷食或从别的狗嘴里抢食吃，即使在它饥饿的时候也不这样。它从不吃陌生人的东西，你就是扔给它一块肉，它也仅仅是闻一闻然后转身走掉，显出一副冷漠的样子。它从不随便进入主人的房间，除非我们唤它。所以虎子尽管老了，并不怎么讨人嫌，相反，我们都有些同情它。

也许虎子在任何时候都懂得它是一条狗，懂得与主人保持适当的距离，即使在我们有意赞赏它的时候，它也不显得过于轻狂，在我们烦它的时候，也不过于自卑。更重要的是，它是一条通灵性的狗，在任何时候、任何情况下都明白主人的心思。

虎子虽然老了，但还保持着某种作为狗的“尊严”。比如，你要是以为它老了，拿一根棍子恶作剧般地去戳弄它，它马上会咧开嘴巴露出一副凶相。

算起来虎子今年都十二岁了，一条狗能活到十二岁，大约相当于一个人活到了七十岁高龄。然而狗怎么能与人相比呢？要知道一个七十岁的老人是备受人敬重的，可是一条狗呢？假若有一天，它真的老了就没有什么价值可言了。因为一条老狗无论如何是不能很好地履行一条狗看家护院的职责了。比如上次，我家院子里晾晒糜子时引来了一大群鸟，叽叽喳喳地将糜子弹得满院都是，更可恨的是我家的那头猪竟然挤破栅门跑了出来，在糜堆上连吃带拱，糟蹋了好多糜子。可是虎子却卧在一边打盹，丝毫没有发觉。还有一次，我家立在大门口的那辆架子车在晚上被人悄悄地放下来偷走了，虎子居然没有听出一点声响，这在过去是不可能的事。看来虎子的确是老了。作为一条狗，老了就意味着无用，那么等待着它的是什么呢？自然是死。

我们这里对待一条老狗的办法不外乎就是勒死它，剥下一张皮，然后将肉吃掉完事！这是很自然的事，谁也不会想到别的。倘若有人因同情一条狗而舍不得勒它，多半有人会发笑。在对待一条狗上，人大概是不会有什么怜悯之心的。眼看着虎子老了，我们一家人自然想到了它的死，尽管我们嘴上都不愿主动提出来，但心里老是想着这一件事。

大概虎子已经觉察到了我们的心思，这些日子老是拿一双可怜巴巴的眼光盯着我们看，而且脸上也露出一副类似于忧伤的神色，看了让人动心。

怎么安排虎子的死呢？这几乎成了一件让人发愁的事，必定看着一条狗在家里死掉不见得是一件吉利的事。可是虎子太恋家了，看来你不赶它，它大概不会自己走掉的。

父亲最终把虎子卖给村子里的栓生，大约也是基于这方面的考虑。我知道父亲倒不是为了十五块钱，主要的原因还是怕我们都不忍心亲自去处治自家的狗。卖了就卖了吧，再好的狗也难逃一条狗的命运。

那天栓生来我家给我父亲扔下十五块钱就用一根绳子套住狗，抖了抖拉紧的绳索，虎子就乖乖地站起来，不声不响地跟着他走了。然而使我吃惊的是，当栓生牵走它的时候，它竟不咬不叫，似乎是非常温顺地跟着他走了。

这条死狗！我心里骂着，继而又想，也许它真的老瓜了连陌生人也认不出来了，谁知道在那一刻，它心里想的到底是啥呢?

栓生是个走街串巷的劁猪匠，私下还干一些卖鸡贩狗的勾当。虎子到了他手里难免一死，我知道栓生之所以买下它，完全是为了图一张狗皮，这一点谁都想到了。

然而，过了三天，我偶然从黑牛家听到虎子的哭叫声。那天，我放学回家刚好经过黑牛家的大门，突然间，我就听见他家的院子里传出一连串狗的哭叫声，这声音我太熟悉了。我赶忙趴在大门上一看，的确是虎子，它就在那儿，被拴在一棵树下。这会儿，我看见黑牛憋着脸，手里抡着一根棍子死命地揍它，揍累了又怂恿他家的那条黄狗扑上去撕咬……看到这儿我浑身的血开始往上涌，一瞬间我想破门而入……但是我忍住了，我必定十五岁了，我懂得这样做的后果。这当儿我完全懵了，我简直搞不清这是怎么一回事，虎子明明卖给了栓生怎么又拴在黑牛家的院子里呢?

当时，我家也没回，一转身跑向栓生家，看见栓生时，我气不打一处来，我质问他，我家的狗了？栓生看我气呼呼的样子，大概明白了几分，他懒洋洋地搭腔道，你家的狗？你大不是卖给我了么，还说你家的狗……嗯，你问这干啥？我没好气地接着说，卖给了你，为啥在黑牛家拴着？听到这，栓生有些慌了，他嘀咕道，啊……这个，噢，我想起来了，黑牛又从我手里把它买了去，知道吗？那个冷儿给了我三十块钱，知道吗，三十块钱买一条快死的老狗，明摆着不是比我更傻X吗?

什么？……我无话可说了。

村子里的人没人不知道，我家与黑牛家是结过仇的。早年我们两家就发生过一次械斗，双方差点打得出了人命。其实这不仅是第一次，听父亲说，在五十年前我们两家就有过一次械斗，我的一位叔爷就是在那次械斗中被黑牛家的人打死的。当时我们两家的官司打了三年，最后不了了之。据说，我们两家争斗的原因是为了一块地……然而，尽管过去了几十年，谁也没有忘记这件事，如今，我们两家的人在路上碰上了也不免打个招呼，可是双方都不大自然，明摆着有许多东西都埋藏在对方的心底里。黑牛家人多势众，有好几个亲戚在公社、县上做事，现如今，黑牛爹又是我们村子的队长，他没少在暗地里给我家找碴子，这一点，我们都很清楚。

记得我二哥十八岁那年就参军了。在我家数二哥和我最为要好,我知道二哥的心思,他参军还不是为了给我家争一口气,撑撑门面。虎子就是二哥参军走的那一次抱给我的。临走时二哥对我说,四弟,好好养着它,谁欺负你就让它咬……

我特别喜欢虎子,不到两年它就长成了一条大狗,那时我一放学就带着虎子到村外的荒地上去追猎兔子,把虎子练得跟狼一样敏捷。大概黑牛看见我拉着这条狗,心里不大服气,平时他有事没事地拉着他家的那条黄狗在我家大门前晃悠,看起来有些显摆寻衅的意味。他拉着的那条黄狗长得身板结实,看起来威威猛猛的。可是我一看见黑牛和他家的那条狗心里就不大舒服。有几次,当虎子看见门外的那条黄狗时,嘴里就发出一连串低沉的狂吼,而且拼命地扯拽着我手里的绳索,随时准备扑上去。然而每一次我都制止了它,说实话,我知道虎子还小,我担心它会被那条黄狗咬坏。然而我知道两条狗的拼杀是不可避免的。

没等上多久,有一次,黑牛拉着那条黄狗故意打着口哨从我家门前走过去,可是在经过我家大门时,那条黄狗却停了下来,叉开一条后腿对着我家大门楼子撒了一泡黄尿,当时我正在院子里,眼前的情景再也使我忍不下去了,我对着早已变得暴躁不安的虎子低声喊了一声:虎子,上!顷刻间,两条狗撕咬在一起。只听见一阵犬牙交错的咯吧声和撕扯皮肉的刺啦声伴随着两条狗胸腔里发出的一阵一阵的低吼,使人头皮发紧……起先两条狗嘴咬在了一起,黄狗借着身强力壮,张开大口直扑虎子的前胸,虎子没来得及躲闪半边耳朵就被撕了下来,它疼得大叫了一声,黄狗借势一头将虎子打翻在地上,可是虎子在地上一个翻身爬了起来,这时候黄狗趁势扑了上来,张开大口直扑虎子的咽喉,此时,虎子避开黄狗的嘴巴,凭着敏捷一个转身直掏黄狗的腹部和后腿部,或许虎子的脾性中具有狼的天性,只见它勾下身子,一口叼住大黄狗的一只卵子,将它活生生地撕了下来,趁黄狗疼得一闪腰的机会,虎子又是一嘴撕下了它大腿上的一块皮。这时候黄狗撇开虎子跑向一边……汪汪地叫着。

自从这一次撕咬之后,黑牛再也不敢带着黄狗到我家门前来了。

通过这一次拼杀,虎子无疑给我家出了一口气,事后我们一家人都在心底里暗暗高兴。要知道那一次撕咬惊动了村子里的许多人,当时黑牛爹还有我父亲都站在各家的大门口观看，可是自始至终，双方的家人都没说话。

这已经是多年以前的事了，一想起这事我就为虎子骄傲，可是如今——

我回到家把虎子的事告诉了父亲和两个哥哥，他们一听都懵了，他们都不明白，黑牛家为啥从栓生的手里买去了虎子，当时我们都搞不清这里面的名堂，但是我们的心里都感觉到不是个滋味。

接下来的两三天，我们都听到黑牛家不时地传出虎子的哭叫声，还有棍棒的敲击声。

一听到虎子的哭叫声，全家人都默默地静下来，终于大哥忍不住了，喊了一声：这简直是欺负人，明摆着这不是打狗给人看吗？我偷眼看了父亲一眼，他正坐在凳子上抽烟，脸憋得青紫，像一块生铁。他对哥说，吼什么，吼什么！一条狗，打去！他们想怎么打就怎么打去，他们又不是打在我们身上。要是黑六那条老杂毛亲自打，我更高兴（黑六是黑牛爹）！要是他这么作贱一条狗，他不就是一条蓄生吗？父亲这样骂着，可是能看得出来他心里的愤怒并没减少。

父亲对我说，好好地念你的书去，不要成天满脑子狗呀狗的，忍！懂吗？男人要学会忍事，忍事不见得怕事。再不要屁颠屁颠地往那家门前跑了，弄不好他们把你一块揍！

他敢！……我没好气地喊了一声，同时捏紧了拳头，感到浑身的血液在身上汩汩地流动起来，我第一次感到我是一个男人了。

第二天中午，当我放学走进村子的时候，我看见村子正中的那棵大柳树下聚集了很多人，远远地我就看见了我家的那条狗被黑牛用一根绳子牵着，死拉硬扯地拽到了那棵树下。当我赶到那儿时，看见黑牛一边提着绳子，一边往树上瞧着，能看出来他是在选取一个最合适吊狗的树杈，然后把绳子搭上去。看来他是准备要把虎子吊死了。树下的人越围越多，好事的人感觉到又有好戏可看了。我在人群中看见黑牛爹背着手站在人群中，嘴里咬着一根旱烟棒子，尽管绷着脸，但眼睛里有一种掩饰不住的兴奋。他一边若无其事地看着黑牛弟兄们勒狗，一边有一句没一句地跟身边的人搭着话。他大约看见了我，于是对黑牛说，唉咳，我说黑牛，不要慌，找准了树杈，慢慢勒，我可从来没看见过勒狗，你慢慢勒，好让爹开一回眼！你个狗日的，嘿嘿……

我觉得什么地方不对劲，我发现所有的人都在看我，其实他们谁也没看我，起码是假装没看见我。可是我的脸突然烧起来了，血液猛地冲撞着太阳穴，头脑蹭的一下子涨大了，我感到什么地方不对劲，我转着头想在人群中发现我家的人，可是一个也没有。我急了。

我看见虎子在一瞬间回过头来发现了我，便死劲地摇着尾巴，嘴里发出一连串急切的呜呜声……

这会儿，黑牛已经把手中的绳子往树上一甩，站在另一边的他哥马上接住绳头，黑牛立即跑过去和他哥一起把绳子往下死劲地扯拉，他们每往下扯一下绳子，那边的狗就往上升起一截子……这时候，我看见虎子被完全吊在了半空，只见它浑身抽搐着在空中拼命地挣扎着，四只爪子在空中胡乱地踢蹬着，想找到一个支撑点。头剧烈地摇来摆去，嘴巴大张着想一口咬住勒在脖子上的绳子。

这是在勒一条狗吗？不！我想，这不是在勒一条狗！

我再也看不下去了，我突然大喊一声，扑上去，抱住狗，然后对着黑牛弟兄俩喊了一声，放开它！也许他们俩被我不要命的样子吓住了，下意识地停下了手中扯动的绳子，有些不知所措地盯着他们的父亲。

这时，黑六"呸"一声吐掉了嘴里的烟棒子，说道：唉，唉唉！我说尕娃，你咋这么冒失，你这是弄啥呢？我们勒我们的狗，关你屁事！

我喊道，不行！就是不行！这狗你们不能勒，它是我家的狗！……

你家的狗！哈哈！你是儿子娃娃再说一遍？你家的狗，怎么到了我们手上？啊，你说?！我看你这个娃娃太不识相了……黑六显然是来气了，对两个儿子喊道，吊！我看谁狗日的长了两个胆子敢阻挡！

这时候，我听见人群中有人慢腾腾地说道，黑队长，这狗不能吊，这狗是我卖掉的没错，但我卖给的是栓生不是你家……对不对栓生？我看这当中乡里乡亲的人不少，今儿个谁要是故意要戏给我看，我倒要好好看看……我一回头看见说话的正是父亲，他的身边站着大哥三哥，手里全操着家伙。

树底下的人一看这阵势，全都屏住了声息。

可怕的冲突，一触即发！

栓生看见我父亲生铁一样的脸色，感觉不大好，马上跑过去从黑牛兄弟俩的手里夺过绳子说道，我不卖了，不卖了，钱我还你！

这时候，我听见几个老人对黑六说，队长，算了算了，不就是一条狗吗，人何必为一条狗生气呢?说着几个人将队长拉走了。黑牛兄弟俩一看父亲一走,便扔下绳子悻悻地走了。

虎子几乎是被我拖回家的,回到家一看,它的一条后腿被打断了,腰部和腹部有几处被咬伤的痕迹,左脸上有一大块皮被撕了下来,也许它的后腰完全被打断了,它一卧下去就再也站不起来了。

这天全家人都围着虎子,尤其是父亲面对这条老狗,脸上露出十分内疚的神情。母亲亲自为这条幸免于难的老狗调了食,把盆子端在虎子的身边。我扶着虎子爬起身,它只是在盆子里象征性地舔了几下便懒得动了。

经过一个月的特别照顾,虎子的伤才算养好,有时候竟然从窝里爬出来,在院子里摇摇晃晃地走那么几步,现在我们一家人对这条狗都特别地关照,似乎觉得这条狗成了我家的一份子。

不久,虎子就得了哮喘病,成天像一个老年人一样咳嗓子,喉咙深处发出呼噜呼噜的声音。更重要的是它几乎认不出人了,有一次,三岁的小侄女芬芬待在它身边玩,伸出手去摸它的头,它竟然没认出是芬芬,张开嘴就是一口,吓得芬芬大声哭起来,幸亏它的牙齿脱光了,只是在小女孩的手背上留下了几处被咬紫的牙印。

大概又过了两个月,虎子的身上患上了一种疥疮,有几处的皮毛都脱尽了,患疥疮的地方迅速地溃烂了。

对这条老狗的安排又一次摆在了家人的面前。父亲说,看样子,它也活不上几天了,我们总不能眼看着它死在家里,还是拉出去扔了吧!尽管当时我们都没吭声,心底里还是觉得父亲说得有道理。

一个星期天,我把虎子拉在二百户村附近的一个荒草滩上扔了。

当天夜里,我总是睡不踏实,老想起,临走时虎子盯着我看的那一双眼睛,那里面有不解有迷茫还有一种无法理解的忧伤,那是一条狗的忧伤,却和人的忧伤一样。晚上,院子里很静,总是觉得院子里少了一点什么,空荡荡的。睡梦中,我老是听见一只狗孤独的叫声……那声音听起来特别熟悉。

第二天一大早,当我拉开大门时,发现虎子就蜷缩在大门边,身上沾满了杂草和尘土,它看见我时抬起头,用一双迷茫的眼睛盯着我看。

第二次,三哥把它牵到了一个工地上扔了,心想这一次它绝对找不到家了。可是过了三天,栓生对我说,他在附近的麻春村劁猪时,看见了我家的那条狗，他说，当时看见它时，它正卧在一条水渠边舔水……看样子怪可怜的。

我不忍心又找回了它。

第三次，父亲趁赶集时把虎子带到了一个名叫菜塘子的集镇上扔了。可是过了几天，同村的周大爷去菜塘子赶集，很偶然的在一个小馆子的门前看见了虎子。据他说，当时他看见虎子时，正有几条狗把它按倒在饭馆门前撕咬，当他认出是虎子时，便喝退了狗群，用架子车捎回了它。他说，听开饭馆的老板说，这条狗天天在饭馆门前转悠，寻找客人啃剩的骨头或舔舔他们泼出去的瘠水，但它从不走进饭馆……看样子我们还以为它是一条野狗呢。

这次虎子在家没待上几天就走了。记得那是初冬不久的一个日子，白天天就阴了，到了晚上，地面上就飕飕地刮起了寒冷的北风，不久，天空之上有雪花纷纷扬扬地飘下来。

第二天一大早，当我从房子里走出来时，看见院子里变白了，从墙头上的积雪看出来雪起码落了一拃厚。我突然想起了虎子，我怕它受冻，便急忙从草垛上撕了一捆干草抱过去，走近狗窝时，我听不见任何响动，那里非常安静，当我弯下腰一看，里面是空的。

无疑虎子是在半夜里走掉的，因为天刚黑那会儿，我还给它端去了狗食。

虎子这一走再也没有回来，尽管我总是想象着在某一刻它会重新出现，事实上它永远地消失了。按理说，一条老狗走就走了，可是当它一旦真的消失了的时候，我却突然觉得心里有些空，好像我在某些地方对不住它，必定它陪伴着我们一家度过了十二个年头啊。

虎子是在我们几乎忘记了它的时候消失的。

现在，每每遇上一个刮着暴风雪的夜晚，我的眼前总是会出现这样一个画面：一条老狗顶着漫天风雪踉踉跄跄地走在雪地上……

它是在去寻找一个能死的地方。

祖父的面孔

祖父留给我的记忆，几乎都是他临去世前时的那些情景，那时我大约四五岁，而祖父呢却是快接近七十岁的老人了。与大多数老人相比不同的是，祖父虽年近七十，但脸色还十分红润，身板也很硬朗，几乎看不出有明显衰老的迹象，如此健康的身体大约与他年轻时游历藏区的经历有着不可分割的关系。就是在他渐入老境的那些时候，他基本上也是一个不怎么闲得住的老头。然而死神一旦要决定带走你，可不管你的身体健壮与否。死神尽管是无情的，但他一定遵循了某种法则，这是人所不能理解的。

祖父的个头高，再加上结实的身板，给我造成的印象就不是一般的高，尤其他做法时，穿上那件又黑又长的道袍的时候，就显得越发高大。其实，这些都还是他的外部特征，作为一个特别的人（起码我是这么认为的），祖父的显著特点还在于他的威严，也许还有些神秘。这大约与他从事的那种特殊职业有关。要知道祖父是我们这一带有名的阴阳，所谓阴阳有些类似于巫士。按我们这一带人的乡俗，谁家要修建宅院，都要始先请阴阳来看风水，哪个方位吉利呀，什么时候可以动土呀都是有讲究的。若是哪家的宅院建得不合适，院子里就不会安静，老会发生某种闹腾的现象，比如房梁经常会咯吧吧咯吧吧地响，家里饲养的鸡鸭猪狗等也会莫明其妙地死去，严重的还会发生闹鬼和死人的情况。这可是一件大事，每当遇到这样的情况，一般都要请阴阳来安治。这安治的过程，首先要下罗盘，贴符咒，钉桃木楔，接着还要做一些法术。祖父做起这些来显得持重而威严，无形中能给人一种特别踏实的感觉。事实上一个阴阳要干的事要比这多，比如谁家要迁坟啦，或者谁家要埋葬亡人啦等等，都要请阴阳来主持。总之一个阴阳所从事的职业多多少少有些神秘和恐怖，起码我对祖父是这么看待的。要让我来理解，他要算是某种通晓阴阳两界的人,大约一定会知道鬼与神是个什么样子。

印象中,祖父在一天中的大部分时间里几乎都很少说话,并且老是沉着一张脸。时隔多年,每每想起祖父,首先在我的脑海中浮现出来的就是他那一张大胖脸,冷峻得像一块凝固的生铁,在偶然瞥你的一瞬间会突然射出两道寒光。

如果要让我说出祖父留给我最深的感受是什么,那么我告诉你,那绝不是亲切,而是威严,不,应当说是一种让人感到恐惧的东西。多年来,我一直琢磨不透的是,在祖父的身上为何会传递出一种凭空让人感到恐惧的东西。有时我想,这大概是因为他的长相或者说是因为他所从事的职业的缘故。事实上是不是这样呢,我不敢肯定。要知道,要想理解一个成人的世界,一个孩子的智力是远远不够的。

因为祖父的原因,我特别喜欢揣摩老人,这一习惯一直保持到今天。我发现,几乎所有的老人在逐渐衰老的过程中面部特征都会发生较为明显的变化,一种是变得越加和善,一种是变得越发凶狠,当然啦,原本和善的也可变得凶狠,原本凶狠的也可变得和善。也许在大多数人的印象中,凡是老人,随着年岁增加,就会逐渐地变得慈目善眉,和气一团,事实上不完全是这样。你肯定注意到这样一种老人,比如说,他正坐在那儿拄着拐杖,勾着头静静地想着心思,假若你正好从他身边经过,不经意间惊扰了他的安静,那么在他偶然抬起头的一瞬间,你会发现,他愠怒起来的那一张脸是何等恐怖啊。某些老人露出的恐怖神情会使你联想到一种陈旧的冷冰冰的墓地气息。

祖父倒还没有这么可怕,其实我只是希望他能变得亲切或变得可爱一些,仅此而已。可是,事实上祖父的身上就是有那么一种让人感到可怕的东西,它是难以消失的。这也许是从他的身上释放出来的一种特殊气息。肯定,这样的东西家里人都感觉到了,所以三个哥哥中没有一个人愿意往祖父身边靠,尤其是在晚上,陪伴一个如此高龄的老人的艰巨任务就只好让我来完成了。大概是因为我年幼不懂事吧,或者相对于几个哥哥,祖父还是较为疼爱他最小的孙子吧。我只好与祖父为伴,尽管这是我最不愿意的,可谁让他是我的祖父呢。

平常,我和祖父睡在我家的一眼箍窑里。祖父的瞌睡少,晚上的大部分时间几乎都盘腿坐在一张小炕桌前面,翻看那些纸页发黄的书籍,要么就用一杆毛笔蘸着用朱砂化开的汁液,在一张黄表纸上一笔一画地写呀写。窑洞里很黑，即使炕桌上点着一盏煤油灯，那也仅仅能照亮炕桌四周的一小部分黑暗。看起来窑洞的另一半更黑更深，尤其是祖父弯曲的背影被灯光映在对面的窑壁上，一下子就放大了好几倍，它微微颤抖着，给人特别恐怖的感觉。于是我就赶忙拉起被子盖住头，想尽快睡死过去。然而，不知过了多久，当我猛地惊醒时，发现自己憋出了满头满脸的汗水。我便悄悄地揭开被角去瞧祖父，发现他还坐在那儿，依然埋头写着什么。我不敢惊动他，只好一声不响地瞧着他。他的后背像年轻人那么宽厚，脖子粗壮，光溜溜的后脑勺几乎和肩膀连在一起。一定是听到了急遽的呼吸声，他转过头来，瞧着我，"咋的啦？"他这样问我。我慌忙摇了摇头，往被窝里面移了移身子，重新做出要睡的样子。这当中，我的眼睛始终没有离开祖父的脸。灯光下那是一张发亮的紫铜色的脸，坚硬的嘴唇紧紧地抿在一起，一张阔大的四方脸变得扁平。一双细长的眼睛若有所思地瞧着我，这会儿，祖父可能是想做出某种亲昵的样子。然而，他露出的神态却是那么一副古怪的模样。我就这样瞧着他，那一瞬间的感觉告诉我，此刻的祖父远不是我心中的样子，他看起来有些陌生。

现在想来，祖父当时的神态给了我奇怪的印象，那就是我看到的他尽管是这种样子，可是他分明还有另外一种样子，那是被他表面的神态所遮蔽起来的另一个样子。我还不能准确地说出这被隐藏起来的样子是什么。不过它好像总在变化，一会儿是一副特别可亲的样子，一会儿却又是一副特别恐怖的样子。就这样，灯光下，祖父的一张脸在隐约地不停地变化着。

这是怎么回事呢？难道在一个人的身上还会隐藏着另一个人的影子？多么可怕啊。不过这仅仅是我当时的一种感受而已，我没有将这种疑惑告诉别人，因为我本能地觉得这是一件与祖父有关的东西，是好是坏我都不愿让别人知道。在内心一旦有了这样的秘密，我便不由得偷偷地观察起祖父来，我发现他贴在门背后的那些写有神秘文字的咒符啦，敲在房角四周还有院角四周的那些作为避邪的桃木楔啦，以及压在墙头上的某一只施过法的雷碗啦等等，都给我一种异样的感受。事实上除此而外，我不会从他的身上发现更多的东西，尤其关于他自己的。现在想来，这只能算作孩子一时的好奇心。

由于祖父所从事的职业，再加上他的不苟言笑，所以这就无形中加深了他身上的那种神秘的因素。我记得乡亲们一提起祖父，脸上就露出某种好奇的神情，他们告诉我说，知道么，尕娃，你爷爷可了不得，南台子村孙全有的媳妇被鬼缠住了,披头散发,胡言乱语,一见你爷爷就吓得吐舌头,蜷在炕角不敢动弹。你爷爷晚上走路,不用骑马,坐在一只小板凳上,一做法就飞起来。他们用手比画着,一边唠叨着,真的不得了,比鸟都飞得快……接着他们都这样问我,尕娃,告诉我,你见过你爷爷这么飞过么?我摇了摇头。事实上,我倒记得爷爷被人偷偷请去做法事时的情景,要知道我小时候类似于法事的迷信活动是一律被禁止的,很多不得不做的事都在晚上偷偷进行。来人白天说好了,到了晚上就来接祖父。常常是,我一旦听到敲门声,或是有意地咳嗽声,就知道大门外一定有偷偷摸摸的陌生人在等着祖父。当祖父夹着一个装有罗盘和纸笔以及道袍的包袱从院子里走出去时,我会悄悄地尾随在他的后面。常常是,祖父被扶在一辆铺有大红褥子的架子车上,架子车的前辕套着一头驴,待祖父坐好了,来人轻唤一声,驴就走起来,四只蹄子轻轻地磕击着路面。就这样祖父被接走了,大约过去一两天,同样是在一个晚上,祖父就又被人悄悄地送了回来。

祖父快接近七十岁了,不可能参加生产队的劳动,在白天里,他常常侍弄我家后院里的那块果园,他种的葱呀,韭菜呀都长得十分翠绿,让我看来比别人家园子里种的那些都要肥嫩。他经心修剪的那几棵桃树,在每年春天都要开出繁茂而艳丽的红花,引来成群的蜜蜂。对了,祖父还在我家后院里养着七八个蜂窝,每当桃花盛开时,所有蜂窝里的蜜蜂都飞了出来,围着桃花飞舞,嘤嘤嗡嗡叫成一片。

祖父尽管脾气古怪,但特别喜欢蜜蜂,到了盛夏的某些时日,当祖父把放了一冬的药材摊在院子里暴晒时,随着漫溢开来的药草的苦香,后院里的蜜蜂几乎全部飞到了前院里,于是药草上面,以及屋檐下面,甚至各个屋子里,到处都是飞舞的蜜蜂,有的蜜蜂甚至都落到了案板上,锅台上,然而蜜蜂落在了我们的脸上脖子上我们也不敢用手去拍打,否则会招致祖父的呵斥。

由于对蜜蜂的爱怜,祖父在我的心中多少具有了一点慈爱的形象。不,应当说,通过对某种微小生灵的热爱,我看到了祖父身上的另一种东西。

祖父是在一个闷热的夏夜去世的,记得那天晚上的前半夜祖父还坐在门台子上乘凉,由于天气闷热,他光着上身,让渐生的夜风吹干他身上的汗水。后半夜,月亮从云层中钻了出来,怯怯地露了露脸颊,然后又钻进另一朵云层中去了。夜风变凉了,好像挟带着潮湿的雨意,我便和祖父回到了窑洞。

睡梦中，我听到了几声沉闷的雷声，然后是一阵持续的雨声，但我始终没有惊醒过来。第二天早上，雨过天晴，可是祖父没有像往常那样早起。当父亲推开窑门来喊我时，却发现祖父已经走了，他的脸上很平静，看不见与死亡搏斗过的痕迹。

祖父临终的样子确实很安静，并且这安静中带着一种少有的和善。在祖父去世后的那些最初的日子，我常在梦境中见到他，不过大都是他在园子里侍弄花草的样子，他的身边始终围着一群蜜蜂，欢叫的蜜蜂的声音常常把我从梦中惊醒。

时间在悄悄流逝，不知不觉中记忆也带上了时间苍老的斑痕。随着时间的加深，祖父留给我的印象也就变成了某种模糊的黑白影片，呲呲啦啦，隐隐约约。

可是，在某个难以预知的时刻，祖父的形象会突然出现在我的脑海中。在不断转化的众多的影像中，祖父的形象始终是一个飘忽的背影。然而在某些梦境中，我倒能依稀看到祖父的面容，那好像是一副较为凄楚的面容，这与他生前留给我的印象又不大一致，这让我好生纳闷。我原想，梦中的祖父应当与他留在我记忆中的真实的一面相吻合才对。然而，事实却不是我想象的那样。要知道，我虽不大相信梦境，但使我对梦境与现实之间的差距有了另外一种理解。

大约，流逝的时间不仅能够改变现实，甚至连人的记忆也会悄悄改变。

我常这样想，生活的意义或者说人生中最为真实的一面常常被一些表象的东西遮盖着，也就是说，我们对生活以及对人生的领悟常常不在当下，而是发生在消失的时间彼岸的一次偶然的回顾中。为此回忆不单纯是对往事的一次开启，重要的是，我们可以借助回忆使那些熟悉的往事凸显出另一种意义。

有时，对世界的认识，或者说对人生的认识，根本不需要通过繁复的事件，也许通过某一件事，或者说通过某一个人身上的某一件事就可获得你想要理解的东西。由于机缘和好奇心，祖父无形中成了我认识世界的窗口。

人活在世上，相当于一口坛子，一部分人总是愿意将自己的坛口逐渐打开，而另一部分人却宁愿将自己的坛口逐渐合拢，成一个相对封闭的容器。由于某种难以说清的原因，我总是固执地认为祖父一定对我们隐瞒了什么，在他的身上一定隐藏着某种难以说清的事实。我清楚这样的猜测对于一位已故的亲人来说，形同亵渎，但我总是忍不住这样想象，仿佛只有把祖父与某件可怕的事情联系在一起，才符合我的想象。

由于祖父的前半生对亲人来说是一段难以说清的空白，这就无形中提供了我这样想象的空间。谁知道呢，一个人的复杂性远不是他的表面流露出来的那些东西所能代替的。

在祖父去世后的几年里，我迅速地长成了一个蹦蹦跳跳的半大小子。为了不在家闲着，我常常随父亲去放羊。每临初冬，村庄附近的山野里，短小的牧草变得枯萎稀薄，饥饿的羊要想找到牧草，就得不停地移动蹄角，它们皮毛变得枯焦，样子也变得越发猴急。为了使羊群能顺利地度过严酷的冬天，必须得转移草山。我和父亲一起随着别的牧羊人，赶着羊群，到牧草相对丰厚的南华山去度过冬天。远行对于一个少年来说必定是一种很大的吸引力。我们在南华山下的某一处山坳里住下来，这儿有类似于羊圈的土窑和较为平整的场地，一看就知道是山洪冲击而成的杰作，而作为牧羊人居住的窑洞却是早先的牧人沿着山坡掏出的小土窑。

山上有的是柴草，由于烧火做饭，待在土窑里并不觉得寒冷。尤其在飘雪的那些日子，我和父亲将土炕烧得热热的，然后趴在炕头，定定地看着窑门口纷纷扬扬的雪花。在思绪飘荡的某个时刻，我的脑子中突然冒出祖父的形象。想象中，这会儿祖父正一个人走在茫茫的山野里，他还穿着那件长及脚踝的道袍，不过袍子上落满雪花，他整个人看起来像是一个踯躅移动着的雪人。

奇怪的是，当我试探着提起祖父时，我发现父亲同时露出某种惊讶的神色瞧着我，我知道父亲这会儿和我一样，一定是想到了祖父。可是父亲关于祖父的话题总是很少，要么就不愿提起。然而这并不等于父亲不在想着祖父。

父亲是一个言语颇为谨慎的人，但他并不像祖父那样惯于沉默。在南华山牧羊的那些寂寞的日子里，父亲给我讲了许多有趣的事情，其中有一件事给我留下了较深的印象。时隔多年，父亲当时的神态和语气我已记得不大清楚了，不过那意思是再清楚不过的。

有一次父亲对我说，儿子你知道一眼干枯的水井是怎么回事么？我说我怎么不知道呢。父亲看着我，继续说道，不是常见的那种枯井，又黑又深，几乎没有底……我明白，父亲说的是一眼幽深的地洞，通常四溢的雨水沿着山坡冲下来，然后在某一低洼处汇聚起来，冲荡着旋转着，急急地寻找一处泄口，然后轰隆隆一声，洪水冲开了某处隐藏的洞穴，于是四面八方的洪水都向这儿汇聚，急速的洪水沿着地穴冲绝而下，发出沉闷的轰响……父亲盯着我，生怕我不理解他的意思，我点着头，其实这样的情景我是见过的。父亲说，就这样洪水在地面上冲出了一个又深又黑的洞穴……不过这洞穴是用来干什么的呢？我不大理解父亲的意思。但是我努力顺着他的思路往某处幽深的洞穴深处滑下去……我想，一处暗藏杀机的洞穴等待的也许就是这样的效果。父亲一边沉思着一边说道，儿子你想象一下，某一天，有两个彼此仇视的人走了好远好远的路，正好来到某一处洞穴边，坐下来休息。某一瞬间，他们同时从所坐的土坎上面发现了脚下面有一处隐蔽的黑黝黝的洞口。尽管洞口四周长满野草，但是他们还是看见了那种只有无限的幽深才具有的冷飕飕的黑暗。

其中被称为师兄的那个首先腾起了杀意，他琢磨着，这是一个多么好的机会啊，此刻岑寂的山野连一个人影都没有，而且坐在一边被称为师弟的那个人正傻乎乎地勾着头吃着干粮袋里的炒面。他悄悄地抽出屁股底下的棍棒，然后突然间跃起，同时手中的棍棒带着千钧之力向师弟的脖颈处打下去。同一时刻，正在师弟埋头吃东西的那一瞬间，一只嗡嗡叫的蜜蜂落在了他的干粮袋上，也许他的炒面是师妹用蜂蜜拌过的，因此才招来了这只蜜蜂。恰是这只飞落的蜜蜂扰乱了他的思路，在他惊醒的一瞬间，突然间感到了一种可怕的东西像一朵乌云突然罩住了他。出于本能，他刚一回头就看见师兄已经像一只豹子那样跃起，身子突然暴长了一倍，一双充血的眼睛死死地罩住他……事实上仅仅是一个瞬间，师兄的棍棒已经带着雷电砸下来。出于本能的敏捷，师弟一个转身躲过了棍棒，而师兄却由于用力过猛，身子失去平衡向前扑去，师弟趁势一脚将师兄踢下洞穴，好半天，他才听到实物落地的响声。

这个师弟在洞穴边待了好久，他一直听着从洞穴底部传来的咒骂声。这个师弟完全有能力救出他的师兄，可是他没这样去做。他一直听着咒骂声由强变弱，然后没了声息，他才转身走开。不过他在走开时，并没忘记用一块很大的青石板盖住了不太大的洞口。说到这，父亲停下了，他说，儿子你能想象得到那洞穴里面发生的事情么？我似懂非懂地点了点头。

父亲说，过了很多年，那个师弟带着自己七八岁的儿子，又一次找到了那个洞穴，那次他们正好从那儿路过，父子俩在洞穴边站了好久。当那位父亲将那块青石板移开时，他们看见洞穴的边沿有许多抓痕，都是带着血迹的。孩子看着父亲，不理解这是怎么一回事。这位父亲说，狗日的，他差一点就爬了上来……

父亲讲完了，好长时间盯着我，然后说，孩子你能想到这个人是谁么？我点了点头，我想我能明白。不过我问父亲，他们为什么要杀死对方呢？是为了一个女人，父亲说，他们俩都是师傅的高徒，并且同时爱着师傅的女儿，或许还有另一个原因，那就是他们都太厉害了就不能容忍对方……

谈话过去了好久，有一次我对父亲说，你能不能带我去看一看那个洞穴？父亲吃惊地看着我说，什么洞穴，你胡说些什么？那是不能去的，那地方能去吗……记着！这事是不能轻易对人讲的，明白了么？我说我懂。

从此我变得安静了，好像一件思谋了很久的东西终于有了答案。可是我能真的安静下来吗？

自父亲给我讲过这件事后，毫不期然的，在某一个难以预知的瞬间，在我的身边突然间就裂开一个深渊，在深渊的底部有一个人正发出绝望的呼喊。多年来，我一直试图去理解一个人，当他身陷深渊时所感受到的那种绝望。

事实上，在我的心中那个突然裂开的深渊一直存在着，从来没有消失过。如果我理解得不错的话，那么，类似于这样的深渊既是别人造就的，同时也是我自己造就的。

钟声，这是来自于某个深渊底部的钟声。我不止一次听到过这样的声音，悠悠的，像一缕风从地底升起，又在大地的表面缓缓化开……我知道这是幻觉，可又觉得这幻觉又是那样真切。很多时候，我都置身于这悠扬的钟声中，内心一阵阵地发紧。

一天晚上，我又梦见了祖父，我发现祖父正骑在一匹白马上，白马抛开四蹄，疾步如飞，像一阵风似的从我的身边一掠而过，当它驮着祖父冲向一座山顶时，却没有及时收住身子，而是趁势向着另一边的悬崖坠落而下。

坠落……缓慢地坠落……无限制地坠落……某处幽深的洞穴突然裂开，幽暗的底部缓缓升起，像一只瓷盘，它承纳了这无限止的坠落。

边　界

花　鼠

天黑那会儿，妹妹开始发烧，脸颊泛红，两只黑眼珠水汪汪的。晚饭时她端着一碗米饭懒懒地扒拉了几下，便丢下筷子躺下了。母亲凑过来，用手摸了摸她的额头，吓了一跳，这丫头烧得不轻。

父亲看了看妹妹，转过头来盯着我，我不由得紧张起来。

父亲说，栓子，你是不是又带妹妹出去疯了？父亲的目光变得严厉起来。

我小声道，今儿个下午，我和妹妹一块出去放羊来着，就在河边的那块杏树林……我本不想对父亲隐瞒什么，不过还是没把话说完。

母亲听到我这么说，生气了。她说，栓子呀，我让你和妹妹在家乖乖待着，怎么又带着她跑出去了，你不知道妹妹的身体虚吗？

我勾下头不敢吭声了。妹妹听见了母亲说的话，伸出手握住妈妈的手指。

母亲摸了摸女儿的脸蛋，叹了一口气，瞪了我一眼，嗔怪道，你就是不懂事啊栓子，你让我如何说你呢。

受到母亲的责怪，我越发惭愧了。我想我不该带妹妹到那儿去，我指的是杏树林背后的那一块老坟地。当时我也没留意妹妹怎么就走进了那块坟地。当我听见喊声时，看见妹妹正对着一座坟包发愣，手里握着一大把刚揪下的野花……想到这，我看了看妹妹，妹妹像是睡着了，喘气的声音急促而重浊。我有点担心，我知道妹妹刚害过肺炎。不过，妹妹今天的病不完全是因为受了凉，也许是受了一点惊吓。现在让我感到为难的是，要不要把这事告诉给父亲或是母亲呢。

那是下午的事，我们兄妹俩牵着羊，走出村子来到河边的那块杏树林。

秋天了，杏树的叶子大部分都落了下来，在地面上铺了厚厚的一层，走在上面咯嚓咯嚓地响。由于落叶的缘故，杏树们露出一部分枝干，林子也变得疏朗了。落叶中大部分是黄色的，也有少量是褐色的，早先落下的那些叶子颜色发暗，边缘卷起来，中间有虫蛀的小孔。妹妹拣起一片落叶端详着，高兴得叫出声来。

那时，我正仰着头看着一棵最大的树冠，顶上的叶子不少，却都变黄了。我回了一下头，瞧了妹妹一眼，笑了。

刚好吹来一阵清风，杏林里所有的树冠都摇摆起来，上面的叶子发出哗哗的响声，又有好多叶子从摇晃的树杈上晃晃悠悠地落下来。

妹妹看着身边的这只蓝眼眼羊，勾着头迫不及待地拣食那些新鲜的落叶，她笑了。羊吃树叶的声音真好听，像个有牙劲的人吃锅巴，咯嚓咯嚓的。

我对妹妹说，妞妞你就在林子里玩，不要到处乱跑，让我把这些落叶扫起来，背回去喂羊。

有一会儿，妞妞注视着林子一边的那块老坟地，发现里面长满了野草，草丛里开着许多颜色不同的野花，她被那些野花吸引住了。

那时，我正忙着把落叶扫成堆，没有听见身边的妹妹已悄悄地溜进了那块老坟地。

这里的野花真是多哪，有黄色的山菊、蓝色的马莲，还有没来得及凋谢的芍药花……妞妞从来没见过这么多的野花，她高兴坏了，弯着腰，分开密密的草丛不停地采摘着，忘了去顾忌刺手的狗牙刺和呛人鼻腔的苦蒿。她想着她要把这里的野花全部摘下来，回去编一个大大的花环。

有一刻，她听见身边的草丛中有什么动物窜动的窸窣声，她停下手直起腰来，遂看见有一只老鼠窜过前面的草丛，迅速地潜入一个洞口消失了。妞妞看清了，刚刚跑动的是一只皮毛鲜亮的花老鼠，她觉得好奇便走过去，打量着那个洞口。

洞口开在一个坟堆的边上。这是一个荒废已久的坟堆，像四周所有的坟堆那样，上面长着蒿草，表面布满了密密麻麻的蚁穴和虫洞。由于长久的风吹雨淋，原来那个圆圆的坟丘现在却变成了一个不大起眼的土堆。

妞妞注视着黑黝黝的洞口，意识到刚才受惊的那个老鼠一定是钻到坟墓里去了。多可爱的一个老鼠啊，全身布满了鲜艳的花斑，妞妞可从没见过这样的老鼠。她弯下腰来，把脸对着洞口向深处探望着。

她看见了一双小小的黑眼珠，在黑暗处发着光。她吓了一跳，本能地喊了一声哥哥。她没想到那老鼠如此大胆，竟然一点都不怕她。一瞬间，她定在了那儿。

听见喊声我走过来。问道，妞妞你怎么跑到这儿来了？我看见妹妹一动不动地站在那儿，身子绷得紧紧的，便关切地问道：怎么了妞妞？

妹妹说，哥哥，我刚在这儿揪野花来着，有一只老鼠钻进这个洞里了，她用手指着脚下的洞口。妹妹补充说，哥哥，是一只大花老鼠，我们都没见过的，现在它就趴在洞口，我刚刚看见的……我将信将疑，嘴里嘀咕着，哪有什么花老鼠，你一定是看花了眼。不过，我还是弯下腰盯着这个洞口，仔细地瞧着——小小的洞孔里面黑乎乎的什么也没有。妹妹不相信，又歪着头看了一次，她又叫了一声，伸出手抓住我的衣袖。我发现妹妹的脸变得苍白，也有些怕了。为了给妹妹壮胆，我从身边捡起一根树枝，伸进洞口拼命地捅了捅。我说，你看妞妞，哪有什么老鼠，要是有早跑出来了。妹妹摇了摇头。她说，哥哥，我明明看见它待在洞口，一双眼睛明溜溜的。

我看着妹妹惊怕的样子安慰道，妞妞不要怕，一个老鼠有什么可怕的，待我找个水桶，把它灌出来给你瞧。妹妹平静了些，瞧着我，不知道该怎么办。

我回过头瞧着通向村口的那条小道，看见铁蛋还有牛娃正挑着水桶，向杏林边的这条小河走来，我高兴了，使劲地向他们招手。不一会儿两个小家伙就向这儿凑过来。他们一听我说面前的这眼小洞里钻进去一只花鼠，便都兴奋起来。

他们嚷嚷着，灌！灌！灌这个小崽子！于是他们便轮流着去挑水了。

我把满满一桶水沿着洞口灌下去，趴下来把耳朵贴在洞口，听见洞穴里面发出空洞的咕咚咕咚的响声。然后我们拉出架势，在洞口等待着——没有花鼠跑出来。我们接着灌，连续倒进去十几桶水，还是不见有什么东西跑出来。

妹妹听见水流进洞穴时便闭起眼睛，她想那个花鼠再不跑出来的话，便一定会被淹死的。

接下来我们烦了。铁蛋说，哪有什么花鼠，这么多的水灌进去了，有十个老鼠都招不住跑出来了，我们又不是没灌过。他看着我。牛娃在一边附和道，就是嘛，我们早先灌黄鼠，也就两三桶水，它就拖着肚子湿漉漉地爬出来了，你们肯定是看花了眼。

我摇了摇头，看着妹妹。妹妹很委屈，抬头看着我说，哥哥咱们回吧，要不我真的看花了眼。

我们从坟地里走出去，妞妞不放心，总是回过头向那儿瞧着。

晚上回到家，妞妞就病了，几乎折腾了一夜。

有几次，我听见妹妹迷迷糊糊地说梦话，都是些不连贯的呓语。

第二天早上起来，我看见妈妈守在妞妞身旁。妞妞静静地躺在那儿，鼻息很轻像是睡着了。

妞妞病了十多天，神志一直迷糊不清，老是说梦话。父母亲想了很多法子，还是没有治好。

一天，父亲下地回家路过那块老坟地，看见坟地上坐着一个姑娘在晒太阳，浑身湿漉漉的。父亲觉得奇怪停下脚步，上下打量着姑娘，觉得姑娘很陌生，怎么也想不起是谁家的。他问道，姑娘，你怎么弄得一身的水？姑娘幽幽地说道，你回去问你家栓子吧。父亲觉得蹊跷，想不通这是怎么回事。再看这姑娘，发现她长得很美，只是觉得说话的声音有些打飘，好像从某个十分遥远的地方传来。

蝎子王

出了村口，走下一条山坡，我们就走在一条宽阔的河滩上——前面不远处，在另一座较为平缓的山丘上，就是我们要去的那个熟悉的村庄。外爷家就在那个村子里。母亲每次回娘家总喜欢带着我。可是每次到外爷家之前先要顺便带我去看望一下那个老人。

这次也不例外，果然母亲说，栓子，咱们去看看你胡爷好吗？好长时间不见了。

老人的住处就在外爷家所在村子的边上，是一个独立的院落，现在我都能看见它了。

我们娘儿俩准备过河，一条好大的河，河水清澈，河面上的风拂在脸上凉酥酥的。我弯下腰绾起裤腿，母亲坐在石头上脱鞋。

我说，妈妈咱们不去好吗？你怎么老是喜欢看他，一个红眼疤疤有什么好看的，人都快缩成蜈蚣了。我还在想那个老人。

母亲说，你可不要胡说，他年轻时可不是这样，他敢用两只手指掐住蝎子，谁敢这样做？母亲瞧着我说，据说蝎子到了他手上就酥了，连蝎子都怕他，何况人？不过他凶是凶了点，人倒大方，过去没少接济咱们。

母亲是一个知道感恩的人。可是，我要是知道他早先的行为，我就不敢像母亲那样接受他的接济。

他是一个老光棍，模样挺凶的老光棍，两只眼球红红的，像溃烂的樱桃。偶然间那两只眼球会像烧红的生铁那样发出炙热的光，看了让人胆寒。背地里，我们都叫他红眼疤疤，不过当面我们可不敢这样叫，他本名叫胡鹏却没有多少人知道。打我记事的时候起他就一个人过，身边没有什么亲戚。他年轻时是否好过某个女人，没有人说得上来，我第一次见他时他已经很老了。他一个人住着一个大院子，院子很破败，由于懒得收拾以及很少有人走动的缘故，地面上还有墙头上长满了杂草，有很多虫子在草丛中爬动。

老人经常坐在门台子上晒太阳。太阳红的时候，他就把上衣脱了，赤着上身，伸出双手使劲地在干瘦的皮肉上抓抠，抠出许多红印子。他为什么要抠呢？因为他身上老是痒。要是有人给他挠痒痒，他就舒服得不得了，嘴里发出像猪那样的哼叽声。

有一次他告诉我说，尕娃，你不知道，爷爷的身子骨里头钻满了虫子，许许多多的虫子都在咬我，一点都不安省。

我吓了一跳，想不到虫子在骨肉里噬咬是个什么感觉。

说实话，我不怎么喜欢他：两只烂眼球，身子干巴巴地缩成一个大蜈蚣，并且身上散发出一股难闻的臭鱼烂虾的味道。我不喜欢他不完全是因为他的长相以及他身上的那股子味道，主要是我一看见他心里便发怵。他身上有一种古怪的东西，只是我一时半会还说不清。

老人年轻时也算一个阔少，他的家境好，父亲是海原县城一个专做绸缎生意的商人，给儿子挣下一份不薄的家产。老人家原指望着这个独生儿子日后能像他一样做一个本本分分的生意人，不料儿子却是一个好吃懒做的主儿，不学无术，成天跟一帮游手好闲的人混在一起，养成了耍赌嫖妓的恶习。父母亲死后不久，他就把一份“光阴”折腾完了。

没有钱他可活不下去。可是他又不愿给人下苦,也不愿自己去做生意,他整天盘算的是能否找一个不费什么劲又能捞到钱的差使。有一天,他听一个开中药铺的老中医说，他们的药铺收蝎子，一般的蝎子一个能卖一块大洋,大一点的能卖两块。他动心了,心想,这是一个好差使,也不费什么劲。抓蝎子容易,他小时候经常和几个调皮小子抓蝎子玩,没什么可怕的。他想到了城边的那块废弃的老坟地。

说干就干。

第二天他就来到了那儿。左手提着一只很深的竹筒,右手拿着一根长长的竹扦。

那天,他很容易就在一块石头下找到了一只蝎子。这是一只浑身闪亮的蝎子,身子呈淡褐色,当他搬起石块时,受到惊扰的蝎子,身子硬邦邦地立在那儿,粗粗的尾部卷起来,伸在头部,摆开一副进攻的架势。可是年轻人并不恋战,他伸出竹扦压住蝎子的身子,轻轻一拨,嘣一声,发怒的蝎子就落进了竹筒。竹筒很深,四壁光光的,即使蝎子想爬也爬不上来。

他提上竹筒晃晃悠悠地向城里走去。

第一只蝎子卖了两块白圆,他觉得开局不错。然后他天天到那儿去,不过他每次去也只是抓上一只蝎子便往回走。他不想一下子将那些蝎子抓完,他得留着它们慢慢享用。每次老板也总是付给他两个白圆,不论蝎子的大小。

有一天他正弯着腰在坟地的乱石堆里寻找,猛一抬头,看见一个陌生的红胡子老人站在面前。他觉得奇怪,心想老头跑在这儿干什么来呢,莫不是也像我一样来抓蝎子？他恼怒地瞧着老人。老人倒显得平静,他问胡鹏:你一天抓一个蝎子能卖多少钱？胡鹏答道:两个白圆。那好,老人接着说,年轻人,你看这样做好吗,我每天给你两个白圆,只求你再不要抓蝎子了,这儿的蝎子快被你抓光了……胡鹏觉得好奇,心想,天底下哪有如此好的事,他以为老头在开玩笑,便随口答应下来。老人看了看他,临走时对他说,年轻人,我把白圆就放在你身边的那个墙头上,你每天来拿就是了,不过要记住我说的话。

第二天,胡鹏果然在墙头上找到了两块白圆。他觉得奇怪。不过他想,这两块白圆是凭空得来的,如果我再抓上一只蝎子,那么每天就可得到四块白圆。天底下哪有这样好的事,他兴奋得不得了。他没把这事告诉别人,他继续抓蝎子,只是不能保证每天抓一只。因为坟地上的蝎子越来越少了,找起来很吃力。不过墙头上的两块白圆每天都不减少。

胡鹏把老人说的话忘了,或者说他根本就没把老人说的话放在心上。

有一天,他在一处密实的草丛中发现了一块很大的青石板,勾头一看,边上有一个光溜溜的洞穴。他像发现了一个宝贝似的变得兴奋起来,心想里面绝对藏着一只很大的蝎子。他伸出竹扦向里面试探性地捅了捅,里面传出一阵轻微的响声,接着他看见有一对粗壮的蝎钳(比捅炉子的那种普通的火钳还要粗)慢慢地伸出洞口——

胡鹏吓傻了,还没等那蝎子爬出洞口,便丢下手里的家伙没命似的跑出坟地。

……

这是母亲告诉我的,里面肯定有一部分属于想象,比如关于那个出现在坟地中的神秘的老人。虽说这一切最终都没有得到证实,我可是越来越相信它。

听完母亲的讲述,我愣了愣。然后问母亲:妈妈你说,蝎子会报复他吗?母亲看了看我说,不知道。

过了一会儿,母亲又告诉我说,栓子,到了胡爷家你可不要对他说起这事。我点了点头。

我和母亲走进老人的院子时,他蜷曲着干硬的身子在门台子上睡着了。阳光下,他赤着膀子,皱皱巴巴的皮肉被晒得黑红黑红的。

盛夏的午后,太阳晒热了这个小院落。院子里昏沉沉的,弥漫着各种野草的苦香,墙根那里的草丛里不时发出小虫子爬动的窸窣声。

母亲轻手轻脚走进老人的房子,她要替老人将家具上的尘土掸一掸,随便把碗筷洗洗,有时还会抖出老人发潮的衣被在院子里晒晒。她每次来都这样。

我站在一边注视着老人,他没觉察到有几只蚂蚁都爬上了他的肚皮,有一大群蚂蚁正沿着他的裤腿爬上去。

我发现他垂在身子一边的两只手指僵硬地弯曲着,突出的骨节十分粗大,与他的身子骨不大相称。每过一会儿,那蜷曲的手指会神经质地收缩一下。

忽然间他睁开了眼睛,略显吃惊地瞧着我,那模糊的神情让我一瞬间定在了那儿,他整个人看起来都像是一个……一个什么呢?

手　绢

母亲都催了几次了，栓子还是不愿动弹。他蹲在地上扎扫帚，手上发出一连串唰唰唰的声音。芨芨草风干了，剥起皮来容易多了。

母亲说，栓子你今天就到菜塘子去一下，让保六带着你，他是你叔又是媒人，今天去就把“准行”接了。婚事定下来，我们也好准备彩礼……母亲听见儿子不搭话。接着道，那丫头虽说模样丑了点，人勤快，也能吃苦，我以前见过的，居家过日子准行。

栓子抬头瞧了瞧母亲，想说什么，却不知如何开口。

母亲还在唠叨：也不想我们是个啥家道，有人跟你就不错了……

妈——栓子终于叫了一声，有些不耐烦。

栓子外出打工都快一个月了，刚到家母亲就提起这档子事。看样子母亲真为他着急，都快三十的人了，幸亏相下一门亲事，却不大愿意。母亲心里知道，儿子是嫌那丫头是个偏脖子，不好意思当着她的面说出来。

栓子是个榆木疙瘩，像他早死的爹。但是他心肠软，也像他爹。栓子从不忤逆母亲，可是在这件婚事上他不像是要完全听母亲的。

栓子想起第一次相亲的事。那丫头歪着头，老是盯着他不放，脸上挂着那么一种笑，让他别扭。

过去虽说心里不大情愿，一想自身的条件，便也默认了，栓子认为这或许就是缘分。

今天他无意间听到了一些那姑娘的事情，虽说不大可信，但也值得重视。他想缓一步再说，何况他的心里已经有了另外一个人，这事他没对母亲讲。

母亲说的话他都听到了，他想对母亲说，这不是一个挑三拣四的问题。但是这样的话他没能说出来，就是怕母亲生气。母亲拉扯他长大不容易，一个寡妇家，鼻子一把，眼泪一把。眼下母亲老了，又患了白内障，都不大看得清东西了。

栓子先剥掉芨芨秆上的皮，然后把根须刮拉干净，再顿齐。他把一大把芨芨草的根部入进铁箍，再一小撮一小撮地往进塞，塞不进去了，用一把木楔往进夯，夯进去一次，塞一小撮，如此三番，实在夯不进去了，再把削尖的木把镶进去，一把扫帚就扎成了。栓子的手劲大，扎得结实，箍子紧紧地吃进根部,头稍稍炸开来。

栓子走出去,把院子扫了,甚至把大门口都扫了。他把扫帚立在大门旮旯里,走进小厢房,听见隔壁房里的母亲还在叹息。他关了门,坐下来,从内衣兜里掏出一只小手绢来,轻轻地铺在炕上瞧着,这是个普普通通的小手绢,上面印着一大片青草,有一个胖乎乎的小姑娘拉着一只羊在放,也许是发现了什么,姑娘和羊抬起头来望着远处,远处是一抹山的蓝影。

栓子想了想又赶忙把手绢叠起来,装进衣兜。他怕别人看见。

这手绢不是他的,是个陌生女人送给他的。总之他不想拿给别人看,它关系到一个秘密,这秘密还不能公开。

这天早上,栓子离开工地,从城里往家里赶。他背着褡裢,褡裢里装着母亲爱吃的苹果、糕点等,还有一对翡翠手镯,那是用布包起来的。栓子按母亲的意思买下它,准备定亲时送给那个姑娘的。为了抄近道,他走的都是山路。天太热,太阳红红地照在发黄的山道上,山道两边的黄色大山静默着,偶然掠过一只山鸡,发出呱呱的叫声。走出某个山口,前面出现了一片开阔地,不远处有一个院落。栓子不由得加快了脚步,他想到那里后就可以讨一碗水来喝。

栓子走到大门前时,瞧见院子里面静静的,几间房门都锁着,不像是有人住来着。院子里长着草,南墙根那儿长着一棵歪脖子榆树,枝叶十分繁茂,小叶片上泛着明亮的光。

有人吗?他喊了一声,没人应声。他又喊了一声,还是没人应声。栓子犹豫着:要不要进去呢?这当儿他瞧见那株榆树旁,有一眼井,圆圆的井台上放着一只木桶。栓子迟疑地走进院子里,向那眼井走过去。他趴在井台上,向下一看,井很深,井底的水面像一只圆圆的镜面映出他的头影。有水就好,栓子放下褡裢,抓住井绳将水桶一点一点放下去。桶是个木桶,有些沉。栓子把手里的绳子都放下去了,水桶还没触到水面,他趴下一看,水桶在水面上方左右摆动,只差一点就触到了。他欠下身子,努力往下伸了伸胳膊,还是触不到水面。井里面凉森森的,可惜打不上水来。栓子提上水桶,坐在井台上,他想象着井水的冰凉,不由得舔了舔嘴唇。

忽然间,栓子听见石磨转动的声音,声音是从院子一头的那眼箍窑里传出来的。栓子想,我刚进来时怎么没听见,有人在窑里推磨,说不上还能要上一碗水来喝。栓子背上褡裢向那眼箍窑跟前走去。

栓子走到窑门口,看见一个年轻媳妇子在唤驴推磨。

听见响声,翠翠转过头随便瞧了他一眼,这一眼不打紧,栓子的心里咯噔一下,像是一块石头扔进了一眼枯井。他没见过这么俊的小媳妇:圆脸盘,眼睛黑黑的,眼睫毛长长的,脑后盘着发髻。

栓子一瞬间愣在那儿。

翠翠看他涨红了脸,笑了。

还不进来,看你那傻样。她大大方方的,好像给一个熟人打招呼。虽是嗔怪的话,栓子却听着受用。他抬起头来,大胆地瞧着女人,她穿着红罩衫,绿裤子,脚上穿一双绣面小花鞋。浑身上下收拾得轻轻爽爽的,一看就是个麻利的媳妇子。

翠翠瞧着他走进来。这窑又深又宽,里面凉森森的比外面舒服多了。栓子站在地上,傻傻地盯着女人端详,忘了讨水喝。

小媳妇扑哧一声,伸出手赶忙捂住嘴巴。她说,看样子你渴了吧。栓子想起他实在是渴了,渴得厉害。他有些拘谨,像害羞的小姑娘那样忸怩着。

翠翠转过身走到窑底那儿,拿起一个模样古怪的茶壶,倒了一碗茶水端过来,递给栓子。栓子伸出手去接,怎么也触不到那碗。他不好意思地笑了,想,自己真笨。

唉——翠翠叹息了一声走回去把碗放在窑底的土炕上。

这会儿,栓子要喝水的欲望不太强了,他看着小媳妇围着磨台忙乎,想帮帮忙,却插不上手。他看了看转动的磨盘,上面什么也没有,他觉得奇怪,问女人道:

妹子,这磨盘上什么也没有你推的什么磨?

有哇。翠翠说,你看,这上面我刚加了一簸箕麦子,你怎么说没有。

栓子不理解,心想这小媳妇在捉弄我。

翠翠看出了他的疑惑。说道:

你看这磨台子上的面,都快满了,我赶紧得收。

栓子眨了眨眼,还是看不到磨台子上的面,心想,也许自己的眼睛被院子里的阳光耀花了。

栓子问道:妹子,你是谁家的,怎么一个人在这院子里磨面?

翠翠又叹息了一声，说道：

我是杨声万家的，大哥你不知道，我那死鬼男人不争气，走了都三年了。

噢——这么说，你也不大顺心？

可不是，我活着的时候给人磨面，死了后还得给人磨面。他们都说我磨的面又细又白……我这人就这命。命是不能变的知道不，在这个世上你干什么到了另一个世上还得干什么。过去有人说行了善事到了另一世就好了，不是的，我告诉你。不要信那话，哄人呢，谁信？

什么什么，你说什么？栓子搞不懂了。这媳妇子，人机机灵灵的，怎么光说梦话。什么活着死了的，一个大活人尽说些不吉利的话。

大哥，看你是个老实人，说这话你也许不信，不过我得告诉你一件事。

什么事？

你妈给你说的那门亲事你不要答应了。那姑娘我知道，人虽憨厚，但失过身，不过这事不是她的错，都怨她那个吃草嚼料的爹。那姑娘脑子有点问题，被她爹哄了。你可不能娶她，娶了她你会后悔的。她爹表面上对你好，背地里对你恨死了，他杀人的心都有。谁娶她谁倒霉。你可不要将这话再传出去，传出去对你不好。那姑娘的妈就是被男人害死的，我们天天见。这事我知道……

栓子傻了，愣在那儿。

翠翠说，大哥回去吧，好好侍候你妈，她没几年好活了。

什么？栓子吃惊不小。这媳妇说话一本正经的不像是在跟他开玩笑。

他想了想说道：

妹子，你说不让我娶那姑娘，我去娶谁？我这么个模样，谁愿嫁给我？栓子一动不动看着女人，他还想说出一些意思更明朗的话来，就是说不出口。

翠翠看出了他的心思，幽幽地说道：

大哥，我明白你的心思，可咱俩走不到一块儿呀。你比我那懒鬼男人强多了。他死了倒好，还要把我拉过去，他说，他没有我不行，他懒惯了，家里啥活也不干，还要让我给别人磨面。他成天不是耍赌就是抽大烟，跟过去一样，他就为这搭了命。

栓子嗫嚅了一会儿说，妹子你若有意，我等你，我俩怎么就走不到一块儿来呢。

这时候，翠翠听见路上有人走动的脚步声，慌了神，说道，你快走吧大哥，我要回去了。

那……那……那我以后怎么找你？

再说吧大哥。翠翠开始收拾东西。

栓子急了，赶忙从褡裢里摸出那对翡翠玉镯放在磨盘上。他说，妹子，把它送你吧，算是我的见面礼。女人看着他露出忧郁的神情。

栓子走出窑门时身子不由得晃了几晃，阳光十分强烈。大门外的小道上走过两个人，他们经过大门口时看见有人愣愣地站在院子里发呆，便喊了声：

哎，伙计，愣在那儿干什么，一个塌院子有啥好看的，上路吧。

栓子含糊地应了一声，待他俩走远了又反身来到那眼箍窑。里面什么也没有，小媳妇和她的小毛驴一下子不见了。她怎么走得这么快？栓子想不通，再看磨盘上的那对镯子，不见了，上面却放着一块手绢。他走过去拿起它，小心地装在口袋里。这是女人送给他的，栓子放下心来，看来那女人对自己有意了。他昏头昏脑地走出院落向家里赶去。

天黑以后，栓子觉得浑身疲乏，像是大病了一场，身子骨飘飘忽忽的。他不愿惊动母亲，早早地睡了。

他想着那个小媳妇，想她的模样，想她说的那些话，有些他理解，有些他又不理解。有一刻那女人的表情也在变化，一会儿微笑着，一会儿又换成一副忧郁的面孔。栓子手里一直捏着那块手绢，一会儿放在鼻子上闻闻，一会儿又贴在心窝那儿摩摩，心里滋生出那么一种类似于甜蜜的东西，这甜蜜让他忍不住想流泪。

第二天早上保六大叔就来了。他看见栓子生着病，脸黄黄的，身子软软的，有些晃悠。关切地问道：

栓子你怎么了？

着了点凉大叔，怕是热感冒，不大紧的。

保六说：栓子你老大不小了，该听你妈的话，那婚事就定了吧。我还不知你的心病，不要光看脸蛋，脸蛋好能顶吃饭？像咱们这样的家道就该找个厚道丫头，能生儿育女，居家过日子就行。这事你不懂，听我的好了。你娘拉扯你不容易，你不成个家，她心里能踏实吗？

栓子说，大叔，你不知道这事不能成的。

为什么?

不好说。

什么不好说。

就是不好说大叔,我的事我做主吧,你的情谊我心领了。

……

在家待了三天,栓子觉得轻松了些,他想,我这样待下去不是个办法,我得去找她,一想连她的名字都叫不上怎么去找呢。

栓子又来到了那个院子,还是那天的样子,却更安静,他听了听没有磨盘转动的声音。他走到籍窑那儿,看见窑里什么也没有。这可怎么办?他没了主意。

有一时刻他怀疑起自己来,那年轻媳妇子推磨的情景也变得模糊起来。

栓子来到附近的一个村子,看见村口有一个老头,佝偻着腰身在压一堆大粪,粪堆上飞着一大群苍蝇。他凑过去,小声问道:老人家,您这村子里是否有一个小媳妇子,圆脸盘,穿着红罩衫……他用手比画着。这话问得有些冒失,一个大男人打问起一个陌生的年轻女人终归是一件让人难堪的事。老人抬起头来瞧着他,脸上露出类似于厌恶的神情,他勾下腰又在忙他手里的活,不愿搭理栓子。栓子愣了会儿,想起了什么,伸手夺过老人手里的铁锹干起来。老人站在一边看着拴子说,你这个后生哪……你刚才说找谁?

栓子说,大伯我找一个年轻媳妇子,她好像是一个寡妇……跟我沾一点亲。栓子在撒谎。

老人看出了他的神情,不过看样子这个后生不大像是一个死皮二流子。

他说道,我们村子里倒有一个寡妇,可不像是你说的那一个,她四十多了,带着两个孩子。近几天倒是一个小媳妇刚死了丈夫……也不像是你说的那一个,她是个瘦高个,窄脸盘。老人想起了什么,又问道:

你说的那个小媳妇叫什么名字?

栓子想不起来。老人又问:

她男人叫什么名字?

栓子还是说不上来。老人说,你看你你看你,打问人也不记下她的名字。

栓子不好意思了,想了想说道,大伯她男人的名字好像叫什么杨声万……

杨声万杨声万……这个人我好像听说过。噢,对了,是有这么个人,是个赌博客嘛,以前还到我们村子里来过。不过他都死了几年了,是因为欠债被放款的人逼死了。听说他的女人也死了,好像是得了一种什么怪病,你找的人怕不是她吧。老人好奇地瞧着对面的年轻人。

栓子傻了。这么说自己要找的人是个鬼魂?他不理解,也想不通。事情不能再说下去了,他谢了老人晃晃悠悠地离开了。

这后生有些怪,老人看着年轻人的背影摇了摇头。

栓子回到家就病了,也查不出是什么病,就是乏,身子骨虚飘得慌。有时他走出大门来,在村子里转转,遇见的人就吓一跳,关切地问道:栓子你怎么了,脸这么黄,人都瘦了一圈,莫不是害着什么病吧?

栓子说,没查出什么病,就是乏,觉得没劲儿,没什么事,过几天就好了。

这天晚上,栓子早早睡了,母亲听见儿子不停地说胡话,摸过来,摸了摸儿子的额头,惊了一下,儿子的额头烫得厉害。她用热毛巾敷在上面,坐在儿子的头前一个劲地叹气。

她说,栓子哪,那门子亲你不乐意就算了,不要给自己过不去,妈不逼你了,你自个儿的事自个儿拿主意,妈不管你了……过了一会儿,母亲听见儿子睡着了,喘气的声音正常了些,便摸索着走出来,到大房里睡了。

栓子晃晃悠悠地走进了那个古院子,看见小媳妇就站在那棵歪脖子榆树下等他。他走过去,忍不住眼泪就流了下来。翠翠说,你看你你看你,一个大男人还哭鼻子,羞!羞羞羞!她还是那个样子,大大方方的,却比那次更亲切。栓子笑了,说道,你还笑我,你不知道我是怎么想你的……

我能不知道嘛,呆子,我也一样。那天我看见你到这儿来了,我急死了,出不来,我那死鬼男人看着我不让出来。他说,你就知道浪,身上有一股子怪味道,你八成是遇见了什么人……翠翠看了看栓子说,你猜猜看大哥,他是否觉察到我们的事呢?

管他呢,栓子说,他人都死了,还管得着我们。栓子想起了白天那个老人说过的话。

翠翠说,大哥哪,你还蒙在鼓里,看来我不告诉你不行了,我们不能生活在一起的。

你又来了,栓子不高兴了,说道,我们怎么就不能生活在一起?

不行的大哥，你咋这么傻，你看我像人吗？

怎么不像人，你明明是人嘛，你不是人还会是啥。你不知道你多俊，我栓子能遇上你是我的缘分，要是能和你成亲，我死了也值。

快不要这样说，女人伸出手捂住栓子的嘴巴。栓子一把抓住她的手，又哭了，他觉察到翠翠的手是冰凉的。翠翠伸出袖子擦他脸上的泪，一边哄道：不要再哭了大哥，我这人一见眼泪，就受不了。栓子一瞬间发现自己和她贴得这样近。他看见翠翠的黑眼珠里跳着两颗星星，身上散发出一种兰花的幽香。栓子晕乎了，一把揽过女人的腰身，把她搂在怀里，头埋在她光洁的脖颈处。他闻到更浓烈的兰花的幽香，心疼地抚摸着翠翠的身子，一边搬过她的头爱怜地瞧着她，他怎么也瞧不够。

有一瞬间，他看见心上人也哭了。

她说，大哥哪，你不知道，我们这样做是折寿呢。

栓子说，为什么妹子？

我跟你们不一样。

栓子又不理解了，他没心思去想那些让人不理解的事，重要的是他抱着她，这就够了。

翠翠说，大哥你是个老实人，我不能这样骗你，你再找一个吧，忘了我，日后也不要想我，你一想我我就不安省，我们这样做都会折寿的，这事我知道，他们不允许我们这样胡来。

谁不允许？

你不要问了，相信我说的话。

不，我不听你的，我为你死都不怕。

翠翠说，不，我不愿意你那样大哥，我乐于等着你，等你再活上三十多年。三十多年可是长啊，你一个人不好过，要是你一直想着我的话……

栓子不说话了。翠翠从身上掏出那对翡翠手镯递给栓子说：大哥你把它拿回去吧，日后用得着。

栓子想到了那块手绢，他不愿还给她。

翠翠说，那手绢是我送给你的，你好好保存着，以后你凭它来找我……

栓子再一次哭了，翠翠看着栓子也哭了，他俩抱在一起哭。

这时，翠翠听见远处传来鸡叫声，慌了。她说，栓子快回吧，天快亮了，要是晚了我就回不去了。栓子看了看四周，没有觉察出这原来是在晚上。确实有鸡叫的声音，他不明白她为什么那样怕鸡叫。出于本能，栓子死死地抱着翠翠不放手。翠翠没办法，脱不了身，她仰起头，踮起脚尖把嘴唇凑上来。栓子看见翠翠的小嘴努成一个红红的小花苞，便不顾一切地抱紧她，把嘴唇贴上去。他晕乎了过去。

待他回过神来时，发现身边没了人影，他急得喊了一声。

惊醒时，栓子发现自己躺在炕上。院子里全是月光，金色的十分柔和的月光，有一束月光透过窗户静静地落在他的脸上。他转了一下头，觉得左脸颊那儿冰冰的，有什么东西贴在脸颊上，他拿起一看，原来是那对翡翠手镯。

他回味着刚才的情景，觉得口里还遗留着兰花的淡雅清香……

枣红马

葫芦沟是个不大的村子，四五十户人家都挤在一个小山顶上。这座山圆圆的，像是一只葫芦。葫芦村下面有一条河，人们叫它葫芦河。葫芦河的水是从葫芦沟底里流出来的，葫芦沟是一个很宽很深的壕沟，坐在飞机上都能看到。葫芦沟村由此而来。葫芦河的源头是许许多多的小泉眼，这些大大小小的泉眼一律分布在红胶土质的半山坡上。每一只泉眼里又有许多的小眼汩汩地往上冒水，在水中顶出许多的小包，它们一直咕咚咕咚地响着。其实没有多少人去留意这些泉眼的喷水声，有时候会有一条蛇缓缓地爬到某一眼泉边上喝水。

葫芦沟很幽静，鸟叫的声音在这儿听起来像是从一个大音箱里放出来的。各类虫子的叫声也很清纯，有些小虫子的声音本来很小很隐秘，但站在沟里就能听出来。

壕沟两岸的山坡上有各种野草，什么索索草啦、小绵蓬啦、灰条啦、苦子蔓啦还有狗牙齿和毛头齿以及一垛一垛的芨芨草，总之草多了，说不过来。这是个放牧的好地方，一般葫芦沟村的牲口都赶在这儿来放。

葫芦沟村放牧的是一个叫牛娃的小伙子，个子不太高，蔫了吧唧的，他话少，还是个聋子。

村子里的大牲口都是在晌午歇了地后才能赶出来放，这天晌午牛娃赶着一大群牲口走出村子，沿葫芦沟口走进去。村子里的人吃罢午饭都歇下了，没有谁去留意牲口走动的声音。

到了天黑一大群牲口从沟里走出来，肚子吃得圆圆的，悠闲地甩着尾巴赶着蚊子。它们走进村子，径直回到了饲养院。饲养院里有一个老汉正在铡草，看见牲口都回来了，却不见牛娃回来。这个呆子，他骂了一声，心想再等等看。等了一阵子，天都黑透了，还是不见牛娃回来。老汉想，他八成是丢了牲口，一个人在沟里寻找，这是以前常遇到过的。老人等不住了，进了牲口圈把所有的牲口都数了一遍，发现少了那匹枣红马。

老人看见天都黑透了，着急了，便去告诉队长。队长听完老人的话，拍了一下炕头骂道，他妈的，还怪了，一个小伙子看不住几头牲口，我就不信……

老人说，队长你不知道，那沟里古得很，牛娃那呆子一个人在沟里瞎转怕是不太好……你得派几个人去找。

什么？派几个人？有那必要吗？你们老是嚷嚷，说那沟里古得很，我就不信邪。说着话，他跳下炕来，走过去从柜子上面拿出一支冲锋枪来。

老汉不知队长要干啥，挤巴着眼睛瞧着他。

队长是个年轻人，当过兵，从部队复员到家还不到三年，是个天不怕地不怕的主儿，如今他还是大队民兵营副营长，家里放着枪。

他发现老饲养员吃惊地瞧着他，笑了。他说：

老叔你回去忙吧，我一个人去找他，谁也不叫。我不信邪，我倒要看看那沟里有些啥，要是真有你们说的鬼魂，我都要瞧瞧他长个啥样儿。

队长没有从沟底走进去，他是沿着一边的山顶在走。他走了很久，一会儿下去，一会儿上来。山野里静静的，夜幕罩住远山，黝黑一片。天幕上渗出几颗星星，星星的光十分柔和。走了一会儿，月亮从远处的山顶上升起来，颤颤地抖着。借着微弱的月光，他看见沟底里静静的，只有那股水泛出微微的青光。

他几乎都走到沟底了，隐隐约约听见马蹄走动的声音。

站下来，定睛一看，月光下牛娃骑在那匹马上，马在沟底里不停地转圈圈，走过来又走过去，就是走不出那个圈子。

队长喊了一声，牛娃没听见，那匹马也没听见。

队长生气了，从肩上取下枪来，推上子弹，朝天放了一枪。他没听到那种想象中的爆炸声。他退出子弹又推上膛，又放了一枪，还是没响。怪了，日他妈的真怪了,他重新挎上枪向沟底走下去。

后半夜,葫芦沟几乎全村的男人都进了沟,他们有的手里举着火把,有的手里拿着铁锹、棍棒。到了沟底,他们发现牛娃还骑在马上转圈圈。男人们大声齐喊,马停了下来,他们走到马跟前时,发现马走得汗淋淋的,牛娃骑在马上微微闭着眼,迷迷瞪瞪像还在睡觉。他睁开眼睛时看见这么多的人打着火把围着他站成一圈,有些吃惊,不知发生了什么。众人把他从马上扶下来,感觉到他像一个小娃娃那么轻。

在一个隐蔽处人们看见了队长,他趴在地上不停地转圈圈,嘴里一个劲地嚷嚷着。

大伙围到他跟前,看见他像狗一样趴在地上,两只手在土里不停地刨着,嘴里一个劲地喊着:我的马,我的马,我要给我的马装料……他把土块捧起来不断地往一个假想的口袋里装。

几个人走近他抓住他的胳膊,按住他,发现他的鼻子里、耳朵里、嘴巴里都填着土疙瘩。

……

枣红马最早是从这条沟里跑出来的。那是在一场大战之后,开战的双方都死了很多人,两面山坡上横七竖八地躺满了尸体。

这匹枣红马是从死人堆里跑出来的。

宠　　物

吧儿狗

老实说，杨森并不喜欢郭娜的那只吧儿狗，但他喜欢她牵狗的那种慵懒的样子。一边是漫不经心的主人，一边是碎步小跑的狗，让人容易联想到来自西方的某种古典情调。

有一种女人，聪明但不尖刻，明白人间的渠渠道道，但又不把这些渠渠道道放在心上，郭娜就是这种女人。她几乎每天早上都要到公园去遛狗，顺便会会那些同样喜爱养狗的同类。

公园边是凤城有点名气的富人区，养狗的人不少，有钱阶级与有闲阶级同样多。

春天了，公园里的冰湖化开了，在早上升起蒙蒙的白雾，甬道两边的报春花早早地就开了，当太阳出来时，它们就像被点燃的柴火。

春天了，小狗们到了发情期，喜欢往一块儿扎堆，互相嗅闻追逐，有时还会发出尖叫，但是它们临时的配偶还得由主人去挑选。大概是这样的，杨森猜想，郭娜为自己的宝宝——贝迪选准的是一只欧洲种的雪狮。雪狮的确威猛，但主人是个吊儿郎当的中年人。

两只小狗在做了一番交流后，在泛青的草皮上开始调情。那天杨森照例从公园穿过，多年来他就这习惯，喜欢步行去上班，沿路感受城市的气象。

杨森不忙也不闲，属于那种脑力劳动者。让他看来，在一个城市最有味道的就是公园了，它是一个巨大的情场，许多爱情故事都在这里上演。然而，相比较他最喜欢的还是公园里的空气和安静，尤其那种带点迷乱的隐秘气息，这在晚上表现得更为突出。杨森自己也没有想到，有一天，他也会因公园而起变化，比如最近一段时间，当他走进公园时，就带上了某种说不清的期待。说白了，就是喜欢看见郭娜，几乎每天早上都想看见她。一开始这想法并不强烈，它仅仅是某种探寻的渴望或好奇，但随着时间的延伸好奇在逐渐升温，就变成了某种交流的渴望。我们要承认，要是一个内心空虚的中年人偶然间在心里升起了一股朦胧的火焰，倒也是一种安慰。在一个有着二百多万人口的城市生活，你几乎每天都能看见形形色色的人，听见形形色色的事，但是这些都与杨森无关，与杨森有关的就是那只雪白的吧儿狗贝迪，以及它慵懒的主人郭娜。

此刻，两只小狗已纠缠在一起，不顾羞耻地体验它们应当享有的人间幸福。

那个吊儿郎当的中年男人笑眯眯地瞧着它们，能看出他很享受。郭娜看见她的贝迪竟然能支撑起如此庞大的体重而略感欣慰。只是当她的宝贝在呻吟的时候，她露出了一点爱怜。她感觉到有人不礼貌地站在一边观看，于是转过头来，眼光轻轻一闪。她是那么机智地掩饰了愠怒，无意中化解了旁观者的尴尬。

当杨森欲转身走开时，她说话了，“噢，真不好意思，你能代我牵牵狗吗？让我去趟洗手间？”说话的口气像个熟人。杨森笑了，点点头，顺手接过她手里的缰绳。

说不清这是一种什么感觉？杨森牵着缰绳的这只手，尚能感觉到贝迪颤抖的身体。它做完热身运动后，走过来，趴在杨森的脚边，舔着嘴唇，转着小脑袋，等待主人。一瞬间，杨森觉得自己牵狗的姿势特别别扭，尤其是看见贝迪亲昵的姿势，更受不了。

郭娜走过来了，一路迎着杨森的目光露出若有所思的微笑。她从杨森手中接过缰绳，瞧着他说：“对不起呀，真不好意思。”第一次，她的目光在杨森的脸上停留了片刻。她一定是想起了什么，于是又露出一个若有所思的微笑。聪明的女人总是让人手足无措。杨森有些尴尬，想马上走开，但某种想法还是不能让他一下子就这么走开，他心里想：“我得说些什么呀？”

“你的狗真漂亮！”杨森装出爱狗的样子，弯腰摸了摸它的头。她笑了，目光又集中在他的脸上。她的目光告诉杨森，我什么都明白，你的那一点花花肠子我全明白。

看起来她并不老，应当说还很年轻，顶多三十出头，但是她的精神和心态明显地超前于实际年龄，多多少少有点颓废。她留着长发，因烙烫的发卷而显得蓬松。她的眼睛很大，但不是超过美学尺度的大，那里面藏着很多东西，偶然间会转化成一种莫名的忧郁，当然这只有近距离才能发现。她穿着宽大的筒裙，趿拉着拖鞋，一对粉红色的脚后跟小巧而圆润，那是她刚才走动时杨森就注意上的。

“您在哪里上班？看您的样子像个文化人。”她说话的样子随随便便。“噢，忘了告诉你，我在出版社工作，具体的工作嘛是负责编一本文学刊物。”一说话杨森就轻松了。“好啊，若不反对，改天我去拜访你，顺便让你看看我的文章，指导指导呀！”郭娜以轻松的姿态说道。“哈哈！指导谈不上，一定欣赏，一定欣赏，如果好的话我们还可以发表。”杨森说，口气中多少带有一点殷勤。“那好呀。”说着话郭娜伸出了手，带着探寻的微笑的神色与杨森握手。杨森从包里掏出一张名片递给她，强调说：“上面有我的电话号码，你可要记住了。”

郭娜接过名片，注视着杨森微笑，眼睛里飘过许多云彩。杨森友好地离开，向她招手，心里因突然增加的分量而略感温暖。

第二天早上杨森没有从公园穿过，下一天也没有。因为他在有意克制自己，免得自己像一个傻里傻气的年轻人。不过，杨森还是注意到了郭娜的身影。她牵着狗在公园里散步，在许多晨练的人中，郭娜的样子有点孤单。“她的孤单是因为我么？”杨森独自暗想，“可是我为什么要躲着她呢？”杨森为自己产生了某种朦胧的情感而羞涩。

在其后的日子里，杨森渴望郭娜发短信给他，因为杨森的名片上是有号码的。可是郭娜没有发，但杨森也不好意思去问她。

在某个落寞的星期五的下午，杨森坐在办公室上网，突然听到了敲门声。

“请进！”他说。门慢慢地被推开了，进来的是郭娜。她有意踮着脚尖轻轻地迈步，看见杨森时故意吐了吐舌头。杨森被她天真的样子所吸引，微微一笑，请她坐下来。她落座的样子很轻，她努力装出恭敬的样子。杨森知道她在演戏，可是这戏却不能让人生厌。这些只有顽皮的小女孩常做的小伎俩，却化解了彼此见面的尴尬。一瞬间，杨森有些无措。有想法的男人女人一看就能看出来，但聪明的女人只会微笑，留下一个梦让你去猜想。郭娜静静地盯着杨森微笑，在她看来，杨森跟某些时候的一只笨拙的小狗没什么两样。

“带稿子了么？”杨森主动问郭娜。“咳咳，一见你又不敢拿出来了。”郭娜说。“为什么？你又不是小学生，还怕挨训嘛？”杨森说。“就是嘛。我怕你笑话我呢。”郭娜说。“不会的。”杨森说，“也许你的文章很有意思呢。”“好吧。”她打开包，取出一沓子打印好的稿件递给他。

“看一篇行么？我不愿当着作者的面看稿，过后我再细看。”杨森说。“行呀，你看着办吧。”郭娜说，她大大方方的，随手翻动桌子上的一本刊物。

杨森看的这一篇叫《孤单的小狗在夜里尖叫》，看题目就有点意思。文章不错，几乎可以说有些出乎他的意料。杨森说：“小郭，你的文章不错嘛，很有才气的。你已经过了表现力这一关，现在缺乏的就是深度和广度。要知道，很多人写了一辈子也过不了表现力这一关。表现力，也就是再现能力，好的作家能把想象的东西写得活灵活现，蹩脚的作家却把真实的东西写假了。”

她很认真地听着。她说，“你看我有希望成为一个作家么？”杨森说：“这要问你自己，你想成为什么你就是什么，但别忘了，同时要付出大量的心血，作家是艰辛的。”“我明白。”郭娜说。

“能从你的文章里看出，你是一个有着丰富的内心世界的……女人。这样说合适吗？”他问她。其实杨森想说的是“你是一个内心孤独且有点伤感的女人”。她有点恍惚，有一层忧郁的雾掠过她的面庞。她的面庞很美，在伤感的时候像落着微雨的草地。

楼道里的人走光了，几只鸟落在窗台上，点着脑袋向里面探望。

黄昏很美，灿烂的晚霞抚慰般涂红窗户。即便是城市，在黄昏时也会陡然间显得落寞和空旷。要是你能静下来，就能感觉到随之到来的夜晚像一个巨大的布袋要把人们装在里面。此刻，杨森真希望有那么一个布袋能把他和郭娜装在里面。

郭娜叹息了一声，站起身来说：“噢，天快黑了，我的贝迪？”她习惯性地向身体四周看了看。杨森能想象得到，此刻，她的贝迪一定在一间空空的房子里跑动，并且吱吱呜呜地尖叫。

“你若不忙，我们找个地方坐坐好吗？难得一见。”杨森向郭娜发出了邀请。“好吧。我请你。”郭娜说。“哪能这样呢，还是我请你吧。到什么地方去呢？”杨森问。“到名典吧，那里挺安静。”郭娜想了想说。“好吧。”杨森说，

"你和我想到一块儿了。"郭娜笑了。

"名典"西餐厅,靠近北环路,属于城市的边缘地带,这里很安静。他们在二楼找了个靠近窗户的相对僻静的桌子坐下来。郭娜点了苹果沙拉,烤牛排,外加一份奶油米花。杨森说:"喝什么呢?"郭娜说"白兰地吧。"杨森点点头。

天慢慢地黑了,桌子上点起了蜡烛。一楼的大厅里有人在圆形池台上弹钢琴,舒缓的琴声带着梦幻般的情调飘向二楼。

几杯酒下去,脸慢慢地烧起来。郭娜说:"今晚挺好。"她瞧着窗外的夜空,像是自言自语。杨森顺着她的目光向窗外看了一眼,远处,黑乎乎的林带上空挂着半块月亮。"是的。"杨森说,今晚挺好,月亮是金块,可以敲响。"

"是呀,你把它贴在脸上它就化了。"郭娜说。"是的,因为你,月亮会有热度。"杨森说,一边静静地看着她。她回过头来,迎住杨森的目光。"美好的东西如此短暂,一晃就过呀。"郭娜说。杨森盯着她,因为酒精的作用,她的眼睛有些迷离,神思仿佛飞到了很远的地方。

"看来你有些伤感?"杨森说。她把脸又转向窗外。"看来,我不应该讲这话。"杨森想。

"你不了解我。"郭娜回过头来说。"其实每一个人都是谜。"杨森说。"你想了解我吗?"她问杨森。"如果你想告诉我的话,我不妨听听。"杨森说。

"我结过婚,可是现在就我一个人了。"郭娜说。"从你的文章里看到了。"杨森说,"你们分手了么?"

"不,他不在了……他走了,可是他还在,我相信他在。"郭娜说,"你说死去的人还存在吗?"她问杨森并盯着他,神情变得执着。"大概会吧,我想。"杨森说。郭娜看着杨森。"他确实存在,我老是觉得他没走。他就在某处存在,一直看着我。"郭娜的神情有些痴迷。说实话,一个女人当着另一个男人,不停地谈起自己的男人,就让人不舒服。但是郭娜有些醉了。

"这么年轻,他是怎么走的?"杨森问。"他死于醉酒。"郭娜说。"怎么?"他问。"他喝酒之后的当晚送过朋友后,就再也没有回来。我拨他的电话,他老是关机。我还以为他和朋友一起玩呢,结果第二天还是没回来。"郭娜处在回忆中。"我们找了两天,都报了警。结果在郊外的一个湖面上发现了他。他的衣服放在湖边的一棵树下,看他的样子像是下湖去游泳的……结果再也没有上来。"

“也许,他酒后发热的身体感到了湖面的温柔……特殊的温柔。”杨森猜测。“你知道么,我很爱他……”郭娜说,随即低下了头,趴在桌子上轻轻啜泣。杨森不知道如何安慰她。“也许,这都是造化。”他说,“他一定感受到了湖面的温柔……和某种特殊的温情……”杨森按照自己的理解这样说。

“本来他的水性很好,而且湖面不深。”郭娜说,“他能脱掉衣服下水,并且把衣服叠好放在树下,说明他是清醒的。可是这以前没有任何征兆,唯一的区别是,他变得比过去伤感了。”

“夜晚的湖面很安静,他一定是感到了某种召唤。”杨森说,他是想把某种不幸的事情化作一件平平常常的事。郭娜瞧着杨森,她理解他的意思。“三年了,我一直在调整自己,我想摆脱掉某种东西……”郭娜说,她用信任的目光瞧着杨森。

“你必须要走出某种困境, 要勇敢地接受某种……灾难, 开始新的生活。”杨森说,“你要阳光起来。阳光般地活着。”这是他的真心话。“人的一生并不平坦,每个人有每个人的痛苦。”杨森说。她点了点头。

气氛有点伤感。他们同时盯着窗外, 安静的夜晚的确能带给人某种安慰。林带上空的月亮升起了,变成了一个大大的湿漉漉的光盘。逐渐明亮的月辉映亮了平原,他们几乎能看到高高的树梢。

钢琴还在弹奏,由木梭尔斯基的《杜伊勒里宫花园》过渡到理查德·克莱德曼的《海边的阿狄丽亚》,略带哀婉的琴声表现出轻拍的海浪与大海边的伤情,他们同时陷入音乐所描绘的情景中。

“今晚挺舒心。”郭娜说,“三年来,我第一次对一个人讲了讲我自己,现在感到轻松了。”说着话,她面带微笑,把手伸向杨森。杨森握住她的手,透过稀薄而柔软的皮肤,感觉到了她手指的骨感。他第一次觉得,她的伤感和美都在骨头里。当握住她的手指时,他方才觉得她并不遥远,并不神秘,她实实在在,她软弱而孤单。

杨森突然听到,她的小狗叫起来。几乎是同一瞬间,她也愣了一下,仿佛在听。“我的贝迪在叫么?”郭娜说。“我也感觉到了。”杨森说。

她们起身离开。

杨森打的送她,她没有拒绝。凉风一吹,她就把头勾下来,斜歪在他的肩上。她的头发很浓密,染成褐色的波浪形的发卷披散在杨森的肩上,摩挲着他的脸。他闻到了她发间散发的香味。她的脸伏在他的肩上,能感觉到她的嘴巴呼出的热气。郭娜有点醉了。送她到楼下时,杨森摇醒了她,搀她上楼,她的身子变得软绵绵的。听到重重的脚步声,房子里的贝迪就叫起来。

进了房间,杨森把郭娜扶到床上躺下来,并给她倒了一杯水端过来。她欠起身来喝水,杨森顺势用右胳膊搂着她。过后,把她轻轻放在枕头上。喝醉酒的人,看了让人爱怜,要是她安安静静,也会让人伤感。有一瞬间,郭娜几乎吃惊地盯着杨森,像瞧着一个陌生人。

“你是谁?”她问杨森。杨森愣了一下,瞧着她,走过去坐在她的床边,随手拢了拢她的头发。他说:“我是谁并不重要,关键是今晚我在你身边。”她舒了一口气闭上了眼睛。

贝迪站在床下一直瞧着主人,露出某种关切的神情。

“睡吧。”杨森说,“不要再想,安安稳稳睡一觉,明天就会好的。”“我没醉,我清醒着哪。”郭娜说。能听得出她的舌头大了,杨森笑了,起身离开,在客厅的沙发上坐下来,点着了一支烟。

杨森没有开灯,由于客厅靠近广场,朦胧的橘黄色的灯光映进玻璃窗。房子很大,陈设简单而上档次。但是你能感觉到一个单身女人的房间就是有点落寞,柜子啦花瓶啦,即使在晚上也觉得洁净,但是无所不在的空气会在某些隐秘的地方留下尘埃,你甚至觉得时光也会沉积。挂在沙发对面的那面墙壁上的挂钟里的钟舌,在无声地摆动。要是没人走动,平常的房子也会在夜深人静时变得空旷。

在如此安静的夜晚与一个朝思暮想的单身女人待在一起,要是没有一点非分之想,反而不正常。然而郭娜醉了,要是借着她的酒劲而发生一点什么反而不符合杨森的个性。

抽完一支烟后杨森站起身来。他说:“郭娜,你现在怎么样,我走好么?”他在试探性地问她。“不。”她说,“我不让你走。”能听出来,她没全醉。

杨森走进卧室时,发现她什么时候已换下了衣服,盖上了被子。床头的灯亮着,她睁着眼睛,盯着屋顶发呆。“这女人。”他说,走过去坐在她的床边。杨森看见了她裸露的瘦削的胸部,郭娜伸出胳膊抓住杨森的手,露出某种探寻的目光盯着他。杨森瞧着郭娜,感到从某处遥远的湖面升起了淡淡的雾,小狗在地上叫起来,郭娜说:“贝迪,出去!”贝迪不情愿地转身离开,在门口时，又转过身来瞧着他们，它也许感觉到了什么。杨森走过去关上了门。

郭娜拧灭了床头的灯。

一汪蓝色的湖睡在月光下，宁静的湖面上升起的雾慢慢飘散又慢慢升起，遥远的钢琴的旋律从湖底升起，恍惚而飘荡。在平原的某处传来敲击声，像沉闷的鼓声。郭娜紧闭双目，将手指攥得紧紧的。即使在肌肤相亲的那一刻，她也不是跟你变得很近，而是变得很遥远。她仿佛在等待，等待一只大鸟从远处起飞，唰唰地拍动着翅膀。

什么时候贝迪在用爪子刨门，发出吱吱的尖叫。郭娜呻吟了一声，轻得像叹息。假若郭娜就是一棵树，那么此刻，这棵树因颤抖而在落叶，叶子纷纷落在根部。

郭娜很轻，即使你不去抱她，也能感觉到她很轻。当杨森的手指抚摸过她的背部时，像是抚过根根琴弦。在黑暗中他抚摸到了她的脚踝，那一双曾在公园见过的小巧而圆润的脚后根，在他的掌心像弹跳的雏鸡。他忍不住一使劲，郭娜就哎哟一声叫起来。单薄的女人就像花瓣薄脆的百合花，适宜轻轻嗅闻和微微吹动。

湖面的雾散了，只有蓝蓝的水波拍击着湖岸。那奇妙的音乐停止了，世界又恢复到它原来的样子。即使彼此相依，也感觉到了瞬间的空虚。由此杨森想，没有一件东西是长久的，欢乐过后常常是空虚和莫名的怅惘。

杨森躺在床上又抽了一支烟，让身体慢慢冷却。郭娜在沉思，仿佛陷入回忆。

贝迪还在门口支吾，它一直站在门口，听着里面的动静，它在为主人担心。杨森下了床，走过去打开门。贝迪嗅嗅他的脚面，跑过去，扬起头一动不动地瞧着郭娜。郭娜伸出手摸了摸它的头。

“去睡吧贝迪，没事，天不早了。”贝迪使劲地摇着尾巴，喉咙里发出支支吾吾的叫声，然后极不情愿地走开去。

“贝迪真聪明。”杨森说。郭娜点了点头，“时间久了，你会觉得它不是一只狗，它会变成你的一部分。”她说。杨森点了点头。

他开始穿衣服。她有些伤感地瞧着杨森，不明白他为什么要离开。也许直到此刻她才明白，杨森不完全属于她。按说，他应该留下来陪她，但是杨森不怎么习惯在外面过夜。也许这还不是全部，他怕天亮时难以面对彼此的尴尬,再者他也不愿有过多的承诺,可见他是多么自私。

郭娜抓住杨森的手,她在这一时刻的依恋是真实的。她说,“亲爱的,我有一个愿望?”“说吧。”他说。“你什么时候能陪我到那个湖边走走。”杨森明白她说的是什么,他愣了愣说,“行啊。”

这个时候,汽笛响了一声,火车在黑夜里穿过平原,他们听到了火车加速时在铁轨上的撞击声。

杨森俯下身拢住郭娜,想给她安慰。她的身子变得凉凉的,孤独又回到她的身上,孤独是冰凉的。杨森说:“郭娜,原谅我不能陪你,我们会在以后的日子里走得更近。”她点了点头,看着他离开,目光里流露出迷惑和留恋的神情。

杨森回到家就睡下了,一看表是凌晨两点。夜晚很深邃,夜晚很冷漠,它能把人间的事放在心上么?他在心里叹息了一声闭上了眼睛。“我改变了么?没有,我增多了么?没有。我减少了么?也没有。”杨森想,“但是我还是在增多,我多了一点牵挂。我知道有一颗心也在为我跳动,这或许就是幸福。”

杨森睡着了。梦乡是甜蜜的,满坡满坡的黄色的山菊花在摇晃,里面点缀着修长的蓝色的马莲花花瓣,空气里混有各种花香,山坡上飞动的都是彩鸟……杨森又回到了童年,赶着一群羊在山坡上吃草,然后是时间的光轮在旋转。空间在你无法描述的情景中转化,像是你处身于天地初创的时刻……什么时候,他又走在平原上,平原上飘动着轻纱般的白雾,隐在大雾里的白杨是朦胧的剪影。但是杨森看见了杨树的叶子,它们是湿漉漉的,挂着露珠的翠绿的叶子,美得惊心。他仿佛在行走,脚步很轻,雾从身边纷纷散开去。他看见了那面蓝色而澄澈的湖,它很安静,岸边有低伏的水草和高高的芦苇。

当杨森走到湖边时,看见郭娜站在那儿,身边还站着贝迪。大雾变成了蒙蒙的水气,打湿了她波浪形的发卷。湖面很安静,一个容纳了生命的湖,安静得像一个谜。

秋天在一瞬间到来了,湖面上吹起了冷冷的风。芦苇的穗儿变黄了,失去水分的枝干变得干脆,风中杨森听到了芦苇秆儿折断的轻微的咔嚓声。

贝迪在岸边来回奔跑,像是在追寻那些空泛的声音。杨森努力行走,就是走不到郭娜的身边。他想站在她的身边,用胳膊拢住她。

钟响了,是街面上的那座钟楼上的钟,它惊醒了杨森。城市的黎明,以它特殊的声响又进入了新的一天。

在这之后,有什么吗,没有,生活还是老节奏。只是杨森对郭娜多了一份关切,偶然间的相会却给了彼此很多的安慰。

在一个大雪纷飞的夜晚,郭娜站在杨森居住的楼下唤他。他从窗户上看见郭娜穿着大衣,牵着贝迪。纷纷扬扬的雪花落在她的肩上,落在贝迪的身上。

夜晚很安静。他们没有拉灯,而是在茶几上点起了蜡烛,临时准备的菜肴也很丰盛。郭娜很满足,她说:“亲爱的,这比外面的餐馆强多了,今天我们少喝酒。我们应当尽情享受这美妙的夜晚。”杨森点了点头,能看出纷纷扬扬的大雪让她兴奋。其实杨森何尝不是如此呢。酒还是要喝的,几杯酒下去浑身就发热了。杨森看见郭娜胖了些,透过薄薄的羊毛衫他看见了她凸起的胸部。“以前怎么就没发现呢?”他想。在杨森看来,今晚的郭娜很美。贝迪也很安静,趴在茶几下面啃着香肠。真想给贝迪灌几杯酒,看看她醉酒的样子。

天黑透了,雪越下越大,杨森打开了音响,放上了理查德的钢琴曲《致爱丽丝》。钢琴声低缓而悠扬,能带来蓝色的海水和雪花,也能带来无边的想象。

杨森抱住郭娜,她那么自然地贴近他,她需要他这样有力地抱住自己。雪中的世界很安静,你能感觉到世界不是远去了,而是回到了他们中间。火焰在彼此的心中升起,肉体在呼唤肉体。什么时候,他们已经躺在了床上,郭娜的嘴唇是热的,身上也是热的,手一触及到她的身体她就叫起来。

贝迪静静地趴在客厅里,她已经熟悉了他们的举动。重要的是,她在主人之外接纳了杨森,在她看来两个孩子又开始游戏了。

在安静下来的某一时刻,杨森发现郭娜有些异样,他下意识地用手摸了摸,发现她在流泪。

郭娜是半夜离开的,趁着杨森熟睡的时刻离开了他。早上醒来时,杨森看见贝迪还卧在茶几那儿,茶几上面放着一封信。

亲爱的:

不要埋怨我不辞而别,我们以快乐的方式相识,又以快乐的方式相离,这样的方式最符合你我的个性。我要离开这个给了我幸福和忧伤的城市,到另一个地方去寻找……幸福。我要去依附的那个人,这里就不告诉你了,但有一点我得告诉你，他能让我过上平静的生活。女人还能图什么呢？我把贝迪留给你。你想起我的时候，看看她就能得到安慰。你要保重自己，不要太苦。对于我们共同热爱的文学，我会努力，也许它是我们最后的安慰了。另外，从女人的角度考虑，我要对你说一句：作为男人你很棒！但你不专一，你的心不会真正放在某一个女人的身上。这一点我感觉到了。祝你幸福，适当的时候我会联系你。

……

突然一阵空虚，像是一片雾包裹了杨森。他愣了愣，然后赶忙去拨郭娜的电话，但她的电话已变成了空号。他抱起了贝迪，发现贝迪很乖巧，在他的怀里她变得像婴儿般温顺。她的两只大眼睛扑闪着，流露出可怜巴巴的神情，她或许知道自己正在变成孤儿。

在其后的日子里，贝迪在白天很乖巧，到了晚上就支支吾吾地叫，在客厅里跑来跑去。

贝迪是什么时候离开的，杨森也说不清。然而他想，会有好心的人来收养她。但是，有时候杨森会在街道上或在公园里看见慌慌张张奔跑的野狗，在它们中间他渴望发现贝迪的影子。

猫　咪

周末的时候，杨森喜欢到如意餐馆饮几杯。那是一个家居式的小餐馆，正对着吧台的是一间小客厅，是散客们用餐的地方。客厅的左右两边有两个包间，适应于几个朋友小聚。如意餐馆的羊肉揪面片很有名气，炒出的小菜都是家常菜，既有味道又很精致。

如意虽开在偏僻的小巷，但并不影响它的生意，一般来的都是老顾客。

杨森到如意去，一是图方便，二是喜欢那里的安静和可口的饭菜，三是喜欢那里的老板娘。老板娘姓邱，是个三十多岁的小寡妇，长得白白胖胖的，而且一脸的和气和温顺。有时杨森和几个哥儿们在那儿喝高了，就喊老板娘："唉！我说老板娘！过来喝两杯！"听见喊声，邱老板就笑眯眯地走进包间，大大方方地坐下来，然后举杯给他们敬酒。谁也不落下，谁也不小看，谁都是她的好朋友。她喝酒实诚，杯子倒得满满的，一饮而尽，并且是双手握杯。她每次陪杨森他们喝酒，过后都要嚷着埋单，他们怎么好意思让她埋单呢。这年头开个饭馆也是件挺不容易的事，何况她还是一个寡妇。但是她每次来必定让厨师多加一个菜算作她的，尽管是一个小菜，也颇能显出人情味。

酒场要是有个女人陪着，气氛就容易活跃起来。酒一喝高，杨森他们总喜欢开带点颜色的玩笑，男人嘛就这德行。邱老板总是笑眯眯的，不迎合也不反对。她喜欢代酒，看谁输多了，总要代一杯。

杨森是个二杆子，一高兴就喝多了，一喝多嘴里就三个半地胡说，玩笑开大了邱老板就在他的身上拧一把，朋友们就趁势开他俩的玩笑，说，"唉，杨头儿，你干脆和邱老板结合算了，我看你俩挺合适的。"听见这话，杨森就假戏真做地搂住邱老板，在她的腮帮子上亲一口。邱老板不怨也不怒，还是笑眯眯的，在他的身上拧一把。

杨森也有喝闷酒的时候，要是在单位受一点窝囊气，就来到如意餐馆，要两个菜、一瓶酒，一个人坐在某个角落里独饮。一个人喝闷酒更容易产生孤独感，他的样子看起来像个落魄的天涯孤旅。往往在这个时候，邱老板就会露出某种关切的神情，她一边忙乎，一边趁闲向杨森这儿瞧一眼，她是怕杨森喝多了。有时看见杨森喝大了，她就走过来，夺过他手里的酒杯。“你看你看，又喝多了不是，没出息的货。”她就这样骂他，“酒嘛，喝少了增进气氛，喝多了伤人身体。没见过你这么喝酒的。”“我就要喝，往死里喝！”杨森梗着脖子，盯着邱老板，眼睛里却有点潮湿。他妈的，人一到中年就变得脆弱了，也容易伤感。“哟哟哟，看你能的，我看你成鲁智深了，还能抱着坛子喝。没出息的货！”邱老板就这样训他，而杨森呢听着心里却觉得舒服。一个四十多岁的老光棍，需要这种带点关切的训骂，听了让他感动。杨森把头勾下来，忧伤也就上来了。邱老板一动不动地瞧着他，然后坐下来和他碰杯。

一天晚上，杨森加班晚了，想在如意餐馆吃一碗面回家。走近门口时，听见里面乱哄哄的，有人在里面耍酒疯。杨森赶忙走进去，看见被砸碎的玻璃洒了一地，墙上的玻璃画框也被打碎了，只剩下一个空架子挂在那里摇晃。

带头闹事的是一个三十来岁的小泼皮，一看就是个找碴赖账的主儿。杨森看见邱老板和小泼皮在那儿争执，就走过去。他说：“怎么回事？光天化日之下，还有人在此撒野不成！”小泼皮一看管闲事的是个瘦弱的中年人，且戴着一副眼镜，就笑了。“去去去……去！磨道里跑进个四只眼，套上笼头也走不了几圈。想管闲事也不掂量掂量自个儿的身子骨，免得老子给你一拳爬不起身。”他身边还站着两个同伙，一副摩拳擦掌的样子。

杨森这人最怕污辱，四十多岁了还有年轻人的血气。他把背着的包递给邱老板，示意她靠远点。他说：“怎么样，狗崽子们，从娘胎里生下来没几天，就学会了白吃，今天要不把账结了，不把砸烂的东西赔了，老子让你们爬着出去。”他的狠劲一上来，一双细眼睛就露出了杀气。

小泼皮一扬手说：“哥儿们，开路！”他想溜，杨森一把抓住他的胳膊。这狗日的，转身就是一拳，捣在杨森的腮帮上。说时迟那时快，杨森提起膝盖，向这狗日的小肚子上顶了一下，力量起码在一百公斤以上。他听见这混混

"妈呀！"叫了一声，弯下了腰。"还叫妈呢。你妈早干啥去了，养了你这么个赖泼皮，她该脸红。"杨森本来是要顶他的腿裆的，要是他手里敢拿凶器，他就会顶他的腿裆，他会让这碎狗日的两个月起不了身。说时迟那时快，右边迂回的另一个混混抡起一只啤酒瓶向杨森的头砸来，邱老板喊了一声，杨森一回头躲过了一击，趁势用胳膊挡了一下。啪一声，啤酒瓶碎了，杨森的胳膊被砸破了。杨森照准这狗日的脸狠狠地捣了一拳，这一拳少说也有五十公斤的力量，碎狗日的鼻子被砸破了。左边迂回的那个提起一只板凳想砸过来，却被邱老板拦腰抱住了。

正在不可开交时，警车开过来了，是服务员报的警。车上下来了几个警察围住了他们，其中一个说："谁是老板？""我是。"邱老板说。"关门关门，跟我们到派出所去。"

……

从派出所走出来时，夜色很美，天空硬硬朗朗的，星星也很明亮。杨森的身子还在发抖，那是刚才气的。但邱老板一直抱着他的胳膊，当伤口被包扎后，他就彻底放松了。打抱不平的事他常干，但感觉最好的还是这一次。邱老板既感激又温存。两个人在深夜的街道上行走，尤其是被邱老板牵着胳膊行走，杨森感觉到很舒服。为一个女人受点伤算什么呢？何况伤又不重。

季令已进初冬，冷风吹动了街道两边的枯叶。野猫在路边的树丛里蹿动，喝醉酒的人在街面上歪歪斜斜地摇晃。邱老板向杨森身边靠了靠，她说："杨哥，很感谢你，要是没你我不知道咋收场。""客气干啥，谁要我们是朋友呢。"杨森说。"你真当我是朋友吗？"邱老板说。"可不，我早就将你当作朋友了。"杨森说。听他这样说，邱老板很感动，拉住杨森站下身来，仔细端详着他，瞧着瞧着她就扑哧一声笑了。"没想到，你还很仗义。"她说。"怎么讲？"杨森问。"我原来看你不过是个白面书生。"她说着，又扑哧一声笑了。"不相信？"杨森问，顺手捏了捏她的肩膀。"不是不相信，而是没看出来。"邱老板说。杨森也笑了，侧过身抱了抱她。邱老板很温存，她仰起脸瞧着杨森的眼睛说："我还以为你就知道喝个闷酒，没出息的货。"

他们继续往前走，难得有这样的"清闲"，难得有这样淡淡的温馨。到了如意餐厅门口，邱老板掏出钥匙想开门，又停下了。她说："我不想进去了，我不想再看见那个场面，等我明天再收拾吧。""这样也好，明天收拾吧。"杨森说,“天这么晚了,你怎么回家呢?”“我骑自行车回,我一直骑自行车,我家就在郊区。”邱老板说。“噢——那我送你回家好么?天这么晚了。”杨森说。“嗯。”她点了点头。能看出她有点不好意思,她想到了那层意思。

一路上,风很冷,星星又大又亮,冬天的夜空像个干干净净的瓷盘。邱老板说:“胳膊还疼么?”“不疼,这么一点小口子算不了什么。”杨森说。“多悬哪,要是被砸在头上还了得。”她说。“那我就再也看不见你了。”他说。邱老板看了看杨森没说话,她的眼里升起一股特别的温情。“看你能的,你还成鲁智深了。”她说。“咳咳,我看你还是孙二娘呢,也挺勇敢的。”杨森开玩笑说。

邱老板居住的地方是一个郊区的小镇,靠近北塔,公路两边都是小店铺,她的家是一个沿街的小独院。当她打开院门时,院子里传来几只狸猫的叫声。“噢——你怎么养着这么多的猫?”杨森问。她笑了。“习惯了。”她说,“有几只是养的,有几只是跑来的野猫。”听见有人说话,靠近大门口的小厢房的灯被拉亮了,里面传出老人的声音,“我说彩花,你怎么才来?”“没事妈,今天饭馆里来的客人多,你睡吧妈。”邱老板一边搭话,一边给杨森挤了挤眼,她打开门示意杨森走进去。这是一个两居室的单元平房,陈设简单而又温馨。杨森注意到客厅一边的卧室的门打开着,对面摆着一张大大的席梦思床。上面铺着粉红色的床罩,床头那儿放着两只枕头,像是两只胖胖的小狗傻乎乎地趴在那儿。

邱老板把门轻轻地关了,示意杨森坐下来。她说:“让我看看你的伤口。”杨森脱下夹克衫,伸出胳膊,缠着纱布的伤口那儿渗出了血。

邱老板一看见血就变得紧张起来,她抱起杨森的胳膊,用嘴轻轻地吹气。杨森笑了,“那不是烫伤,吹什么气。”他说。她嗔怪地看了他一眼说:“没出息的货。”顺便在他的身上掐了一把。杨森的脑海里突然想起王洛宾的歌《在那遥远的地方》:

在那遥远的地方,有位好姑娘,
人们走过她的帐房都要回头留恋的张望。
……
我愿做一只小羊,跟在她身旁,
我愿她拿着细细的皮鞭不断轻轻打在我身上。
……

“唉——想什么呢？”邱老板捣了杨森一下。“我在想……在想你的名字挺好——彩花。”他说。“那你以后叫我彩花好了，再不要邱老板邱老板地叫。”她说。杨森点了点头。

院子里的猫咪咪唔唔地叫。风吹动了门帘。邱老板站起身向窗外看了一眼，发现母亲房子里的灯拉灭了，老人睡下了。

“咋办呢？”邱老板说。杨森知道她说的是什么，“我回吧，彩花。”“这么晚了回什么？路上又没车，黑灯瞎火的。”她说，“回去也是个冷锅冷灶。”

杨森静静地瞧着邱老板，他发现邱老板的一对脸蛋变得红红的。她尽管摆出一副大大咧咧的样子，事实上还是个孩子。

“妈咪——”杨森听见一只猫叫了一声，蹿上了屋顶。

一瞬间，杨森有些伤感，低下头来。“没出息的个货，还鲁智深呢。”邱老板一边说着话，一边从冰箱里取出一只烧鸡，放在茶几上，返身又从柜子里拿出一瓶酒放在茶几上。“来来来，杨头，喝酒！妹子没文化，是个粗人，今天陪你好好喝几杯。”

冬天听着室外呼呼的风声喝酒挺好，尤其是和一个白白胖胖的美人在一起。所谓的红袖添香，不过如此。邱老板建议大杯喝，她说：“喝喝喝，喝醉算了。”三两杯下去，杨森就晕乎了。眼前的邱老板有点晃动，她笑眯眯的，一双圆脸蛋变得更红了。

杨森不知道自己是怎么睡到床上去的，他迷迷糊糊地只记得邱老板给自己脱去外罩，他好像还跟她开玩笑呢，并顺势搂了搂她的脖子。她骂道：“没出息的货，一见酒就醉。”杨森笑了。

后半夜，杨森惊醒了，邱老板以为他要喝水，就从客厅的沙发上起身走进来。“好点了么？”她问杨森。杨森点了点头。她把一杯水递给他。杨森没去接她手里的杯子，而是被她的样子惊呆了。她像一颗熟透的哈密瓜，浑身散发出香味。他盯着她薄衫里的胸部。她感觉到了杨森目光的分量，便下意识地扭了扭身子。杨森还注意到邱老板穿着短裤，丰硕而滚圆的臂部在后面翘起，样子像个黑种女人。他呆愣了片刻，然后勇敢地抓住她的手，他说：“彩花……我……我……”邱老板瞧着他，她明白他的意思。杨森看见突然腾起的情欲像一朵红云，染红了她的脸。她喘着气，不好意思地把头勾下头来。杨森趁势搂住她，听见她长长地呻唤了一声，像是卸下了某种重负。当杨森抱起她时，感觉到她并没有自己想象的那么重。

看到杨森猴急火燎的样子，邱老板就急了，她说："小心胳膊，看你那个熊样，还真成鲁智深了。""鲁智深没娶过老婆，他还不如我呢。"杨森说。

邱老板咯咯地笑，他一挨近她的身体她就咯咯地笑。当他用嘴唇压住她的嘴唇时，她就不笑了，喉咙里发出咕咕哝哝的声音。接着，她安静了，身子骨软软地摊开来。

"妈咪——"一只猫叫了一声，它站在屋檐边，把尾巴垂下来。

风呼呼地吹，北塔上的梵铃呛啷呛啷地响。

天慢慢地亮了，当杨森起身穿衣时，邱老板转过身去哭了。她还不适应这短暂的爱情，毕竟她是从郊区长大的，要实现从农村到城市的转化，还得经历一个痛苦的心路历程。在将要过去的整整一个晚上，邱老板是把杨森当作丈夫来照顾的，她全部的温柔来自于真切的内心。

她开始喜欢上杨森了。

小金鱼

苏丽要到广州去“淘金”，按她的意思，“银川没尿意思，套出个狼也是个白眼狼，膘不厚”。临走时，她送给杨森一盆小金鱼，金鱼共有五条，属凸眼鼓腮的那种。现在就摆放在杨森的客厅里，要是杨森心烦了，瞧瞧小金鱼就安静了。

小金鱼没有忧伤，能把巴掌大的一点天地变成乐园，光凭这一点就值得我们学习。看着摇头摆尾的小金鱼，杨森就联想到苏丽。苏丽也是这么说的，她说:“杨头，这几个小不点儿，你要好好替我养着。要是心烦了，瞧瞧它们就好了。”“那感情好，”杨森说，“可是，我要是想你了咋办呢？”他开玩笑说。“瞧它们呗。”她说。“它们又不能代替你——变成个大活人。”杨森说。“蠢！那你抓一条放在床上，念念咒语，不就变成我了，”苏丽说，“连阿拉伯神灯都不知道，蠢！”她挤了挤眼，把手叉在腰里瞧着杨森。

这丫头是个刺儿头，把谁都不放在眼里。她留着短发，戴着大耳环，裤腰掉到胯子上，露出肚脐眼，脚腕子上还套着脚链。她表面随随便便的，松松垮垮的，心里可贼了。她心里清楚大家都想占她的便宜，可是她不轻易上钩。她喜欢吊的都是大鱼。然而当官的也许不会找她，觉得她不成熟，说不上也会翻船。

有一段时间苏丽成了杨森哥们儿共同的朋友，最先是老K介绍给他们的。老K身边有好几个这样的小姑娘，不知道她们是干什么的，看样子都是无业游民。她们有一个共同的特点就是泼辣，酒桌上放得开，酒一喝多就喜欢进迪厅。是不是吃摇头丸，他们没见过，但是有这个可能。她们的形体语言明摆着是“垮掉的一代”，什么都不在乎。一般来说，她们都有自己固定的情人。她们靠青春吃饭，谁也不欠谁，惹急了还敢要刀子。

不知道老 K 是怎么认识她们的，大概他有自己的渠渠道道。老 K 开一家有档次的餐厅，出入的大多是“达官贵人”，最起码也是有私家车的老板。在他们眼里杨森是个“文化名流”，但杨森清楚自己的半斤八两：当官无望，名气不大，内心空虚，属于那种愤世嫉俗、破罐子破摔的主儿，在酒场上他以打科骂诨、讲黄色段子出名。而苏丽她们呢属调色板，主要的功能呢是悦人耳目，活跃气氛。

有一段时间，朋友们相聚必定叫上苏丽，杨森注意到有几个老色鬼在打这丫头的主意，酒一喝多眼睛就直了。苏丽长一双丹凤眼，看人拿眼角角看。她的眼角角带勾子，看一眼就能挑动起你的心脏来。本来杨森是个情场老油子，见过的女人也不少，但也抵不住这丫头片子的勾魂眼。要是让她挑逗那么几下，腰椎部分就变得麻酥酥的，于是就暗想：他妈的，为这小妖精花几个钱也值。

但是老 K 盯得紧，杨森曾经流露过那种意思。老 K 说：“她是个小辣椒，过过眼可以，可不能动真的。你要是被缠上了可就脱不了身。”他是在吓杨森。可是杨森想不通，老 K 是怎么收拾苏丽的。老 K 的身板那么结实，把那小妖精压在身下不知是个啥滋味。

有一段时间，杨森很苦闷，几个常保持联系的女人都先后断了信息，也许她们觉得杨森身上没有几多油水。一个中年男人要是身上没有钱，腰又松就没有多少吸引力了。她图你啥呢？要钱没钱要人没人，只好靠边站。这年代女孩子挺实际的，一般是不见兔子不撒鹰。

苏丽跟杨森发展得还可以，她大约看重的是杨森身上的某种脱俗的情调，这点自信杨森还是有的。文化有时候也能转化成某种优势，除此而外，杨森还喜欢在暗地里使劲，靠的不光是钱，还有其他手段。他跟苏丽过过一次电。由于醉酒，迷迷糊糊的，潦潦草草的，瘾没过足，就留下了遗憾。杨森本来还想找个机会狠狠地搞她一家伙，但她就去了广州。因此，当苏丽走了广州以后，杨森就进入了一年一度的苦闷期。

每天下班以后，杨森草草地吃一点东西就躺在沙发上看电视，要是没有好看的节目就索性关了电视机，躺在沙发上瞎想。小金鱼在鱼缸里游动，不时闹出一点响声。杨森盯着它们,它们也会贴着缸壁盯着杨森,嘴巴一张一张的。有的还会对着他吐气泡,像是在嘲笑他,这样子多少有点像苏丽。苏丽要是叼一支烟,就把嘴巴噘起来吐烟圈。她嘴巴噘起的样子很性感,你甚至想一口把那嘴唇咬下来。

人他妈的真怪,越是得不到的越想要。看着游来荡去的小金鱼,杨森就冷不丁想起了苏丽。

苏丽的身子圆滚滚的,一躺在床上就兴奋,嘴里胡喊乱叫,而且还伸胳膊踢腿,像一条胖胖的小金鱼一放进水里就不安生。那天杨森趁着酒劲给苏丽打电话,她一听是杨森,就咯咯咯地笑开了。"怎么了,老男人,酒喝多了想耍酒疯?"她说。杨森变得很温柔,他说:"乖乖,想你了呀,你在忙什么呢?也不过来陪陪我,想死你了。""不,就不!"她说,"美死你!""怎么?看不起老哥啊,小看我没钱不是?"杨森说。跟这帮小东西讲话就得直来直去,不提钱不行。"不是,杨哥,我这会儿正想上街呢。"她说。杨森每次给她打电话,她都说要上街,要不就正在逛商店。"上街干什么?"杨森明知故问。"鞋子破了呗,你又不给买,小气猫!"苏丽说。"过来过来,"杨森说,"先陪哥喝酒,完了我给你买双巴黎贵妇人。"苏丽没听过"巴黎贵妇人",事实上杨森也在瞎编。"哼!美得你!"她说。杨森说:"真的,不骗你,这次真给你买,它是刚打出的名牌统靴,一双一千二,我刚领了稿费。"苏丽停顿了一下说:"好吧。"

杨森有点儿兴奋,脑子里忽然响起了一首歌《蝴蝶飞》:

请你告诉我
告诉我你所有理由
每一次的谎言都来作借口
你到底爱他能够爱多久
……
我愿化作蝴蝶飞来飞去
飞到你心口送去我问候
为何你渐渐地远去
消失在那茫茫的车流……

等苏丽的时候,杨森一直在哼这首歌,心里乐滋滋的。一会儿她就来了,背着小包一探一探地走进酒吧。这是一个单间,光线幽暗,白天也点着蜡烛,对门摆一条沙发，前面放一张茶几，门边还放一台电视机。杨森一个人喝闷酒，事实上也在创造一个能下手的好环境。

苏丽一进门，就顺势把自己甩在沙发上，然后拿眼睛瞪着杨森。“看什么看，喝酒！”杨森说。“不嘛，我要买鞋，人家没鞋穿了嘛。”她撅起嘴巴，假装生气了。杨森看见她抱着小包，身子往下滑，露出了肚脐，并且两条腿叉得开开的，他顺手在她的大腿上拍了一巴掌。“老流氓！”苏丽骂杨森，腿却叉得越开了。杨森把手放在她的肚脐眼上，苏丽一把打掉了他的手，说：“老流氓！”眼光变得直直的，事实上她在琢磨该怎么下手。“这个老男人是个狡猾的老狐狸，也是个一毛不拔的铁公鸡。”苏丽心想，她想调调这老男人的味口。“小妖精！”杨森心里骂。

苏丽抱住杨森的胳膊说：“走嘛，大哥，不喝了，先去给我买鞋嘛。”她把脚伸起来。“你看你看，人家鞋都烂了。”杨森觉得这小东西不好哄，她一直来直去，杨森就没办法转弯了。于是杨森把钱包掏出来，在她眼前晃。苏丽看见里面装着一沓子钞票，马上就安静下来了。

她端起一大杯啤酒，咕咕地灌下去，然后把头靠在杨森的胸部上，伸手在他的胸部上揣摸，摸着摸着就咯咯咯地笑起来，她说：“你的蛋蛋真大哟，嘻嘻，我想唆唆。”“去你的，”杨森说，“摸得我心里痒痒的。”苏丽拿眼角角勾杨森，“不嘛，我就就要唆唉，嘻嘻！没见过男人长这么大蛋蛋的。”说着话，她已在解杨森的纽扣。“他妈的，在这小家伙的手里事情就颠倒了。”杨森想。他趁势抱住她，抚摸她的胸部。年轻就是优势，身体的各部分构件都很紧密，而且瓷瓷实实的。杨森想进一步发展，苏丽却挣开了身子，她说：“美得你！这儿不行，服务员一推门就进来了。”“那么我们去开个房间？”她点了点头。

一走出酒吧，杨森就看出苏丽走路一撇一撇的，这个小骚货，肯定是发情了。一进钟点房，杨森就把她扒光了。她光着身子，躺在床上打滚，嘴里发出咕咕哝哝的声音。

苏丽的身材真好，小腹平平的，乳房尖尖的。可是杨森越是着急越不行，终于日急慌忙地败下阵来。苏丽就说：“去！看你个怂样，不争气的东西。”她一边说话一边穿衣服。

然后他们就在沙发上坐下来。瘾没过足，杨森就觉得窝囊透了。她还在挑逗他，双手把乳房掬起来，让他唆。“没尿意思。”突然一瞬间，杨森觉得没尿意思透了。他把钱包掏出来，抽出几张钞票递给她，他说："去去去，去买东西吧，我想安静一会儿。""哥唉，咋了么？生气了？"苏丽说。杨森说："我在生我的气。"她说："不要这样嘛哥，你是酒喝多了，要不再来一个？这会慢慢来。"说完，苏丽走到床边，抹下裤子，把屁股对着杨森摇摆，一边向他招手。杨森笑了。苏丽越是这样他越不行，整个性爱看起来都像是一场游戏。于是杨森走过去，拍了拍她的屁股说："没事，苏丽，今天太累了，下次吧。""美得你！"苏丽说，"过了这个村就没这个店了。"她猛地提起裤子，吱一声拉上拉链，在地上跳了几下。

"拜拜！"她把包甩在肩膀上，一扭一扭地走了出去。"妈妈的！"杨森狠狠地拍着沙发，仰天长叹。

杨森被沙发的扶手硌痛了手，当他从回忆中惊醒时，发现自己还在一下一下地拍着沙发。

夜深了，几个酒鬼在街面上耍酒疯。杨森盯着鱼缸里的小金鱼，发现它们静静地悬在水中，过一会儿吐出一串气泡，过一会儿又吐出一串气泡。

"妈妈的，真败兴。"杨森翻起身走近鱼缸，发现几个小金鱼在水里睡着了，但身子还在漂。他把手伸进去，悄悄地抓住了一条，鱼儿一惊醒就在手指间活蹦乱跳。"狗日的，我让你跳！"杨森把手举起了，又慢慢地放了下来。他突然觉得，这样做是不是太残酷了？鱼儿来到这个世界上不容易，苏丽也不容易，为了几个臭钱就把自己扒光了，还在那里扭来扭去。唉，人都不容易，当官的容易么？做生意的容易么？写东西的容易么？打工的容易么？做三陪的容易么？都不容易，活着挺难的。

因此，苏丽，你这个丫头片子，能趟过多深的水呢？现在，老哥不生你的气了，愿你在广州能淘上金，最好能抱上一个金娃娃回来。杨森在自言自语。

不倒翁

杨森每次到马敏那儿去都是醉酒以后，之所以选准她是因为她能让杨森彻底放松。“到马敏那儿去，你不需要装得像个绅士，你有力气就行。”这是杨森的感受。所以到马敏那儿去，杨森没有一点心理压力，想怎么干就怎么干，想怎么折腾她就怎么折腾她。每次他去，她都是笑眯眯的，洗得干干净净地迎接他。他一抱住她，她就开始呻唤，并且把手放进他的裤裆。

马敏是个寡妇，据杨森的体验是个性饥渴。一个女人要是性上得不到满足，对男人就有点仇视的心理，所以她的眉毛老是拧在一起，她做爱的时候是捏着拳头的，并且嘴巴也紧紧地咬在一起。对付这种女人你得像个轰炸机，把她炸舒服了，她回头来会叫你哥哥，嘴巴甜得像抹了蜜。

她喜欢杨森，并不是因为杨森有钱；她宽容杨森，也不是因为杨森有多优秀，主要的原因是杨森能带给她欢乐，短暂的催人泪下的欢乐。有时杨森想，男人的随便和玩世不恭也能转化成某种吸引力。

当然啦，杨森多少是有一点资本的，并不是一个莽汉和“白板”。只是——他掌握的学识有时会让他绝望，他内心的忧伤有时候会化成表面的放荡，这些倒获得了女人的同情心。

马敏在杨森面前多少有点自卑。女人要是长相一般，且到了一定的年龄，就失去优势了。她明白这一点，所以她放纵他，放纵他的胡言乱语，放纵他的颠三倒四。但是她在宽容的背后，隐忍着一点愤怒。

杨森知道，马敏会在适当的时候唾他一口或在他的脸上狠狠地抓一把。“尿德性，男人没一个好东西！”杨森估计她会这样骂自己，但他始终没给她这样爆发的机会。

对于马敏杨森不会用心去交，他只用身体。他心里清楚，几乎对于每一个寡妇，都是一座眼泪的仓库，要是让她们放开话匣子来讲，会讲上三天三夜，样子像一位备受摧残的老妇在对着一群弱智忆苦思甜。杨森本来就眼泪不多了，本来就心里很难受了，不愿再陪人难受。所以他跟马敏的交流基本上用的都是身体语言。

有一次马敏对杨森说："哥唉，我就喜欢你这样的男人，简简单单，干干脆脆。"事实上，杨森清楚自己既不简单也不干脆，而是不把那档子事放在心上。但是马敏喜欢，因为在那么短暂的几十分钟里，她幽闭的身体得到了最猛烈的轰炸。

做爱完毕，按照习惯马敏会颠着大屁股给杨森拿来烟灰缸，同时泡上一杯热茶让他醒酒。然后她重新跳上床来躺在他身边，用手指拨弄他。杨森有点烦，于是就拨开她的手。因为这时候他需要安静，需要恢复体力。因为杨森在感到虚无的时候，不愿意有人来打搅他。于是略感无聊的马敏就用手去拨弄床头柜上面的一只不倒翁，她用指头拨一下，那腆着肚子满脸憨笑的不倒翁就哈哈哈地大笑，笑得前仰后合，笑得颠三倒四。

其实，一运动酒就醒了大半，但杨森还是躺在床上装出一副醉态。他不想说话，静静地听着不倒翁哈哈大笑，不知道他笑什么。

他拍拍马敏的屁股，示意她不要再动那老家伙，免得笑得人心慌。烟瘾过足了，杨森开始抚摸马敏的乳房，那是他唯一感兴趣的地方，白白嫩嫩的，瓷瓷实实的。丑女人倒有一对好看的乳房，那是上帝的恩惠。两只粉红色的乳头尖尖的，周围有一圈褐色的乳晕，你简直觉得它们像两颗小太阳升起在圆圆的山顶之上。杨森拨弄着两只乳头觉得它们像两只脾气倔强的小兽，并不怎么容易就范。于是，他就琢磨用一根绳子把这两只小家伙拴起来，拉到街上去展览。

玩可以，怎么玩都可以，关键是你得用有一种赞叹或爱怜的心态，要是你流露出一点不恭，马敏绝对会生气，往你脸上吐一口是有可能的。丑女人都很敏感，所以杨森的放纵是有尺度的。

杨森见马敏的第一次是在他的办公室，马敏来送稿，嘴巴咬着，几乎是瞪着眼睛瞧着他。她心里清楚编辑对于文学爱好者来说都是老爷，她大约是作好了某种受鄙视的心理准备的。所以看见她这个样子,杨森就变得比较客气了,杨森这人见不得过于谦卑。他把她的稿子庄重地放在桌子上,跟她说了几句话,然后很客气地送走了她。

过了一段时间,杨森看了马敏的文章,还不错。文章主要写了一对孤寡母女的某种状态和心理,某种忧伤的情调多少打动了他。他想,现代人生存都不容易,更何况是一个寡妇。于是杨森给马敏打了个电话,决定留用这篇稿子。果然,她很激动,介绍了自己的一些情况,最后告诉他说她离婚了。说这干什么?无非是提供给他某种信息,这意思他懂。杨森本来就不是个正人君子,有时也是个见缝插针的主儿。

这中间马敏让杨森到她家去做客,杨森一听还有客人作陪就没有去。他没有那个闲心,再说,他要的东西很直接,行动也是直奔主题。

过了几天,杨森去看马敏,借口是送她几本书。她独居的房间还算整洁,就是房子旧了,卫生间的管道都是又粗又笨的铸铁管道。

他们坐下来聊天,杨森发现马敏比上次见面时要秀气些,突出的部分是臀部和大腿,给人某种厚实的感觉。谈话没多少意思,直接上床又缺乏铺垫。于是杨森说,我困了能在你这儿休息会儿么?正是中午。

行行行,马敏说,并急忙走进卧室去整理床铺。杨森跟着她走进卧室,看见她撅着屁股,样子多少有点夸张。他脱掉外套就躺在床上面。马敏看他躺下来,微笑着,像个心地善良的大婶,还把被子给他盖好。她弯下腰扯动被角的时候,杨森看见了她睡衣里的乳房。乳房在召唤,它们像一对调皮的小狗不停地对着他眨巴眼睛。

他妈的他能忍住么,心里一痒,手就伸出去了。杨森顺势揽过她,发现她一脸的严肃,但他清楚这拘谨是女性面对男性的本能,没有多少抵抗力。他把她放倒在床上,她长长地出了一口气,像是刚刚跟人淘过气。

马敏像一堆干柴一见火就轰一声燃烧起来,样子不管不顾很是疯狂,她希望他也能疯狂起来,但他的激情是有限的,就那么回事。由于动作太大,杨森不小心把那床头柜上面的不倒翁动了一下,老家伙哈哈哈地笑起来。

杨森心里清楚,他和马敏的关系发展不到哪里去。要是没有心灵的交流光性爱有什么意思呢,所以马敏一黏糊,他就打马虎眼,他担心她动真情。一动真情就不得了,那时你想脱身就难了。

后来，杨森觉得彼此都能放得下了，他就把马敏让给了他的另一个朋友老B。这件事他做得挺卑鄙的，但没想到却正中马敏的下怀。过去她也说过这样的话："我要是嫁人不能嫁给你这样的男人。"杨森明知故问："为什么？"她说："没有安全感，其次是你这人心花。"杨森点了点头，表示首肯。他说："你看得挺准的，我就这么个人。"其实杨森心里清楚他不是这么个人，他心里清楚。

时间不长老B就带着马敏上酒场了。老B带女人不避人，也不怕他老婆整。乡下女人大多怕男人，尤其男人一有钱，哄都来不及，不休了她还算是有良心的男人。看见他俩亲亲热热的样子，杨森多少觉得别扭。马敏当着杨森的面给老B夹菜，还拿餐巾纸擦他头上的汗，根本不识杨森的存在。

杨森清楚老B给了她什么？老B出手大方，还有一副好身板，是典型的劳苦大众的身板，拳头攥起来能捶死一头牛。

老B在郊区开一个屠宰加工厂，人模狗样的。以前还老实，现在越来越精了，都知道与港商谈生意了，出入都是桑塔纳。有桑塔纳就不错了，年轻时他骑自行车贩皮子，臭烘烘的，打老远城里人就躲他，怕惹上腥膻味。现在他身上洒香水，胳膊窝里夹一个小包包。其实他人本分，倒比有文化的人喜欢文化人。杨森是在一个酒场上认识他的。他见杨森比他还单纯，说话还实在，就成了无话不谈的朋友。以前，老B每周都来城里放纵一下，一喝完酒就往歌厅跑，后来就不去了。他说现在有本事的男人都搞职业妇女，他也想这么来一下子，发展个有档次的情人。有一次他把这想法告诉了杨森，他说："杨头，你手里的货多，要是用不完给老弟介绍一个。"杨森说："行，能不能拴住人家那就看你娃的本事了。""嘿嘿！保证玩转。"他说。杨森说："黑老弟，光靠钱不行，还得有其他本事。""嘿嘿，我就知道钱最硬朗，只要肯花钱没有玩不转的女人。"老B说得也有道理。杨森在等机会，机会是马敏提供的。

那天杨森性无能，马敏的兴致又高，杨森就开玩笑说："看你个疯婆娘，不整死我不行，要不我给你找一个？""行啊，"她说。"就现在？"他问她。"行啊！"她睁着眼睛，看样子是真的，于是杨森就给老B打了个电话。

杨森说："老B，想找女朋友么？是职业妇女，很有档次的。"马敏在他背上掐。老B不傻，"尿！哄谁呢？"他说，嘴里还嚼着东西，估计在喝酒，里面乱哄哄的。"真的，"杨森说，"我现在就跟她在一起。人挺好的，还是个文化人。"能听出来，老B在认真地听着。"你不是喜欢文化人么，让她日后教你文化！"

杨森开导他。“混屌！老杨头，你不要耍我，糟蹋乡下人会遭罪的。”他说。“去你大大的个头，来不来！”杨森说，他假装生气了。“你要不哄我我就来。”老B说。杨森听见老B在使劲地咽吐沫，他一见漂亮女人就那怂样，喉结一跳一跳的。杨森说：“我什么时候哄过你来？快来吧，你要不来我就领走了。”“来来来。”老B说，“我这就过去。”

时间不长，老B就来了，他站在马路上给杨森打电话，嗓音很大，杨森他俩待在楼上都能听到。他和马敏下楼去接他，马敏还跑进洗手间收拾了一下，“这个骚货！”

杨森在马路上把老B介绍给马敏，没必要说多少话，光有那辆桑塔纳就够了。老B搓着手笑呵呵地瞧着马敏，而马敏呢，一双小眼睛在老B的身上来来回回地搜索。杨森说：“行了，不要站在大街上调情了，进屋去谈吧。我走了，马敏，他可是个老实人，你要真心对待。”马敏笑了。老B要去商店买东西，被马敏拦住了。马敏说：“干啥呢？朋友之间还客气什么。”听，已经是朋友了，开溜吧，杨森看见马敏带着老B上了楼。

“整去吧，老B，整去吧马敏，人生难得几回醉，春宵一夜值千金。”

“妈妈的个X。”他们一走，就把杨森晾在大街上了。这算什么？好歹也是个知冷知热的女人嘛，一挥手就让给别人了。杨森心里有点窝火，“这狗日的，趁我糊涂插一杠子。”不过，杨森看见老B离开时给他挤了挤眼。“狗日的老B！明天非让他放放血不可。”

杨森迷迷糊糊地往家走，一路上，冷风吹动了碎纸片，还有提前凋谢的树叶，他第一次觉得自己挺悲凉的。

蝴蝶标本

鸽子宿舍的墙上挂着一副蝴蝶标本，是装在玻璃框子里的，有几十只，都是色彩不一的大彩蝶。她为什么喜欢蝴蝶呢，杨森没问过，也许是有蝴蝶般的梦想吧，他这样想。鸽子小时候肯定是个爱抓蝴蝶的乡下小姑娘，成天甩着破布衫和一群半大小子在田间地头疯玩。长大了还喜欢玩，浪漫的气质就是小时候培养的。上大学那会儿，她有过一次生死恋，动了真感情，湖边的月亮下都宣了誓，结果你死我活地把啥都交给对方了。后来为一些小事情争吵，结果就草率地分手了，就这么简单。有一回，鸽子说，那时她疯得很，成天提个啤酒瓶，不是喝酒就是写诗，连老师都没办法。痛苦出诗人嘛，她把啥都想开了，随后就毕业了。然后就在物欲横流的世界上闯荡，所向披靡。“拿下！”她说，她一路喊着“拿下！”，然后就真的把那些把握自己命运之门的老色鬼们一个一个地拿下了。

当杨森和鸽子认识时，她已经很成熟了，没有她拿不下的事情，没有她拿不下的人。可是一个清纯的乡下姑娘，等到在城市拼下一块地盘，人也就变得沧桑了。鸽子内心有孤独，有说不出的伤心事。于是，她就写诗。于是，在某一天，她心血来潮，就把纷纷扬扬的蝴蝶制成了标本，挂在墙上了。标本的旁边挂一支长笛，这是她家居生活的创意和情调所在。

在夜深人静的时候，杨森不敢看她的蝴蝶标本，风干的蝴蝶背部都用一根针固定在橡胶板上，翅膀伸得开开的，仿佛刚刚停止了飞翔，落在那上面。那支长笛永远不响，安静得像一个哑巴。事物往往是内心的反映，这丫头的内心几乎是一个谜。杨森跟她好了这么久，也不能完全洞悉她的内心。

他们的相识很浪漫，鸽子先是送给杨森一本杜拉斯的《情人》，杨森就觉得有戏了。她很有文采,诗写得很棒,杨森在自己的刊物上连续发了几次。她很感激就请他吃饭了,杨森去了,是在一家颇有档次的西餐厅,里面很安静,客人看起来都有档次,不大声喧哗,也不允许猜拳行令,适合于情人幽会。鸽子看起来不错,披肩发,斜挎着小包,穿着随随便便的。吃饭都在其次,他们聊了许多话题,主要都是文学上的。在谈话的当儿,杨森下意识地在琢磨:什么时候能把她搞到手。但凭感觉这丫头很贼,不好下手,得慢慢来。饭后,杨森送她回家,到小区门口时,她就停住了,她说:"杨老师你回吧,我到了,没事的。"杨森本想送她到家,要是她真请他到自己的房间里坐坐,事情就有可能。可是,鸽子开始拒绝了。这样也好,否则杨森会下意识地小看她。他们握握手说再见,挺客气的。但杨森注意到这丫头的眼睛里有什么东西在闪,那是信号。

他们的交流是从短信开始的。先是温馨的祝福,直到再后来的抒情和挑逗,一套程序下来,接近一年。当然这中间杨森也为她做了一些工作,事实上也就是把她往文坛上推了推,她多少有些名气了,在区外的一些大刊上也开始发表作品了。

年终时,他们共同参加了一个文艺晚会,都喝多了,杨森就送她回宿舍。到小区门口时,她看了看他,想拒绝。杨森说:"送你进门我就走,不要像防贼一样防我嘛,我能吃了你不成?"

一进门就由不得她了,一对男女只要单独待上五分钟就出事。杨森把她放在床上,给她脱衣服,给她倒水,还拿热毛巾给她擦脸。然后坐在她跟前,抚摸她的头发,还拿起她的手端详她的手指。她没有拒绝,眯着眼睛在寻找某种感觉。

手指最灵敏,是男女交流的触角,摸着摸着两只手指就缠在一起了。她在用劲,胸部一起一落的。当杨森强行脱光她的衣服时,她就拉过被子把自己裹起来,拉拉扯扯得很费劲,但还是把事情办了。她哭了,把身子亮在那儿也不避他了。杨森挺无措的,多少也有一点内疚。过了一会儿,鸽子就平静了,她用胳膊搂住杨森的脖子说:"你真坏!那么粗鲁让人家好疼。""男人不坏女人不爱嘛。"他说,亲亲她,然后翻过身抱住她。她的皮肤很光滑,人也长得瓷实,要想让她舒服了就得下点力气。但是,她总是哭哭啼啼的,不怎么配合,让杨森欲罢不能。杨森心里清楚她多少有点装,但他还得哄她,挺费事的,后场的事难收拾。但没办法,你得面对事实,起码要为这一刻负责。

完事后,杨森就躺下来抽烟,觉得挺无聊的。鸽子也抽,她抽摩尔,一种细棒子的长把子烟。杨森喜欢女人抽烟,看起来有那么一种落寞的放荡气息。

事实上鸽子挺成熟的,内心却很荒凉,心态比成年人还老,她的网名就叫陈老太。吓人！一个姑娘家就敢叫自己陈老太,可见她是个万事看得开的女孩。

她浪漫起来很疯,现实起来很老到。不该说的她不说,该说的她说得很好。不光这样,她在处理事情上,尤其是待人接物上,滴水不漏。重要的是她特别能迎合上级,小小年纪就干到了一家大公司的办公室主任。没有两把牙刷子,是不会干到这一位置的。她很具有公关的能力,也善于运用自己的实力。一个现代女孩要是能舍得一身剐,肯定能把皇帝拉下马。

"拿下！一个一个地拿下。"她对自己还是挺有把握的。在一个男性为主的社会里,她很会使用自己的优势。她要是有了自己的目标,大概没有拿不下的。她的勇气就像是指挥一个军团作战:把手里的小旗一挥说,拿下！妈的,没有她拿不下的。说实话,杨森真为这姑娘骄傲,她为进城的广大农民子弟争了一口气。玩爬下的人不在少数,为她哭鼻子抹眼泪的不在少数。要为她买车的,买房子的也不在少数,可她一律不放在眼里。她对杨森说,我的目标是公司副总,三五年的事。前景的确很好,这里面也有杨森的一份功劳。

杨森发现这姑娘是个可造之才,于是就自愿当起了她的狗头军师,上次见面,又说起了这个问题,杨森就认真给她分析了一下。按说,这姑娘也不小了,差两岁都三十了,也许是过于放纵的缘故,她的脸色灰灰的,腰也有些垮,大腿也撇开来,走起路来显得不紧攒了。

那天做过爱后,他们就坐下来认真分析她今后的发展形势。她的意思想进杨森所在的单位,杨森说,进可以,凭你目前的创作情况,算是区内优秀的,但关键是两个人的工作你得能做通。"拿下！"她说,她显得很有信心。"我一个一个地拿下！要钱要人都行。"她说这话不怕伤他的自尊心。

接下来,杨森对她具体分析了两位上级的喜好和个性特点。她听得十分仔细,最后她说:"好办,文化界的领导相对清廉,运作起来不难,三锤两棒子的事。拿下！"她说,手一挥,像个女将军。咳,你还不要说,这丫头片子,要是生在上世纪三四十年代,说不上就是个女将军。她的个性里有英雄情节,有目空一切的气势。目前,她还没受过重创,一副初生牛犊不怕虎的架势,根据这一点杨森劝她:"你要学会内敛,在社会上混要注意收敛锋芒,要含而不露你懂么？"她说:"对对对,我这人倔,一般跟同事有点紧张,跟上级倒还能合得来。”杨森说:“跟领导搞好关系是关键,跟群众搞好关系是基础,二者同样重要。”他停了停,看这丫头还听得蛮认真就继续开导她:“首先要学会尊重人、欣赏人,但不能一味地相信人,‘他人即地狱’,这是萨特说的。”她点了头。杨森说:“你到文化单位来不好,半死不活的,没有你所在的房产公司好。你在那儿发展潜力大,待遇也好。有许多优秀的诗人和画家都曾从事文化圈以外的工作,但并不影响他们日后成为大家。”杨森知道,凡是爱好创作的人,几乎多多少少地都有点逸世情怀,以为放逐山水,行吟江湖才是人生的最高境界。其实不然,他说:“鸽子,业余搞搞文学创作挺好的,时间紧了反倒能写出优秀之作,生活之轻有时比生活之重更让人绝望。”她点了点头。

她抽着摩尔,歪着头听他演讲,把腿搭在床沿上。杨森忍不住把手放在她的大腿上,她的眼角就吊起来,那里升起一股雾。“说话说话,”她说,“你比我老师讲得好听多了。”“何止是老师,这是人生哲理,是我用几十年的头破血流总结出来的。”杨森说。她点了点头。杨森说:“你要力图发展,有一个问题要解决。”她说:“婚姻?”她很聪明。杨森说:“你必须赶快结婚,你要是不结婚,永远是个黄毛丫头,没人重用你,会觉得你不成熟。”“太有道理了,”她说,然后跳起来,叉开腿骑在杨森的腿上,搂住他的脖子啃他。杨森把手放在她的屁股下面使使劲,她就哼叽起来。

事实上这丫头是个性冷淡,一开始她并不看重杨森,主要是她没能尝到甜头。一般杨森都是匆匆来,搞一下就离开,没给她留下多少念想。她很厚实,脱光衣服后像一只海豚,怎么穿都穿不透。

有一次杨森精神状态很好,他说:“丫头,这一次我们来一个绿色长旅,让我们慢慢来,就假设我们共同划一条小船穿过一条隧道。但你得学会配合,否则我有天大的本事,你也到不了高潮。”事实上他怀疑这丫头没高潮,她只是把性爱当作游戏。这一次她听话了,乖乖地躺在床上,用毛巾盖住了脸。

这一次,本能被调动起来了,鸽子像开动起来的拖拉机吼叫着前进!恍惚中杨森看到鸽子墙上的蝴蝶纷纷起飞,那管长笛也跟着吹起来了。声音来自于遥远的地平线,那里有清澈无比的河流,有一望无际的开着油菜花的田野。

事后,鸽子哭了,这次是真哭,她说:“哥唉,你让我做了一回女人。”

白　云

“我就是一朵白云，一朵永远飞翔的白云。”王娜一边揉搓着杨森的手指一边这样回忆，口气像个单纯的女中学生。性爱过后讲讲甜美的事情，也是享受。人们总喜欢把自己美好的一面留给对方，此刻的王娜也是这样的。她盯着对面墙上的一幅画，嘴里说：“我是个典型的乡村姑娘，小时候就喜欢在河边玩，在田间地头到处有我的身影。”她说，“我渴望飞翔，像一朵白云那样自由自在地飞翔……”那是有关乡村的梦，这梦带着她飞了近三十年，因此她在某种程度上还没有完全成熟。

王娜是在农村长大的，但要是她不主动告诉你，你不会想到这一点，因为她已经城市化了，乡村的气息在她的身上所剩无几。因此当她说她是白云的时候，杨森好歹把她和白云联系不起来。后来他们见面的机会多了，她老说这一句：我是一朵白云。白云呀，白云！听起来充满诗意。可是除了性爱，你在她身上几乎发现不了诗意。后来，杨森去了她的居所，在她的床头上面看见了一幅画技不怎么高明的画，画面上一个扎两条羊角辫的女孩在空中飞，手指伸向前方，周围是象征性的几朵云彩的线条。飞翔的女孩穿花布衫，绿裤裤，光脚板穿一双圆口布鞋，那是典型的上世纪七八十年代的乡村小姑娘的打扮。只是画得很潦草，要不是画家随意所为，就只能说明他是一个没有想象力的、技法拙劣的三流画家。可为什么王娜要刻意把这张画张贴在床头上方呢？只能说明他们的关系曾经不一般。也许他们在床上一边欣赏墙壁上的杰作一边重叠在一起，这样的可能性不是没有。王娜曾经给杨森讲过这位画家。关于这位画家，杨森以前就认识，就是不怎么注意，后来知道这档子事了就开始留意了。画家人长得还不错，鼻梁很高，眼窝深陷，有点像个阿拉伯人，只是头秃顶了，看上去感觉不怎么好，是个典型的官宦子弟，身上有那么一点玩世不恭，有那么一点不把人放在眼里的意思。杨森想不通，王娜跟这么一个胖胖的秃顶男人睡在一起是个啥感觉？

当王娜给杨森描述自己的童年时，那还是他们的第一次，是在一家宾馆的单人床上。在她的描述中，一朵白云始终在杨森的脑海里轻轻飘动。杨森也有乡村情怀，讲起田野和白云来，总能勾起他诸多的回忆。一次成功的性爱之后，男女双方免不了要谈一些各自的梦想和追求，性爱总是和梦想相连。因此，他们是幸福的，那一时刻世界也是温暖的，一些乱七八糟的事情都离他们远去了。

杨森觉得在他四十多年后的今天，还能认识这么一位美女，并且毫无顾忌地享受她青春的美妙，也算是自己三生有幸了。“去他妈的理想，去他妈的道德准则，我不要那些，我心里清楚那些都是假的，我只要此刻能拥紧王娜的身体，世界我都不要了。”杨森这样想，似乎带着某种报复的心理。的确，王娜的身体能让他飞起来，像一朵白云那样晃晃悠悠地飞。

宾馆的单人床不宽，但对于他俩却足够宽敞了。他们赤身裸体，交股而卧，几乎一晚上都没睡，一有精力就折腾。开垦一个人不比开垦一块荒地简单，除了力气更重要的是唤起身体中逐渐熄灭的激情。王娜是一把火，能把一个无动于衷的慢慢长夜变成激情燃烧的岁月。在她的激发下，杨森把潜在的激情都用上了，可一会儿新鲜感就又上来了。真是要命，遇上魔鬼般的身材你试试看，不把你整趴下了才怪。

这是他们的第一次，从聊天到上床，在一个晚上就完成了。你说生命是在延长还是在缩短呢？当然啦，他们并不是完全的陌生，以前都知道对方，只是没见过面而已。先是交流，接下来是性爱，到了最后才是了解。虽说程序颠倒了，但了解是必需的，然而过多的知道一个人的秘密也是包袱。可是你不想听都不行，王娜除过做爱，剩下的时间基本上都是她一个人在絮叨。由此杨森判断她是孤独的，你想想看，一个单身女人，整天面对着一群光着膀子流汗的工人，晚上再独守空房，这对于一个有点文化修养，人又长得漂亮的年轻女人不就是无形的摧残嘛。所以她爱好写作杨森是理解的，她强烈的表达欲望杨森也是理解的，她永不满足的性爱杨森还是能够理解的。

王娜是结过婚的，就是说她有自己合法的丈夫，但那都是名分上的，现在两个人都不愿意使用对方的身体，却都给对方自由和空间。在这方面，他们都是在暗地里较劲，看谁找得多，生怕自己吃亏了。王娜最受不了的是丈夫找的那个三流女演员，据她讲，那家伙的一对乳房挺吓人，上面能坐一个人，为此王娜常常自卑自己的乳房小。杨森说行了，要那么大干嘛，又不是去奶牛。王娜还讲自己的丈夫是个性无能，三下五除二就抽筋了，挺悲凉的。所以她在性上永远不能满足，这也就成了她离开丈夫的原因之一。嘿嘿！听到这杨森偷着乐！

人的欲望都在脸上写着，从王娜一踏进宾馆的房门杨森就觉得有戏了，她能在晚上拜访一个人，且打扮得漂漂亮亮的，说明她是有心理准备的。当然啦，要在一个晚上完成从交流到上床这个程序是有难度的。你得克服心理上的障碍，还得有一些手段，以最快的方式击中对方，不留给她犹豫的余地。当然这中间也是有波折的。有想法还不能说明你就能办成事，身体之间要是相互排斥也是没办法的事，在这方面杨森作了一些努力，一方面去吸引对方，另一方面还得去说服自己。因为从见到她的一瞬间开始，他感到了一点本能的拒斥。幸亏她长得漂亮，又在这样一个暧昧的环境中，否则事情成不了，这是一个不怎么说得清的问题。

他们聊过了前半夜，到了后半夜时，一味地谈话就显得寡淡了，某种暧昧的气息四处流荡。这会儿，你要是还不进入实质性的阶段，她会怀疑你是个性无能，要不就是个窝囊废，跟丈夫一路货。杨森注意到有几次，王娜都往床上瞧，也许她是在琢磨，下一步该怎么办？一个母鸡要下蛋的时候就那样。也许她是在权衡是留下呢，还是离开？要是就这么离开，就把杨森晾下了。她明白这一点。事后回忆起当初的这一刻，王娜笑着说："那天你对我特殷勤，意思明明白白地写在脸上。可是到了下半夜，我就琢磨是这么离开呢还是留下来？"最后她还是留下了。当时她多少有点难为情，当杨森搂住她时，她说："不好意思，这样不好，也许太快了。"杨森说："爱情从来都是电光一闪，不是农民种粮食，春天播种，秋天才收获。"她变得安静了。当他抚摸她枕头上的发丝，抚摸她的脸颊时，她轻轻合上了眼睛，她合上眼睛的样子安静得像个婴儿。对于如此姣美的身体，活儿要做得精细些，并且要充满温情，他是这么做的。

在他的安抚下，王娜渐渐地放松了，并不断地调整着身子。她有十分灵敏的身体语言，不像有的女人平时很聪明，一到床上就变得傻乎乎的，你得不停地示意她翻过来，爬过去。王娜几乎是为性爱而生的，在这方面不仅有激情，也有天生的禀赋。她无师自通，游刃有余，几乎她的身体就是一把琴，一弹就响。

人的一生不知能度过多少个夜晚，但能让你记住的夜晚并不多，杨森记住了这个夜晚。快乐，单纯的快乐让他终生难忘。

那天晚上，宾馆所在的K城离王娜的住所尚有几十公里的路程。晚上她是打的来的。这么晚了再让她打的回去，杨森不放心。总之他得为她负责，她上班的那个工厂，工人是野出名的，要是有个酒鬼把她按在路边的树林里给强奸了，他就不好交代了。

夜一静，那想法就上来了。跟一个美女独处一室，要不起性你就是唐僧。偶然间瞧一眼她，那想法就变成了光点在闪，并迅速占领了大脑。这机会在一个人的一生能有几次呢？机不可失，失不再来。杨森明白这个道理。看见她坐立不安的样子，他明白了她的心思。这个时候要是再不说话，就是要她走了。于是杨森说："王娜，天这么晚了，你留在这儿算了，要不我给你再登记一间房子？"他在试探她，她没吭声。他接着说："放心吧，我从不强人所难。"这倒是真心话。"要不咋俩睡这儿算了。"他说，"你一个床，我一个床，也算是一次体验嘛。我就不信，男女独处一室就非得出事不可？"她像是同意了，站起身来，脱下了大衣。杨森接着说："我又不是强奸犯，不用怕，你放心地睡。"她看着他，点了点头，但多少有点恐惧，但这是本能。

陌生感还没有完全消失，他妈的，半晚上全谈的是文学，除此而外拐弯抹角、恭维她的话说了一大筐，而挑逗的话几乎没说出口。现在要下手，觉得还为时尚早。

这里要交代一下，杨森以前发过她的一篇稿子，不过那是由一个部队的师级参谋长拿来的。那参谋长是个直性子，说话很直接：这女人跟我好了很多年了，没办法，你给发发吧。杨森知道他是个单身汉，四十多岁的人了，身体又那么壮实，没个女人松弛一下不行。杨森这人也是个直爽人，你要讲真话他就能理解。但稿子一般，杨森花了一点力气，给收拾了一下才发了。本来杨森是想找个机会跟她谈谈的，但一直没有这个机会。他原想她不过是一个三十多岁的破罐子破摔的菜帮子，否则不会看上那个退役的丁参谋长的。结果一见面却让他吃了一惊。她简直是长在山沟里的一只凤凰，狗日的丁参谋长，这是吃独食呢。后来说起这一点，王娜对杨森说，丁参谋长从不让我去拜访你们，他说，文艺界的那帮子都是老色鬼，他们不会轻易放过你的。她就信了。这下杨森才知道那家伙的用意，他是想吃独食，心够黑的。

王娜一进门就带来了一道风景。她很自信，甩着披肩发，扭着屁股蛋走路，一下一下地都踩在你的心坎上。一开始他还有点拘谨，漂亮的女人都有点威慑力。他观察她，发现她不仅人长得好，身材也好，尽管个子不高，但身上圆滚滚的，是那种小巧玲珑的美人，很能激起人的欲望。她穿一身紧身的黑衣服，当把大衣的带子解开时，胸部就突出来了。她是个圆脸盘，长一对圆圆的杏仁眼，嘴巴小小的，嘴唇微微上翘，薄厚适中，从性爱的角度讲长得很到位。只是她的身上有一股子霸气，有意无意之间，一双杏仁眼就睁得圆圆的，那样子随时都要扑上来跟你闹一场。由于是冬天，她穿着高腰子筒靴，坐在杨森对面的圈椅里，一副跟他谈判的架势。这女人了不得，幸亏蜗居在偏僻的小镇，要是在省城，说不定会整出什么名堂来，这种判断不久就得到了他的证实。在认识她不久，省里有一个文学会，杨森请她来参加，让她见见名人，结果她就在酒桌上认识了一家刊物的主编。时间不长就进入了高潮，渐渐地就把他这个引路人和最初的情人丢在脑后了。

王娜对杨森是三心二意的，她的心思不在他身上。发生那么一档子事，也算是对他的恩赐。有一次她说："你不要以为我的身子是随便给人睡的，我是有选择的。"话说得这么具体，杨森就有点不好意思了。他琢磨：我得为她做点什么，否则拴不住她。他说："那你跟我这样图个啥呢？"她说："图你有学识，你是我至今为止见过的最有水平的人，起码你也是个副教授嘛。"杨森笑了，副教授在这儿受到了重视，事实上他清楚她是希望自己在文学上能给予她帮助。这女人，爱文学不假，因为按她的话说，是文学给了她尊严。真没想到，杨森也变得严肃起来。他想，"日后，我对她可真是要担当起一个老师加情人的角色了。"

但是他不能说她是爱他的，她看他的眼神就有些飘。尽管情爱当中她说了许多山誓海盟的话，但毕竟是在情爱当中说的，能当真吗？最初几次的新鲜劲一过，她就对杨森冷淡了。

杨森时常想起她屋子里的一张照片，是她自己的艺术照，跟明星照一样大。照片上她穿一身泳装，勾腰坐在哪里，露出胸部，两腿叉开来，腿裆中间放着一只球。她用一只手扶着，另一只手放在腮帮上，做沉思状。每回到她的房间，他就偷偷地注视这张相片，觉得挺有意思的。

这女人很实在，把男女间的那档子事看得很开，该出手时就出手，毫不拖泥带水，做事干干脆脆。“拿下！”她用的也是这个词，看来有资本的女人都喜欢把男人拿下。

那天晚上，杨森因公事住在K城，跟当地的一位文学朋友聊天，自然就提起了王娜。由于关系好，他和这位朋友说话从不设防。杨森问他：“那家伙长得怎么样，容易上手么？”“好呢，”他说，“我估计能行。”“我还以为她是个老菜帮子呢。”杨森说。于是就给她打了个电话。王娜一听是杨森，就有些激动，一位省城的大编辑，名气多少也是有点的。没聊上几句她就忙着介绍自己的情况，她还特别强调说，我今年才三十岁。什么意思？当时他反应挺快的。他说：“那我去看你？”她沉吟了一下说：“这样吧，还是我来看你。”他说：“那你晚上住在这边算了，有房子。”她说：“好啊，你等我。”就这么干脆，三锤两棒子事情就这么敲定了。

他们大约等了有一个多小时，杨森对身边的朋友说：“怕是不来了吧？”“不会的，她肯定在收拾自己，洗一个澡是肯定的了。”这位朋友了解她，脸上是一脸神秘的微笑。

“㞞！你傻笑什么？”杨森说。“没有哥，你今晚肯定有好事。嘿嘿！”他想离开，被杨森拉住了，杨森说：“不，等她来时你再离开。”

……

一切都铺垫好了，她脱了衣服睡在对面的床上，跟杨森聊天。她穿着红色的紧身内衣，在被角下面露出一部分。有一会儿他注意到，她翻起身把披在枕头上的长发捋捋顺。杨森在对面的床上躺着，“他妈的要是真这么躺一晚上有什么意思呢。”但是下手还不到时机，接下来还得靠嘴头子。杨森心想，“我要顺着她感兴趣的话头说”，于是他给她谈了一大堆名人名作，镇得她一愣一愣的，不过他也算是拿出了浑身解数。杨森心里清楚，作为一个四十多岁的男人，身体本身已经没有多大吸引力了，关键时刻靠的还是金钱和智慧。

她动心了,觉得真是遇上了名人。她突然从床上弹起来说:“亲爱的,我这会儿爱上你了。”她鼻尖上闪着光,她说:“你过来嘛。”于是杨森就跳过床去抱住她,在他的怀里,她小得像一只兔子。但她分明火热得像一块燃烧的海绵。

性爱是纽带,自从这晚之后,他们变得难舍难分。杨森有时冷静下来一想,他跟王娜之间,不会达到心灵的呼应,他们相互间的吸引纯粹是肉体上的,是性本身的吸引。

杨森和王娜交往了这么久,最让他难忘的是在一个大雪天,他去看她。她的房子里很温暖,也很洁净,她收拾得漂漂亮亮的在房子里等他。她穿着睡衣,刚洗过的头发用一条红色的发卡卡着。她的样子朴朴实实的,像一个温柔的农家妇女。杨森一把抱住她,亲她,然后把她放倒在床上。

过后,她抱住杨森说:“亲爱的,你是世界上最厉害的男人。我越来越离不开你了,真的。”杨森点了点头,他知道,这一时刻她是真实的,不过她说的话你可不能当真。

她还年轻,她知道她还有许多机会。她不会轻易放过的,她不会为了一个人终守一生,这是她说过的话。按她的意思她一直在寻找爱情,可结果是,找到一个丢掉一个,找到一个再丢掉一个。事实上她不是在寻找爱情,而是在寻找性伙伴,寻找刺激。她像一朵白云老在飞,你不要妄想抓住她,守住她。可无论如何,此刻,当杨森抱住她的时候,或者进入到身体里面的时候她是温暖的也是真实的,白云正在转化成一个人,或者一个人正在化成白云。

窗户外面,雪越下越大,接近春天的雪花带着充足的水分,像湿润的白色花瓣降落在大地上。世界安静下来了,世界把眼睛闭上了。

老家人物

饼　剩

饼剩是个命苦娃娃，他妈死的时候还不到三岁。那天他趴在他妈的腿上号，嘴巴咧开来，鼻子眼睛就嘬成一疙瘩。他一边号一边用手指掐他妈的腿，她妈的腿肿得亮煦煦的，一掐就陷下去一个坑，老半天涨不起来。他妈得的是水肿病，睡了三个月炕，到了了还是一蹬腿就走了。

他妈走得很难肠，不忍心看儿子在身边抓挠，就把头转过去对着墙。不多一会儿，她牙根硬了，说不出话了，只是伸出手在空中乱抓抓。抓着抓着，身子一挺就过去了，像一根绳子“嘣”一声断了。身边的人忙扳过她的身子，把头扶正，就看见她的眼窝窝里蓄着泪。

第二天早上送殡，饼剩跟着棺材跑，边跑边号，埋的时候饼剩直往坟坑里扑，几个大人都拉不住。

饼剩这是舍不得他妈走呀。

人埋了都几天了，饼剩还是忘不掉他妈，想了就坐在村边的沟沿沿上号，一边号一边揪身边的草秧秧，用捶头砸身边的土疙瘩。

他大老远里盯着他，怕他想不开跳崖，看儿子伤心得不得了就过来哄他，哄着哄着爷儿俩就又抱住脖子号。

崖下边是葫芦河，河面有几丈宽，对面的山脚下埋着饼剩他妈。

号够了，饼剩大就拉着饼剩往回走。饼剩一回头就见在他刚坐过的地方升起一股旋旋风，旋旋风有蒲篮大，旋起来像一棵树。

他们进村了，旋旋风还在那儿旋。在崖边边上旋，旋过来旋过去。

回到家，饼剩大给儿子泡了一碗馍馍，里面放了很多的红糖。吃着吃着饼剩就开始丢盹，老子把儿子揳在枕头上。饼剩睡着了，梦里一片锣鼓声，村子里的人都在扭秧歌……

一转眼，饼剩十五了，给队里放羊。他喜欢把羊赶在他妈坟堆边的山坡上放，乏了就躺在他妈的坟堆边睡觉。

他想不清他妈现在咋样了。他想梦见他妈，老是梦不见，睡在坟堆边也梦不见。

他盯着坟堆发愣。

“妈的坟堆旧了。”他想，“妈走远了。”“妈真的不管我了。”

饼剩心里有一眼空井，什么东西都填不满，所以他老是提不起精神。他还喜欢坐在山顶顶上往远处看，远处的山顶上正在拉雾，几只鸽鹘悠悠地飞，轻得像纸片。

一年又一年，时间就这么过去了。

葫芦河哗哗地流，在晚上声音很大。

二　牛

二牛是个豁豁，都快三十的人了还没个对象。豁豁就是医学上说的兔唇，上嘴唇那儿裂开个口子，说起话来也不收气，咕咕哝哝的。就这样哪个丫头还愿意嫁给二牛呢，更何况他家里还穷。

二牛心里急，他大和他妈的心里也急。

二牛妈总共生了八个子女，有三个儿子，大牛、二牛、三牛。前面是五个丫头，菊花、桂花、兰花、紫花、红花。什么花呀，照二牛爹的说法，都是些赔钱的货。老汉本指望能攒下五个丫头的彩礼钱，为后面的三个儿子说媳妇，不料到了大牛长到要媳妇的年龄，已经不剩几个了。等到把大牛的媳妇拉扯进门，基本上把家底刮干净了。

二牛一看没指望了，他思谋，要靠爹妈跟自己说媳妇，怕是有这个心，没这个力气了。爹妈都老了，活着也只是个空架架子了。

事情就是这样，越得不到的东西，越妄想。这不，二牛就老是想媳妇，凡是听到村里别的小伙子娶媳妇，心里就难受得不得了。晚上，他想的都是新郎和新娘如何如何睡觉的样子，想着想着身子就热一阵冷一阵地抖起来。

先前二牛还偷偷地听大牛两口子的床，他哥大牛天一黑就和媳妇上炕睡觉了。其实也不睡，就是在炕上胡整，听起来呼隆气喘的。嫂子还咯咯地笑，像是被咯痒了。二尿货！二牛在心里骂嫂子，不过骂是骂，二牛还是喜欢听到她的声音。他能一直听下去，听上半夜也不乏。有时候他听老鼠打架就这样，能听半天。他想不明白做那事到底有多么美。到了后半夜就听见大牛的房门吱扭响一声，大牛咳嗽一声，走出来，进了二牛睡的火房，揭开缸盖，舀上半马勺凉水就咕隆咕隆地灌下嗓子眼。

二牛猛冷不丁地说，哥，干那事是不是沆（渴）得很？睡尿你的觉！大牛说。大牛没想到二牛这么晚了还睡不着。他接着说，干体力活，哪个不沆？是体力活你咋还干个不消停？二牛说。大牛扑哧一声笑了。体力活跟体力活不一样撒，这个体力活干死人都爱干，大牛说。大牛和二牛相差一岁，哥俩啥话都说，对女人的事以前常交流。

大牛出去了，二牛看见大牛光着膀子。二牛就想，这是犁地呢，看这架势像是在伏天犁地呢？二牛想不明白。

一会儿，大牛的房门又在响。二牛听见是嫂子的声音，她踮着脚后跟走路，然后蹲在院子里尿尿，尿出连续的嘘嘘声。

嫂子回了房，插了门，上了炕。俩人又开始瞎折腾，嫂子嘤嘤嗡嗡地哼起来。大牛用手捂住媳妇的嘴，小声说，轻点，我的姑奶奶，轻点撒……

二牛美美地扇了自己一巴掌，心里骂自己：你真是个不争气的货！然后用被子蒙住头，想笑又想哭。就想，这家是不能再待下去了，我要出去打工！我要出去见见世面！要不这人是白活了。

他跟几个老乡来到了五百多公里外的省城，在一家建筑工地上干活，就是抱砖，筛沙子和石灰之类的活。累是累点，一天能挣个三十多块钱，他感觉知足了。

城里就是美，他把没见过的都见了。尤其是女人，他把各种各样的女人都见了。还有黄毛子，黑人。在他眼里哪个都是稀罕物，是捧在手上怕掉了，含在嘴里怕化了的东西。他和几个老乡都一样，看见女人眼睛就直了。他们一到晚上就讲黄段子，说是给二牛开开荤。有几个胆大的还往火车站跑，说那里有许多小旅馆，干一次才三十块钱。每次问二牛去不去，二牛就摇摇头。二牛不是不动心，而是觉得自己还没结婚，就这么稀里糊涂地了结这事儿，有点不对劲。

到了年底,天一冻,工程就停了。二牛总共干了八个月,挣了六千多块钱。他心里一高兴,就开始盘算,这回回去说不定就能把亲定下,照这样下去再用上一两年就能把媳妇娶进门了。

当日晚上他和两个同伴住在靠近汽车站的一家小旅馆里。半晚上,二牛被一阵熟悉的声音吵醒,听了听是隔壁房间的声音。床板咯吱咯吱地响,还夹杂着一个浪女人的叫声,哼哼叽叽得不得了。

二牛一看, 床铺紧挨的这面墙上开了个小侧窗。于是他就悄悄地站起来,趴在窗台子上往里面看。房子里暗着灯,他隐约看见两个赤身裸体的男女在床上叠在一起,正在用劲地做那事,样子跟鸡踏蛋有些像。

接着他听见那男的噢地叫了一声,身子抽了抽就不动了。过了一会儿,女人把男的从身上推下去,就下了床,她啪哒一声拉亮了开关。二牛看清了那女人的身子。咿呀——他叫了一声。女人往这边瞧了瞧,没看见什么,于是就从床底下拉出个脸盆,往里面倒了半盆子水,然后把双腿叉开骑在上面,用蒸气熏腿裆里的那一堆茅草,并不时地上下颠着皮股,跟躺在床上抽烟的男人瞎唠咕。

她说,唉,老叫驴,你给我找的对象找下了吗? 快了快了,男人说,不过,等你有了窝,我心慌了找谁去? 还找我呀! 那女的说。那还不被你男人发现了夯死,男人说。女人剜了男的一眼,又蹲了蹲,然后站起身就上了床。她骑在男人的肚子上,一边晃一边说,哥哎,我这两天手背得很,又输了几百块钱,咋办嘛? 男的说,输了我给你补上嘛。说着话,用手在女人的身上摸,摸着摸着,气就粗起来,然后一翻身把女的压在床下。女人伸手拉灭了灯。

床板又咯吱咯吱地响起来。

二牛躺下来,像丢了魂一样,傻瞪着眼,两个同伴睡得跟死猪一样。二牛觉得自己的头涨大了,脑子里乱七八糟的。他想把什么东西砸了,出出气,又忍住了。他身子开始发冷,腿裆里的老二却硬得像鞭杆,他也不知道是怎么睡着的。第二天在车上昏昏沉沉地摇了一路, 回去一躺倒就想不起来了。

二牛想一直这么睡下去。他知道他要是这么一直睡着，就能睡出事情来，他大和他妈肯定紧张，过去，一旦他心烦了，想整整他大和他妈就用这办法。

二牛不吃也不喝，就那么在炕上躺着，谁也不想理识，他妈问什么也不说。

大牛看出点明堂了，对他妈说，二牛这得的是心病。什么心病？当妈的问。想媳妇了撒，还能是什么，大牛满有把握地说。

哪咋办？他妈说。我问问看，大牛说。

大牛进了房，坐在二牛的头边，说，二牛有什么心思对哥说撒，我给你做主撒。咱大咱妈都老了，不顶事了撒，有什么话对我说撒。

二牛哇一声哭了。他抓住大牛的手说，哥，我白活了，我这一辈子算是他妈的白活了。怎么说这话呢，大牛说。是个鸡是个狗都能配个对呢，二牛说，你看我像什么，我还不如个鸡不如个狗呢……

大牛点了点头。大牛说，我知道了，一个萝卜一个坑，我就不信我兄弟说不上个女人了。大牛起身要走，被二牛抓住了。二牛说，别说了大哥，谁把女儿给我这么个豁豁。大牛不说话了。大牛明白，二牛的媳妇不好说，说个寡妇也难。

大牛说，兄弟那你先吃饭，等身体好了我们再想办法。二牛说不，我不吃咱妈做的饭。大牛急了，那你吃谁做的饭？你嫂子？不，二牛摇摇头。二牛说，我要吃蝈蝈妈做的酸汤面。

大牛一听这话，愣了愣，再看看二牛好像还装着什么心思。

蝈蝈妈是个寡妇，生蝈蝈的时候喝过二牛的尿，二牛那年十三。他的尿是被人用碗接去的。说是刚生了娃娃的女人血晕，得喝童子的尿。

二牛一直忘不掉这事，他一见蝈蝈妈就想起了这件事。这两天他睡在炕上，不是想旅馆里见的那个精沟子女人，就是想蝈蝈妈。他觉得要是蝈蝈妈脱了衣服，就跟那个女人一个样。他想他要是能把蝈蝈妈的沟子摸一下，就啥也不想了。

不知道大牛咋跟蝈蝈妈说了，到了晚上，蝈蝈妈果真来了，大牛把蝈蝈妈让进屋就出去了。

二牛听见了蝈蝈妈出气的声音，闻到了她端来的酸汤面片的香味。可是他臊得很，身子轰一声就热起来。他蒙着头。

蝈蝈妈把饭盆放在炕上，侧身坐在炕沿上。她笑了。她是个聪明女人，男人的那点心思逃不过她的眼睛。她说，二牛兄弟呀，有什么想不开的呢，先吃饭，先吃饭，吃完饭，让嫂子了去你的心病。

蝈蝈妈把话说得很轻，很知心。她往近靠了靠，揭开被角，摸了摸二牛的头，说，哟，看把我的兄弟热成啥样子了。

二牛哭了，二牛一把抓住蝈蝈妈的手说，嫂子，我，我，我是个冷怂……蝈蝈妈没躲闪。蝈蝈妈让二牛捏着自己的手，她想，二牛也怪可怜的，都快三十的了，还不知道女人是个啥滋味。

她就那么坐着，也不躲闪，在她眼里二牛就是个不懂事的傻娃娃。她任二牛在自己的身上抓挠，她听见二牛的牙床打颤颤，手哆嗦得不得了。

蝈蝈妈难受了，她说，兄弟……二牛赶忙说，唉……

二牛抓住了一件东西，他觉得天转起来了。

院子里静静的，大牛一家人都躲了，大牛讲好的价钱是二百元。

蝈蝈妈在靠近公路的地方开着一个小饭馆，她跟本村的人从不来这事，这还是第一次。

蝈蝈妈

蝈蝈妈从二牛家出来时，天黑透了，她一边走，一边扯上衣襟襟子。她的脸烧红烧红的，一直红烧到脖根那儿，即使在黑夜中她也能思谋到脸红成啥样子了。她一边走，一边想二牛，“没假，真是个稀松货，日急火燎的，啥事也干不成，给上一块肥肉也吃不到嘴里去。”

蝈蝈妈回到小饭馆，插上门，拉灯睡下了，还在想二牛，“驴鼻子塌眼的个货，给上个女人都没福享。”她把手习惯性地放在大腿上，又马上拿开来。她觉得身上到处印着二牛手上的脏印印，她想她得下去拿热毛巾把身子擦一擦。

她悄悄地下了炕，把毛巾溅湿然后在身上擦。蝈蝈睡熟了，在梦里磨着牙，咯噌咯噌的。

她擦干净身子又重新上炕睡下了。从胸部开始，她把自个儿摸了一遍。她很满意，她知道自个儿的身子就是自个儿的本钱。男人们都是馋嘴子猫，哪个闻见荤腥不想舔舔呢？

不过，二牛还是亏了，花二百块钱，结果啥事也没弄成。她想，要是大牛明儿个来给钱，她就不想要了。要是硬给，放下一百也行。寡妇拉娃娃，也是个难心事。

二牛是被自己吓的，蝈蝈妈想，当二牛把手放在她腿裆里时，哇呀叫了一声，身子就绷硬了。她还以为他岔气了？一摸，他的身下湿了一大片。

"个稀松货！"

……

夜静了。有个野鸡在叫，它拍着翅膀从她睡的屋顶飞过去了。

她听见门响，像猫用爪子抠门。她听了听笑了，她知道是得宝来了。得宝来了就学猫抠门，这是她俩定下的暗号。蝈蝈妈欠身对着窗户说，回去吧猪头，老娘今天不舒服，明天来，明天我等你。

尿！得宝说，你肯定没干好事。小声点，蝈蝈妈说，让你明天来就明天，蝈蝈没睡着。

蝈蝈妈听到得宝蹲在门口抽烟，抽完一支烟就起身走了。

她想，男人到底想图个啥呢？深更半夜的，连个家都不想回。

第二天下午，得宝又来了，骑着摩托车，后座上捎着一只羊。他熄了火，把羊提进来放在桌子上，然后坐下来点上烟。得宝大大咧咧的，是个工头。男人手里一有两个钱就这怂样。蝈蝈妈笑了，她看上的就是得宝的这个样儿，当然还有他手里的钱和东西。蝈蝈妈走到他跟前，用膝盖顶他，一下一下地顶，嘴里说得宝得宝唉。

得宝故意拉着脸不吭声，瞅准了，一伸手就在她的屁股上抓了一把。

"日他的，想死我了！"得宝说，伸手搂住她的腰，就在身上摸起来。

蝈蝈妈假装躲闪着，嘴里骂道："猪头，猪头，你个老猪头，知道你一见面就没好事！"

得宝涎着脸嘿嘿笑着，起身把她拉进了套间，关上了门。他向窗外一看，公路上没有人。只是对面的小学放学了，孩子们吵吵闹闹地从大门口走出来。

得宝把手伸在蝈蝈妈的裤腰上，只一扯，就把裤子扯下来了。蝈蝈妈穿的是健美裤，裤腰是松紧做的，不用系裤带。得宝说，快！快！蝈蝈妈说，不行，蝈蝈回来了。还得一会儿，得宝说。得宝把蝈蝈妈拉到窗台那儿，让她面向窗子站着。就这么着，他贴在她的身后。

你又这样弄，蛔蛔妈说，你就像个驴，喜欢从后头弄事。得宝嘿嘿笑，手没闲住。他就喜欢这样弄事，他知道这么弄事美实，能用上劲。

蛔蛔妈弓着腰，配合着身后的得宝。得宝是个倔脾气，弄不好还打她，尤其在兴头上，就像打老婆那样打她。他弄这事像打架，眼睛都红了。

他们就那样一前一后地晃，一边盯着窗外。透过窗户上的一块玻璃，蛔蛔妈看见了蛔蛔，混在一群孩子中，甩着膀子往回走，戴着大檐帽，样子像个将军。

她催身后的得宝说，快！蛔蛔回来了。得宝不管，一板一眼地弄。得宝说不忙，等他到家时我肯定完事。蛔蛔妈迷糊了一阵，等睁开眼时，公路上已不见了蛔蛔。

他们还没收拾好就听见蛔蛔在踢门，蛔蛔说，开门，老婆娘，你死了嘛老婆娘！开门！蛔蛔得的是羊羔疯，脑子有点问题，脸上的皮肉往一边抽。他管他妈不叫妈，叫老婆娘。

蛔蛔妈一边应声，一边提起裤子，她让得宝先坐下来，然后去开门。

蛔蛔一进门就双手插在腰上问他妈，你们弄尿啥呢，老半天不开门？我们算账呢，没顾上，蛔蛔妈说。蛔蛔妈不看蛔蛔，故意看着别处。对对对，是算账呢，算账呢，得宝说。

算个屁，连个算盘也没有。蛔蛔的眼珠子咕噜咕噜转，看样子一点都不傻。他在得宝的脸上看看，又在他妈的脸上看看。

他一转身就跑出去了，不知弄啥去了，一会儿又回来了。得宝看见他抱着一块大石头，他还以为要砸他呢，就赶忙躲起来。蛔蛔十五了，都成个愣小子了，要是冷不防挨上一石头，划不来。

蛔蛔妈傻眼了，不知儿子要弄啥，她就那么傻站着，她知道蛔蛔在气头上不敢惹，一惹就犯病。

蛔蛔呼哧呼哧地走进屋，对准锅台子上的锅，哐一声就砸下去了。

屋子里静了。蛔蛔站在地上出粗气，一边拿眼睛瞪着得宝。蛔蛔妈哇一声哭起来。

得宝悄悄地溜了出去。

这个愣儿,他想,真是个愣儿!

得宝经蝈蝈这么一惊,刚才那种美实劲儿全没了,本来这感觉是能保留好久的。

满仓的念想

满仓一直记着白家二媳妇穿的那双鞋,那是一双翻毛皮鞋,黑胶底,上面有许多弯曲的纹路。满仓第一次看见这种鞋是在白家老二结婚的时候,那年他八岁。

白家老二结婚的那天,满仓满院子乱跑,侧着身子,踮着腿跑,像一匹兴奋的小儿马。这天白家喜气洋洋的,所有的门框上都贴了红对联。院子里还飘着很浓的香味儿,一年四季,这香味儿很少能闻得见。满仓想,他这天不但能吃上好吃的,还能看见新娘磕头。

他跑一会儿就向火窑那儿凑,他妈在白家的火窑里帮灶,一会儿出来,给满仓的嘴里抹进一块肉,一会儿又趁人不注意给满仓的衣兜里捣进去几个小馍头。小馍头像驴粪蛋那么大,个个都裂开了口子,上面点着花点点。

今天满仓比别的孩子都优越,所以他侧着身子跑,不停地掏出糖啦花生啦小花炮啦,给别的孩子夸耀,很多同伴都巴兮兮地瞧着他。

中午,等把娘家人都招呼完了,新郎新娘就开始磕头了。磕头就是个仪式,要往一对新人的肩膀上挂红,所谓红其实都是些大红大绿的缎被面。

司仪喊一声,一对新人就要向上礼的人鞠躬。

满仓看呆了,他站在人群的最前边,一直盯着新娘看。新娘绷着脸,鞠躬的时候身子硬硬的,只是稍稍弯一下腰而已。满仓觉得,新娘就应该这个样儿。新娘是羞的,他想,人一羞身子就硬了。

司仪是个红火人,每喊一声鞠躬,就要把新郎和新娘的脖子往下按一下,周围的人就笑。

满仓不像身边的大人,他的兴趣不在这儿,他注意上了新娘穿的一双鞋。这是一双翻毛皮鞋,短腰腰,每只鞋面上还钉着两排八眼,鞋带相互交叉地盘在上面,绾了一个疙瘩。满仓都八岁了,却是第一次看见这样的皮鞋。他眼热得不得了,十根脚趾头不停地动。他觉得新娘穿上这样的一双皮鞋,就比别的姑娘和小媳妇洋气多了。

婚礼进行完了，满仓啥也没记住，就记住了这一双皮鞋。

刚结婚，新娘一般不出门，但一个月后就可以出去走动了，有的就开始参加生产队的劳动了。

满仓注意到白家二媳妇是个腼腆人，有时候心慌了只是在她家的大门口站站，一见人就躲了。有一次，满仓碰见白家二媳妇从他家门口走过去，挑着一担水，身子软软地扭着，脚上穿的就是那一双翻毛皮鞋。他听见皮鞋踩在地面上咯吱咯吱地响。

过了半年，白家二媳妇就彻底成了村里的人了。她开始劳动了，跟村里人也有说有笑了。队长考虑到她上过中学，就一直给她派个轻省活。后来发现，她还能在开会的时候当着大伙的面讲话，于是就提她当了队里的出纳。

那年大队排练样板戏，她还被抽到大队部唱戏。演出的时候，全大队的人几乎都来看戏，满仓也去看。白家二媳妇的节目是在台上扭秧歌，和几个姑娘小媳妇一起扭，脚上穿的还是那双翻毛皮鞋。

有一次，满仓妈晚上做饭，没有火柴了，就让满仓到邻居白家去借火，满仓就拿着铁勺去了。他走进白家的火窑时，看见白家二媳妇正坐在灶前烧火，手里捏着一支烟。看见满仓进来了，就赶忙把手里的烟藏了。满仓愣了一下，没想到白家二媳妇还抽烟呢。

白家二媳妇弯腰在灶火里掏火的时候，满仓一直盯着她脚上的这双鞋，那两排八眼，在灶火的映衬下一闪一闪地亮。

过了三年，满仓上初中了。那年秋天，全公社的中学要在公社的大礼堂搞文艺会演，满仓是他们学校的文艺队员也要参加演出。临走时没有合适的鞋穿，他就想到了白家二媳妇穿的那双，他让他妈去借，他妈就去了。

白家二媳妇一听，就有点不好意思。她对满仓妈说，赵姨娘，那双鞋烂了，怕是不能再穿了。满仓妈说，你借给我试试嘛，说不定拾掇拾掇还能穿。于是白家二媳妇走到院子东墙的那一只蜂窝旁，从一大堆烂鞋破衣服中抽出了那双鞋，拍了拍上面的土，递给满仓妈。

满仓妈拿在手里一看，两只皮鞋皱巴巴地都变了形，鞋帮子裂开来，两只被磨得不见纹路的鞋底也从中间断开了一个口子。

满仓妈犹豫了一下还是提了回来。

满仓早站在大门口等着，他看见他妈手里提着那双烂鞋走过来了。不过，他还以为他妈手里提的不是一双鞋，而是两只死去被晒干了的死鸡。

满仓折腾了好久，他想把翘起的鞋面拉直，再把裂开的口子缝上，但扭曲变形的牛皮太硬了，怎么拉也拉不直。他试着把脚往里面蹬，蹬了几次都蹬不进去。

到底满仓还是没舍得扔掉这双鞋。它们被满仓并排放在墙头上，太阳一直就那么晒着，风一直就那么吹着。后来就不知去向了。

保　六

村子里的年轻人中只有保六留风头，保六拉得一手好二胡，天一黑，他就拉。冬天的夜长，长得没个尽头，保六就拉二胡，拉《西皮流水》，拉《寡妇上坟》。

保六刚结婚那会儿，他家里欢得很，每天他家的房子里都聚着好多年轻人。

保六的媳妇长得俊，也大方，对人老是笑呵呵的，到保六家去的年轻人中多是奔着他媳妇去的。男的听二胡，间或偷偷地瞧一眼保六媳妇。女的呢看保六媳妇的针线活，一边发出啧啧啧的称赞声。直到很晚了才都散去。

二胡声一停，村子里就静了，静得连掉一根针都能听见。

月亮都升上半天了，风什么时候都悄悄地吹起来了，吹得屋顶上的索索草唰唰地响。

保六挂在墙上的二胡，嘣——响了一声，是一根弦断了，弦绷得太紧了。

来年春天闹饥荒。村子里的年轻人大都出门找营生去了，有的都当了讨吃。保六到武威扒火车，扒火车上的煤，偷偷卖给附近的人家。他一回家，院子里准飘起香味道，半晚上准拉二胡，但年轻人都不愿到他家去了。

保六是个乐天派，不见他有愁肠的事。

过了一段时间，他又走了，过了好久又回来了，不过是被几个公安人员押回来的。

他老实了一段时间，被大队工程部抽去修水库。没几天他又跑了，是从工地上跑的。

第二天，四五个大队民兵就找到他家里。保六媳妇也不紧张，说没回呀，他不是在工地上嘛，没见他回来呀。其实保六就藏在他家的地窖里，窖口也没用柴捆堵上，就那么敞开着。保六媳妇在窖口倒了半背斗坏洋芋，两头猪在那儿吧唧吧唧地拌嘴巴。

几个民兵背着枪在院子里转了转就走了，他们想保六这狗日的就是有天大的胆也不敢藏在家里。

这一次，保六决定去包头，他就去了。他是半晚上走的，老婆也没号，一直把他送到村外头。他得走三十里路，在一个偏僻的小站坐车。

他媳妇说，你去，你混去，你混出个人样样回来让他们看看。

保六咬了咬牙就走了。他的挎包里装着六颗鸡蛋，鸡蛋还热热的，是媳妇刚煮的。

十年后，保六回来了，开着一辆黑色的小轿车。保六媳妇听见汽车响，跑出大门一看，一辆明光闪电的车就停在大门口，一个梳着大背头，腆着肚子的中年人，张着嘴对她呵呵地笑。

她挤了挤眼睛，看着看着，妈呀叫了一声就跑进了门。

晚上，保六家的院子里又响起了二胡声，还是《西皮流水》《寡妇上坟》。他家围了很多人。保六媳妇换上了新衣服，把头发梳得展展的，一见人就笑，忙着端茶递烟，眼睛老是挤巴个不停。

她上年龄了，眼睛不好使了，风一吹就淌眼泪。这天没有风可她的眼睛里老是潮潮的，她想美美地号一鼻子。

林带上空的风

一

一九七八年七月，我高中毕业没考上大学，人消沉得很。海原县主管林业的罗副县长给了我一个临时工的名额——让我到南华山林场去当一名工人。

那年我十七岁，还不大懂得命运什么，人倔强得很，但面对罗副县长我还是流下了眼泪。

三个月后，罗副县长死于一次车祸，我又哭了一场，因为在林子里待得久了人会变得非常脆弱。我给他的坟地送去了一个大花圈，柳条编的，上面插满了野花，水灵灵的都是在林子里采的。

这是后话，按下不表。

南华山位于海原县西南，西夏时为元昊的一个行宫。它山势巍峨连绵数十里，远远望去只是一抹朦胧的蓝影。主峰一带雨水充沛，树木密集，依山势而长的刺槐、白杨、苦榆、臭椿和红松密密匝匝郁郁葱葱。

猛的一下子接触到这样一片林子，我的心一瞬间就宽松了下来，同时觉得有一种森然凉爽的野性气息透彻肺腑。

那天，我在山脚下转了好久，后来在一条废弃的公路边的一块较为平坦的台地上找到了林场的所在地。所谓林场其实也就是由一圈土墙围起来的一个小院，院子的北面有几间颓废的平房。

我推开一扇生锈的大铁门走进去，发现满院子的杂草长得葳葳蕤蕤。草丛之上有野蜂飞舞，嘤嘤嗡嗡。原来草丛之中点缀着许多野花，却都叫不上名字。留心身前的一枝，发现那花心里有几粒嫩黄，粉粉茸茸，上面竟趴着一只豌豆大的小黑蜂。小黑蜂忙忙碌碌，爪子上翅膀上沾满了许多黄色的花粉。我心疼那小花，随手摸了摸花瓣，却不料花瓣太嫩竟在手中碎了！

我挨个察看了一下这几间平房，发现里面都是空的，每个房间里都有遗弃的树枝、干草、烂鞋帮子和破碗，我只好走到拐角处那一间较新的房子跟前。院子里的野草都长上门台爬上门框了，有几根苦子蔓的触须攀伏到房檐上去了，柔柔的茎蔓上开满了酒盅一样大小的粉红色的小喇叭花。它们在风里不经意地颤抖着，轻得一口气就能吹灭！

我撬开生锈的铁锁走进去。一种潮湿的霉味让我打了一个寒噤！我着手把房间里的灰尘和死去的昆虫打扫干净，然后把简单的被褥铺上土炕，算是把自己草草地安顿下来。

土炕很大，几乎占了房间三分之一的地方。炕沿下面有一个小地炉，土坯砌的。炉腔里黑黑的，看来过去有人生过火。

到了晚上，我找了一些干树枝把火生着。地炉里的火越燃越旺，借着炕洞里的风势火苗呼隆呼隆地直往炕身里面钻，不大一会儿土炕就热了。

我躺在发烫的土炕上，身子骨很熨帖，而且心里满满的，仿佛被什么东西感动着。四面大山的阴影全落在房子里来了，夜色一层一层地加厚了，闪烁的炉火把黑暗中的墙壁映得红红的。能听见山野很静，树木释放出一种凉森森的气息，可是我不觉得怕！

窗户外面的月亮很晶亮，像擦亮的金块。光线朦胧而柔和，带着一丝远古的气息。我听见远山里有野兽在叫，声音遥远而空旷。能看见夜空很蓝，蓝得很深，满天闪烁的星斗像镶嵌在蓝色幕布上的宝石，晶莹剔透。

然而星星和月亮都不是我们的，它们是独属于上帝的。

一股一股的风在房后的树林上空掠过，树叶哗哗啦啦响。树林和草丛中的鸟以及虫子零零星星叫起来，那碎小的声音清幽幽的，又很寂寞，但是听起来觉得很亲切！

时间一点一点滑过去，感觉到森林里正有一条蛇在脱皮……还有一只老狼卧在一块青石板上磨牙。

到了半夜，鸟鸣和虫子的叫声就相继熄灭了。这时候，山野间有一种宏大的东西开始弥漫——无声无息。

后来，一整座林子在风里晃动起来，树梢上发出的风声像一阵一阵的海潮。

我的心就一点一点收紧了。

二

天一亮，我就被喧哗的鸟叫声惊醒了，抬头一望，像血液一样新鲜的阳光已涂抹在窗格子上了。我赶忙穿上衣服走出去。山野明净得像水洗一般，空气清澈得像水里兑进了冰片。我看见远处的山头上飘着淡淡的白雾，晨风把四周林子里的湿气一片片吹来打在脸上凉凉的。林子里很安静，但是聒噪的鸟鸣声连成一片，像一张密不透风的网。偶然有一只黑色的大鸟从树林上空扑啦啦地飞起——身子滑翔在半山腰上，发出嘎儿——嘎儿的叫声。这时候太阳从东山顶上慢慢地冒出来，把橘黄色的光轻轻地抹在苍翠的树枝上。

就在这时候，我突然看到后山的某处有一缕薄薄的轻烟顺着空气袅袅上升。在这荒天野外突然看到炊烟觉得怪亲切的，我想这大概就是那个护林老人的住处了。尽管我来时听说过这样一个老人，但还没见过。

我急忙向后山走去。

在一个十分隐蔽的山脚下，我看见了那间小草屋。拨开杂草和树枝我向那里靠近，不留意间听见一阵刷动草叶的风声——是一条狗拉展身子向我扑来，我不由得惊叫一声闪身躲过。正在这时，我听见一声断喝，是斥狗的声音，粗哑而苍老。

这狗听见声音便刹住身子，围着我汪汪地叫。同时我看见从草屋里走出一个驼背的老人，对着那狗叫了一声，它才悻悻地回去了，那老人似乎看也没看我就径直进了草屋。

我稳了稳神还是鼓足勇气靠近那间小草屋。那只大花狗抬起头来看着我，腮帮子上的肌肉一拧一扯的。我怯怯地绕过狗侧着身子进了屋。老人盘腿坐在炕上，勾着头正往地炉里添松树枝。炉膛里的火燃得很旺，火焰把上面的铁皮盖子顶得嘭嘭乱响，发红的铁皮盖子上坐着一个黑黑的茶罐儿，老人正聚精会神地熬茶。身边还放着一只瓷碗里面盛着半碗炒面，上面还插着一柄木勺。

我讪讪地坐在炕沿上，等老人打招呼。他只抬头看了我一眼，并不吭声。我觉得这老人像一截子树根，可是他的眼睛却又黑又亮。我盯着那轰响的炉火，猛然间心里泛上一阵落寞。黑罐里的茶水咕嘟咕嘟地往上冒气泡，老人用一根小木棍将那溢出的茶沫向下按了按。这时候老人又抬起头看了我一眼，顺手在我跟前放了一只小茶盅，跟他的一模一样。

一杯苦茶下肚。我连连咂着舌头,这茶汁太苦!

老人喝茶的样子很惬意!舌头把茶汁咂得啧啧响!我一时陷入沉默,只听见草屋外面飞过一阵一阵的鸟群。

三

林子里待久了闷得慌!可是不久县林业局又派来了一个小伙子,姓马,人瘦得像一个小猴,但有了伴我的心里就踏实了些。

小马带来了一杆老土枪,整日背上枪在山上转悠。他说山里有野牛,他想要亲自打一头野牛。

林子里的老人始终和我们不来往,时间久了我就觉得那个老人成天在林子里穿行,神秘得像一个树怪!

我隔三岔五到林子里去,随手带一根木棍。我不知道我在变,可是我真的变了。我不喜欢说话,但会盯着一枝花或一片树叶看上好久。

临近正午的时候林子里很安静,感觉不到风,树枝不摆动,但是树叶却在暗处微微颤动。高处的树叶会把背阴的一面翻过来晒太阳。这时候,阳光穿过密密匝匝的树枝,把星星点点的光斑落在林中的空地上。而高高的树梢上面的一些地方有些明晃晃的金光在颤抖,在蜘蛛的网里化成了虹。林子里很潮湿,四周弥漫着树脂的气味,浓得让人透不过气来。所有的树根部分都长满了娇嫩的小草,草叶绿中发黄。松鼠四处窜动,有的趴在树干上,回过头来用一对黑宝石一样的眼睛瞧着你,像一个可爱的小精灵!鸟儿纷纷在树枝间穿梭,彩色的羽毛一闪一闪的。

此刻,老人也走在林子里。他每天都要这样在林子里转一回,这时候有一些细腰身的小风开始在林中穿行。老人勾着头双手向后背去,手里握着一根刹铲,刹铲的金属部分磨得很明亮。那是老人对付野兽的。老人的背后跟着那条大花狗,狗一路伸着舌头小跑着,又不时地停下来在草丛中或树根部嗅嗅闻闻。

老人慢慢地走着,身子被树木和青草的湿漉漉的气息浸溶着。由于经过了一个晚上的积淀,树木和花草把周身的气味都释放了出来。老人禁不住打了一个喷嚏,惊飞了一大群鸟。

树林里特别静。这寂静很厚重,像地窖里那种沉甸甸的静。老人把脚步放得很轻,他早已习惯了这样。他熟悉林子里的一切,尤其是这些树木,他几乎能叫出每一棵树的名字,甚至熟悉每一棵树的脾性,分辨出每一棵树的气味。

草叶上的露水很重,打湿了他的双脚和裤管。但是老人很满足,一种既让他忧伤又让他幸福的东西感动着他。

远远的,我就听见一阵哧踏哧踏的脚步声。我隐在树后看着老人和他的狗从另一端走过去。我不敢贸然向老人打招呼,我怕他会受到惊吓!

我看见老人佝偻的腰身上落满了无数金色的光斑,那只狗身上也有不停移动的光斑。

我始终没有吭声。我猛然间发现自己也有些怪!

四

秋天,椿树和槐树的叶子变红了,杨树叶变得黄脆黄脆的。一阵大风吹过,树林里落叶纷飞。不几天,一座郁郁葱葱的树林就变得疏朗了,这时候天空升得很高,大块大块的云朵缓缓西移,鸟群一阵又一阵向南迁徙。

我站在山坡上觉得心里很空落,仿佛大地和天空一下子把我分解了。

白露过后,山坡上的青草全蔫了。天接着凉起来,不知不觉中冬天来了,一场大雪纷纷扬扬地落下来。偶然的一天,小马打中了一头野牦牛,我俩费了好大的劲才把它拖回来。

大雪封门,山野一片岑寂。

我和小马围着红红的炉火啃着牛腿,心里还是觉得挺惬意。

屋外雪沙沙沙地落下来,感觉到雪在屋顶上一层一层地加厚,外面的世界仿佛一下子离我们远了,我觉得我一下子像一个野人。

小马出去解手被吓得退了回来。我不知缘故跑出去一看,原来大门外立着十几头牦牛。我从开着的门缝里仔细一看,它们各个瞪着血红的眼珠!

原来我们把那只剥下的牛皮搭在了墙头上,被其他的牛发现了,它们成群结队地围住了我们的小院子。

一天过去了,牛群还在,又一天过去了,牛群还是没有走的意思。它们的毛皮上披满了雪,身子仿佛定在了雪地上!我们真的有些怕了。

第三天有几只牛开始攻门,尖硬的角把铁门顶得哐当哐当地响。我和小马吓得躲在房子里索索地抖。正在我们孤苦无助的时候却听见远处传来几声怪异的吼叫声,是人的,还有一连串的狗吠声。我能分辨出来是那位老人的声音，像某种野兽发出的可怕的叫声。

到了下午牛群开始撤退了。

转眼到了第二年春天，树枝上的积雪开始消融——雪水沿着山坡丝丝缕缕地往下淌。

不久，山坡上冒出了嫩嫩的草芽。我终于有机会到省城去上学了。

临走的那天，我在林子里转了好久，尔后去看望了一下那老人。

老人躺在草屋里病得很重，消融的雪水渗进草巴子，然后滴下来在地面上形成水迹。那只狗静静地卧在门外，不再像过去那样凶猛了，眼皮上的肉耷拉着，一只眼睛也瞎了。后来它趴在门框上吱吱呜呜地哭叫。

我和老人勉强说了一会儿话，不知怎么心里总是觉得很伤感，后来我把他的炉子生上就匆匆离开了。

一晃二十年过去了，我身居闹市心里却一直装着那一座林子，还有那个孤独的护林老人。

今年秋天我终于有机会去了一次南华山。看见这一片林子长得更加繁茂了，可是高处的有些枝杈已经干枯了，而且整座林子有一种衰败的气象。那个小土院子已经修葺一新，墙壁上刷上了白灰，里面住了七八个人都是陌生面孔。当我向他们打问起那个护林老人时却没有一个人能说得上来。

我不甘心，便一个人寻到了那座后山，在一片齐腰深的杂草中终于找到了那间小草屋。

拨开长草，我像当年一样向它靠近。没有听到熟悉的狗叫声，几近颓废，几乎被野草淹没的小草屋静极了，草屋的柴门是虚掩着的。我挨近一看，门边的草丛中静静地卧着那条大花狗——仅剩下一堆白骨了。

我沉吟良久推开门走进去，惊飞了几只山鸟，勾着腰站在地上，发现这小草屋的四处都裂开了缝隙。屋顶被雨水浸蚀，朽坏，几近陷塌。潮湿的地面上长满了野草。屋里不见老人的踪影。那只锹铲靠墙立着，锋利的铲头已经生锈。有一只很大的甲壳虫想努力从那上面爬上去，却总是滑下来。落满尘土的炕上老人简单的行李还在，只是褥子上盘着一条麻皮巨蟒。它一动不动，显得非常安静，像是进入冬眠，圆滚滚的躯体上却闪着幽暗的光！

我一阵心跳，喏喏而退，没敢惊动那巨蟒。

草屋外面，阳光一片灿烂！

轻飏的纸鸢

我注意到村子里的人有意或无意中都躲着潘吉大嫂，他们不愿意和潘吉大嫂搭话，也不愿意和她一起做事。比如在集体出工时，没有一个人愿意和潘吉大嫂搭伙。我常常看到在田间地头干活的那些人，总是三个人一伙，五个人一群，他们嘻嘻哈哈的，又说又笑。而潘吉大嫂呢总是被晾在一边，一个人默默地干自己的事。

或许，他们这样做是有道理的，因为潘吉大嫂毕竟是死过一次的人啊。这样一来，人们自然把她看作是某种不吉利的象征，仿佛她身上还带着“冥府”的气息。我知道，村子里的人虽然嘴上不说，其实心里头还是把她视为某种“灾星”。

也难怪，有过如此经历的人，谁还敢主动地去搭理她呢。要是因为她而惹来某种灾祸，那不是自寻倒霉嘛。村子里的人，尤其是那几个闲话精，一看见潘吉大嫂就远远地躲在一边，相互嘀嘀咕咕，戳戳捣捣的，显出一副神神秘秘的样子。每当潘吉大嫂发现她们那样时，心里就变得特别难受。

“我怎么了？是不是我真的变得与他们不同了？”潘吉大嫂整天心事重重的，老是这样想。“难道我真的变了？要不大伙儿为什么老是躲着我呢……”她越是这样想，越是有些拿不准自己，到后来她都有些怀疑起自己来。

在我们燕儿窝村，潘吉大嫂算得上是一个挺和善的女人，本分、勤俭，操持家务也算得上是一把好手，就是面相不太好，老是“苦”着一张脸，显出一副忧忧戚戚的样子。怎么说呢，潘吉大嫂毕竟是四个孩子的母亲啊，她们家的日子像我们村子里的很多家庭一样，也是过得紧紧巴巴的。作为一个普通的老百姓，她的苦恼和愁肠想必大家都是可以理解的。

表面看起来潘吉大嫂是一个心事很重的女人，她沉默寡言，仿佛老是跟自己较着一股子劲。她在一个人的时候，会沉溺于某些不着边际的想象中，样子显得有些痴呆，甚至显出一副傻相，大概这一点连她自己也是感觉不出来的。她自个儿清楚她心里老装着一件事，这事又让她一时无法轻松下来。有时候她会从身上偷偷地摸出一块小镜子来，勾着头，对着镜子一动不动瞧着自己，可是瞧着瞧着，她就会被自己看到的样子吓一跳。她猛地清醒过来，惊恐地向四周瞧一瞧，要是没人看见了她就放心了，要是有人她就赶紧把镜子藏在怀里。

有时，她会无端地感到恐惧，仿佛有一种无法言说的东西左右着她。当潘吉大嫂平静下来的时候，还是觉得自己挺平常，没有什么不同的地方，然而尽管如此，她仍然无法去说服大家，她不可能对大伙儿说，“瞧，我是正常的啊，你们为什么老用那样的目光看我呢？”总而言之，想归想，她还是不能当着大伙的面说出这样的话来，她觉得这样一来反而把事情越抹越黑，倒是自己显得有些不大正常。一句话，潘吉大嫂还是相信自己的，这很重要。她相信自己是能改变大家的看法的。然而话虽这么说，潘吉大嫂还是觉得心里怪委屈的，是啊，她毕竟是生活在群体之中啊。当一个人不能被群体接受的时候，他（她）的心境到底是怎样的呢？那不仅仅是孤单，那还是一种深深的失落和悲伤。所以从这一点上来说，我挺同情潘吉大嫂的。

后来，我注意到潘吉大嫂变得不大爱说话了，她一天天变得孤僻起来。

话说回来，潘吉大嫂虽说在村子里受到种种的委屈和误解，可是她能挺得过来，因为她还有一个温暖的家呀。对于她来说，家庭就是温馨的港湾，只有在家里，她就完全可以放松下来，不再去想别的不顺心的事情，从而尽情享受亲情的体贴与温暖。事实也正是这样，每当她回到家，四个孩子就一下子亲昵地围在她的身边，乖得像几只小狗，她一时爱怜地抚摸着他们，想尽法子去满足他们的种种要求。确实，自从发生了那次不幸的事件之后，她仿佛重新变了一个人，尤其是对孩子和丈夫重新产生了一种比过去更深沉的情感。她发现自己是那么爱着他们，离不开他们。

潘吉大嫂的丈夫呢，是个老实巴交的农民，脸上时常挂着某种谦卑的笑容，凡事都信奉宽容和忍让的原则。不过他的心肠软，一遇到事就显得没有主见。可是他对自己的妻子却是十分体贴，尤其有了那次事件之后，他老是觉得对不住妻子，仿佛欠着她点什么。

他记得那天家里来了一位远亲，妻子一时急得团团转，她实在拿不出更好的东西来招待客人，而她又是一个特别重情谊的人，每当家里来客人，她都会因为没有更好的东西招待他们而显得难为情。那天，正在她左右为难的时候，突然想起前几日她好像在米缸里偷偷藏了四五颗鸡蛋，于是她便摸出了它们，在锅里煎了四五只荷包蛋。说实话，对连续遭受过五年干旱的燕儿窝村来说，谁家要是一下子端出一碗荷包蛋来招待客人，那便是很不错的待客标准了。那时刻，丈夫已把几个孩子撵出了家门，丈夫怕不懂事的孩子们当着客人的面露出一副馋相。

当潘吉大嫂把煎熟的鸡蛋盛在碗里时，没有及时地端给客人。她一动不动地盯着它们，此刻它们看起来是那么诱人啊，丝丝缕缕的香气直往她鼻子里钻。下意识中，她用筷子小心地夹起一个，放进嘴边，她本来是想尝一尝的，可是没防住那光滑的蛋卵却一下子滑进了口腔。她慌了，还没来得及嚼碎却突然听见脚步声，是丈夫向厨房这边走来，她一时又羞又急，便猛地将嘴里的东西囫囵吞了下去。当丈夫走进厨房时，看见妻子憋紫了脸，正一下一下地往上翻着眼珠子，一句话也说不出来。丈夫一时慌了手脚，也不知道妻子怎么了，便赶忙把妻子抱在了怀里，急切地呼喊她。可是妻子已说不出一句话来，她只是胡乱地用手在自己的胸部那儿比画着，不大一会儿便软软地倒在了丈夫的怀里。

不多时，潘吉大嫂家就突然传出大人孩子的哭声和喊叫声，当村子里的人闻声赶来时，才明白潘吉大嫂是忽然得暴病而亡。乡亲们好不惋惜，一阵唏嘘感叹。于是便有几个好心的长者劝潘吉大哥说，他大哥，想开点，人死不能复生哇，还是赶快想办法安排她的后事吧！对于亡人来说，必定是入土为安哪，这事不得迟缓，越快越好啊！

于是，潘吉大哥便强忍住悲痛，请来了村子里的几个木匠，从当天下午开始，连夜打制了一个类似于棺材的木匣子，把亡人草草入殓了。第二天一大早村子里的人就把潘吉大嫂埋了。值得一提的是，临入殓时，潘吉大哥由于心疼妻子，给她穿上了平时舍不得穿的新衣服，并且还把她结婚时戴的那副银手镯也戴在了她的手腕上。潘吉大哥实在是舍不得妻子啊，他悲切的哭声让在场的许多人都流了泪。

埋葬了妻子的那天，潘吉大哥一直沉浸在过度悲伤的心境中，他恍恍惚惚的，无论如何不能接受这种突然降临的灾难。失去了妻子就仿佛同时失去了某种重大的依托，他的心里一下子空得不得了。他想，往后的日子可怎么过啊。他一直勾着头，蹲在地上不停地抽烟。他听见几个孩子一直趴在炕上嘤嘤嗡嗡地哭泣。孩子们伤心的样子，看了让他心碎。

到了晚上，他给孩子们随便糊弄了一点吃食，让他们吃了，然后哄着他们睡下了。

夜深了，村子里十分安静，不时地能听见几声零星的犬吠。潘吉大哥躺在炕上一直大睁着双眼，脑子里全是妻子的身影。

下半夜，屋外吹起了小小的风，夜色十分浓酽。可是他突然听见院子里响起轻轻的脚步声，他一下子变得警觉起来。他聆听着，那脚步声一直响到门口那儿就停止了。随即，他听见几声胆怯的敲门声。他没敢吭声。起初，他还误以为那是风的声音。可是，接着他就听见那敲门声变得越来越响。他终于忍不住了，便颤着声问道：

谁？……谁呀？……

是我呀，潘吉，快开门吧！

你到底是谁，深更半夜的。

是我呀，潘吉，你还听不出我是谁嘛？

什么?！你……你是鬼还是人？

孩子他爹啊，我不是鬼，我还活着哇，我的声音你还听不出来？

你真是孩子他娘？

是呀……

屋里静了片刻，然后传出潘吉大哥的声音：

我说孩子他娘啊，你放心走吧，孩子有我呢，你不要再扯心了。你好好地上路吧！

说到这，潘吉大哥听见屋外的人低声啜泣起来。过了一会儿，他听见妻子在门外伤心地说：

孩子他爹啊，真是我呀，你不要怕了。你看你不开门，我都快冻死了。

你说什么？你真的没死？

我又活了哇，孩子他爹，我是从坟地上摸黑走回来的……

我的天哪，你说什么？我说孩子他娘，你到底是鬼还是人？

我清清楚楚是人哇！我都快冻死了，我说你快开门吧！

孩子他娘，你听见了吗，你不要怪我，你要是人，你就把手从窗户外面伸进来……

一会儿，有一只手就从窗子外面抖抖索索地伸了进来，潘吉大哥一看，正是妻子的手，他一下子抓住这只手就哭了。当他跳下炕拉开门时，看见妻子就站在门外，浑身赤条条的，一丝不挂，他禁在了门外，他搞不清这到底是怎么回事？他说，孩子他娘，你这是怎么了？可是妻子还没等他说完话就跑进了屋。

等潘吉大哥进屋时，就看见妻子已跳上炕，钻在了被窝里，她的牙床子不停地打着颤，一迭声地嚷嚷着：冻死我了，冻死我了……她一抬头看见丈夫还愣在地上，瞪着一双眼睛傻傻地看着她，她一时忘了伤心事，倒觉得有些好笑，她说，还愣在那儿干啥呢？我没有死，我这不是好好的嘛。那一刻，潘吉大哥才真的清醒过来，他走上前，一把抓住妻子的手就哭开了。妻子说，你看你，你看你，不要哭了，小心吵醒了孩子们，大半夜的，他们会害怕的。

后来，潘吉大哥才从妻子的口中得知，她原来是被一个掘墓贼救了。当时那个掘墓贼偷偷地挖开了坟墓，撬开了棺材，然后就从潘吉大嫂的脚摸到了手腕，搂去了她脚踝上和手腕子上的东西，然后把她猛地拽起来，抖抖索索地开始脱她的衣服。正是这一拽，使得卡在潘吉大嫂喉咙里的那颗鸡蛋猛一下子弹了出来，她“哇”地叫了一声，随即一把抓住盗墓贼的手叫了一声：我的恩人啊！盗墓贼被这一声吓得半死，他猛一下子挣开她的手，跳出墓坑就没命似的逃了。

这事听起来像个传奇，可是它实实在在就发生在潘吉大嫂的身上。

潘吉大嫂又活了。很长时间里，村子里的人都想不通这件事。

第二天一大早，当几个孩子一觉醒来，看见妈妈坐在炕上时，他们便被吓得呆愣在一边，傻了眼，他们怎么也想不到，死去的母亲如何又坐在了炕上？直到母亲一声一声地喊他们的名字，说了好多话，他们才一点一点地相信了母亲。

潘吉大嫂死而复生，对她家来说毕竟是一件幸事啊，可是潘吉大哥并没有想象得那么高兴，因为妻子的死在他心中留下的阴影还一时无法消除。怎么说呢，这是一种复杂的情感，他在感到欣慰的同时又感到某种轻微的失落。然而他在妻子面前还是挺正常的，没流露出一点别的什么东西。

而孩子们，已一天天地失去了戒备心理，完全能够接受自己的妈妈了。

当初的几日，村子里的人都纷纷来看望潘吉大嫂，不过他们都是几个人一起来的。从他们当时的心态来看，与其说他们是来看望潘吉大嫂，倒不如说他们是来瞧一瞧她到底有什么异常。潘吉大嫂嘴上不说，还是从他们的眼神中看出来了。

在接下来的日子里，潘吉大嫂又步入了往日的生活轨道。她白天参加生产队的劳动，晚上回到家也是一副任劳任怨的样子，没什么异常。可是让她觉得有些不安的是，乡亲们对她的态度有所变化，他们看她的目光总是怪怪的，并且有意无意间总是躲着她，这让她有一种被驱逐出群体的感觉。

对潘吉大嫂来说，她一旦产生了那种不被信任的心态，就越变得敏感起来。对于乡亲们，她也许还不大在乎，可是对于自己的丈夫就不一样了，好在丈夫在她面前从没流露出什么，可是她还是觉得不放心，因为她隐隐觉得丈夫还是不完全相信她。比如，晚上睡觉的时候，他总是无意间躲着她，以前他们一直是睡在一个被窝里的，可是自从出了那件事之后，丈夫就跟她分开睡了。不过丈夫掩饰说，孩子大了，咱俩再睡在一起有些不便。可是夫妻间的事彼此都是敏感的，比如，潘吉大嫂一旦有了那样的要求，丈夫就明显显得有些推脱，这跟过去有些不大一样。潘吉大嫂没说什么，但是心里不好受。

时间就这样一天天地过去了。潘吉大嫂总是想借一切机会，来改变村子里的人对自己的印象。一句话，她还是想融入到群体之中啊。

比如村子里的人，无论哪家过大小喜事，她都要尽力送去较为丰厚的礼物。不是新人用的大红的被缎就是孩子用的红色的斗篷，她送礼就喜欢送色彩鲜艳的。然而有一次丈夫对她说，不要再给人家送东西了！她说，为什么？还为什么，丈夫没好气地说，他们根本就不用那些东西，他们都把咱家送的东西偷偷地烧了。为什么？她问丈夫。丈夫一时支吾起来。想想看，这事潘吉大哥能当着妻子的面说出口吗？不过，丈夫虽然不说，潘吉大嫂还是从他的表情中感觉到了一点什么。

有一次，法麦家过喜事，给儿子娶媳妇，村子里很多妇人都去她家帮忙了。后来，潘吉大嫂也去了。那天法麦虽然没有邀请她，她还是去了。她觉得她平时跟法麦的关系挺好的，她没有理由不去。可是等她走进法麦家的院子时，她看见法麦急急地从厨房里跑出来，拦住她说，他婶婶，真不好意思呀，你看，我们家来的人手够多的了，你还是回去吧！我谢谢你了……潘吉大嫂一下子就被晾在了那儿，她一时委屈得不行。她本来想问一声为什么，可是一看法麦脸上露出的难色，她明白了，于是她转过身，哭着离开了法麦家。

接下来的日子里，潘吉大嫂一天天地变得孤僻起来，人也邋邋遢遢的，她开始躲着别人了。在这期间，她在家里遇上了一件让她更为伤心的事。有一次，她给四个孩子换洗身上穿的衣服，不料在他们的衣服上都发现了佩戴着的用来避邪的“咒符”。她一下子傻眼了，她问孩子们，这“咒符”是谁给你们戴在身上的？孩子们惊恐地看着她，吞吞吐吐地说，是父亲，是父亲给他们缝在身上的，并告诉他们说，这事千万不能告诉妈妈。

那天，潘吉大嫂一个人躲在屋子里偷偷地哭了好久，她的心一节子一节子地凉了。

在往后的日子里，潘吉大哥注意到妻子变得丢三落四、神神叨叨，她越来越不爱说话，在外面和家里都一个样，见谁都不爱搭理，脸上时常露出一副十分冷漠的神情。她喜欢一个人静静地待在一边，神情显得迷茫而呆痴。有时候，她会莫名其妙地笑起来，要么就老是一个人在不停地嘀嘀咕咕。潘吉大哥每当看见她那样，心里就特别难受。有时，他会轻轻地走近她身边，无言地陪着她坐上好大一阵子。他实在找不出更好的语言来安慰她，只能长长地叹气。

后来，潘吉大哥就发现，在闲暇的时候妻子常常一个人坐在炕上不停地剪纸，她剪出来的都是一些白色的纸鸢，翅膀连着翅膀，一串一串的，丈夫有些不解，可是他看见妻子十分专注地做着这一切时，又不便多问什么，他想，随她去吧，可怜的人啊！这些日子里，连几个孩子都看出了妈妈身上的变化，他们也开始躲着妈妈。尤其是晚上，没有一个孩子愿意跟妈妈睡在一起。他们都拼命地向父亲的身边挤。然而潘吉大嫂也似乎不在乎这些了，她看见孩子们的样子会禁不住露出凄苦的笑容。

这期间，潘吉大哥发现妻子变得有些异常，他便不让妻子去上工了，他有意让妻子待在家休息一段时间。潘吉大嫂待在家就不停地默默地剪她的纸鸢，同时嘴里不停地嘟囔着，也听不清她到底在嘟囔什么。有一天，潘吉大哥下工回家时，发现妻子把那些剪出的纸鸢在屋子里贴得到处都是，甚至屋顶上也挂满了一串一串的纸鸢。当他走进屋子时，看见几个孩子静静地站在一边，一动不动地看着妈妈在忙碌。妻子听见有人走进门来，便停下手中的活痴痴地看着他，露出一副神神秘秘的笑容。在不多的几天里，潘吉大嫂把相继剪下的纸鸢贴满了她家的各个屋子，甚至给院子里的树上也挂上了成串的纸鸢。

潘吉大哥搞不清妻子这样做到底是出于什么样的心理。

潘吉大哥和孩子们都有些怕了，每当一阵轻风吹过，院子里和屋子里的白色纸鸢就发出哗哗的响声，好像真的要飞翔起来似的，他们的心不由得收紧了。后来，村子里的人知道了这件事，于是纷纷给潘吉大哥出主意，让他把自己的妻子隔离起来。他们说，她肯定是疯了，你若不这样做，说不定会伤到孩子们的。可是潘吉大哥左想右想还是觉得对妻子做不出这样的事来。他想，由她去吧，她想怎么做，就怎么去做吧。也许她的心里难受了，才会那样去做。

不久，一场暴雨洗刷了燕儿窝村。村子里的人都记得那是多年未遇的一场暴雨，来势非常凶猛，伴着雷鸣电闪，大雨倾盆而下……后来，人们听到一声震耳欲聋的雷霆直接在村庄上空炸响。当大雨停下来的时候，人们跑出门去才发现村子正中的那棵老榆树被雷击成了一个黑焦的枯树桩，似乎还在冒烟。这时，人们听见村子下面的河床里急速流动的洪水发出滚雷般的轰鸣声。于是很多人站在村子边的山坡顶上看着鸣的洪水。不一会儿，人们看见有一个人从村子一边的山坡上走下来，然后笔直地走到一处河床的边上，静静地盯着洪水发呆。后来有人认出来了，她就是潘吉大嫂。他们立即预感到了什么，于是有人去找潘吉大哥，有人高声地对着潘吉大嫂呼喊开来。然而一切都来不及了，人们看见潘吉大嫂缓缓地走入汹涌的洪水，旋即就被洪水淹没了。

在随即而来的日子里，燕儿窝村一时陷入某种难以言说的寂静中，人们的心无端地变得沉重起来，只是都避免谈起潘吉大嫂。

偶然的，在某一个大风天，村子里的人看见潘吉大嫂家的几个孩子会把妈妈过去贴在屋子里的那些残留的纸鸢撕下来，然后默默地站在大门口放飞，在风里无数的纸鸢不停地飞翔着，后来飘得满村子都是……

我们村子里的那棵大树

私下里,李姓人已经商量好了,决定要伐掉村子里的那棵大柳树。当然这样的决定仍然像是一次密谋,因为他们知道事情未做之前没必要走漏风声。

然而事情并非像他们想得那样简单，因为这棵树多少年来都是我们这个村庄的象征,它像这个村庄一样古老。因为它,我们这个村子就叫大柳树村。它是属于村子里的所有人的，包括一半的杂姓人家和另一半的李姓人家。尽管李姓是我们这个村子中的大户,但是他们没有权力这样去做。

事实上,李姓人心里都清楚这行动本身意味着什么,并且他们心里也明白这不仅仅关乎一棵树的问题，实际上他们就是想通过这件事来挽回曾失去的做人的“尊严”,重新恢复和树立起李姓人在村子里的地位。多少年来因为成分高的原因,李姓人在村子里一直是抬不起头的。事情就这么简单,问题是他们目前还想不出比这更好的办法，他们倒是愿意以这样的方式来让全村的人都知道和明白这一点。

看来李姓人真可谓用心良苦啊。

有一点值得重视,那就是李姓人在作出这一决定的同时,已充分作好了应付一场冲突的准备。在这件事上他们表现得那样决绝,那样义无反顾,并且通过这一件事,李姓人又重新团结在了一起。

那天,李姓家族的所有青壮年都来到了李国栋家,他们集中起来实际上就是来商量这件事:要不要把村子里的那棵大柳树伐了?这是李姓家族几十年来第一次重要的族内聚会,并且这样的聚会几乎是自发的,所以意义不同于往日,气氛自然就显得格外严肃而庄重。看来他们是把这一件事当作一件大事来对待了。李国栋本是躺在炕上的,他已经七十好几了,打从去年春天开始一直这样卧病在床。现在他看到屋子里一下子齐刷刷地站了这么多的人，况且都是自己的亲骨肉，他一下子显得有些激动起来，心中有一股热热的潮水慢慢地鼓涌起来。他微微地欠起身，有些爱怜地盯着他们，他感到了亲情的力量，以致衰老的躯体中猛一下子就平添了一种年轻人才有的血性和刚毅。

围在他身边的人都有些激动，可是他们并没有七嘴八舌地乱嚷嚷。他们的意思已经表达得十分清楚了，现在他们都用充满敬意的目光看着三爷，实际上他们现在等待的就是三爷的一句话了。

李国栋，目前是李姓族内年龄最长、威信最高的一位老人了。因为他在兄弟中排行第三，所以李姓的人私下都称呼他为三爷，如今在兄弟五人中除了他还健在外，其余的四位都已相继作古。

岁月如梭，往事真是不可回首啊……李国栋老人静静地注视着他们，心里头蓦然间生出许多的感慨，只是他把这一切都深深地埋藏在心里。

平时，李姓人对三爷都是十分敬重的，而他自己也是明白自己的身份的。他本来话就不多，而现在他更清楚自己说话的分量了。他凭本能感觉到这事非同小可，他知道李姓人不通过村委会而擅自做主伐掉那棵树，本身就包含着一定的风险。虽说这棵树在过去确为李家人所有，但现在它毕竟是属于全村所有人的，它是集体的财产，按道理他们李家人是无权这样去做的。可是话说回来，现在的“形势”必定不同于先前了。多少年来戴在李姓人头顶的地主帽子已经被去掉了，从此他们和村子里的那些杂姓人家并没有什么不同了，起码在身份上都是平等的。三爷记得那天当他从广播里听到这个消息后，激动得哭了。那天他传出话去，让各家的李姓人都买了鞭炮，然后站在村子正中噼里啪啦地乱放了一通，那情境实在是如同面临某一个重大的节日。他觉得这一天是值得他们李姓人来庆贺的，他躺在炕上长时间地听着鞭炮爆裂的声音，心里有一种别样的滋味。他感觉到，从今天开始，他们李姓人在精神上彻底解放了，从此他们谁的眼色也不看了。更重要的是李姓人不可能再像过去那样受制于人了，他突然感到轻松，一种从来没有过的轻松和快慰。

如今晚辈们又提出这样的要求他不得不慎重起来，多少年来的经验告诉他，凡事都不能做得太过头。然而站在李家人的角度来考虑，这样的想法和要求似乎也在情理之中，可是三爷还是想再听听他们的想法。

“我说，三叔，这事没什么犹豫的，我们都想好了，只等您老的一句话了。”说话的人名叫李建刚，他是死去的李老大的长子，人长得十分魁梧，是个敢说敢做的主儿。最早提出这一想法的就是他，现在他明显有些激动，他比别人都激动，他没有理由不激动，因为大伙都知道，他就是因为成分的关系没有上成大学，而当年他在上高中的时候是学习最好的学生。为此他一直耿耿于怀，当然还有许多的事情都让他愤愤不平。他说：“三叔你是知道的，这些年来村子里的那些杂姓人家谁把我们放在眼里，他们随便一个人就可以对我们指手画脚，说三道四，他们有事没事地给我们找碴子，变着法儿的整治我们，他们什么时候把我们当人了……我说三叔，你可不要忘了他们是怎么批斗你的，您老都六七十岁的人了，他们照样给您的脖子上挂木牌，游街，打扫村子，你知道我们这些做儿孙的每当看见您那样我们心里好受吗？我们难受得很哪……今天，我们之所以提出这样的想法，没别的意思，就是想让他们瞧瞧，我们李家人并不是吃干饭的，我们也是有血有肉的人啊，三叔！”

听李建刚这么一说，大伙儿的眼圈子就红了。他们有的甚至勾下了头，唏嘘开来。三爷的心里也不好受，他说：“孩子们，事情既然过去了，就让它过去吧，谁让我们是地主呢，过去我们确实有些地方对不住他们啊，何况我们都住在一个村子里，低头不见抬头见哪……我已经老了，都是快要入土的人了，你们还年轻，往后的日子还长啊，不要把人与人之间的关系搞得过于紧张嘛。”三爷说到这，停了一下，观察着他们的表情，然后接着说：“不过话说回来，这些年来因为我们上一辈人的事牵连着，也使你们受了很多的委屈啊……不过要使你们日后在村子里能抬得起头，能说得起话，能真正挺起腰杆子做人，说话做事还得自个儿硬朗一点。看来，我们还是有必要在村子里的人面前表示一下，你们刚才说的那事，我已经听说了，现在我也想好了，你们怎么想，就怎么去做吧。不过，要是出了事，上头追究下来，你们就说是按我的意思去做的，这事由我一人来承担吧，我已经老了无所谓了，记住！这不关你们的事……”

矗立在村中央的这棵大柳树大概有一百年的历史了，它长得根茎粗壮，枝叶繁茂，庞大的树冠突出于村庄之上，在村子之外老远的地方就能看见它。在月光明净的晚上，大柳树的影子能透射到四十里外的驼场一带，所以这棵老柳在一定意义上也是我们这个村庄的象征。对我们村子里的人来说，很多时候它都是以某种吉祥物而存留在心中的。

的确，这棵大树是李家的祖上们种下的。按照李姓人的说法，从他们的先人们来到这个村庄的第一天起就种下了这棵大树。我们记得在过去的那些日子里，每当下雨，我们就会看见李国栋老人头戴草帽，身披塑料布，躬着腰把村子里四处流泻的雨水引向大树的根部……应当说，这棵大树不仅像这个村庄一样古老，也像李姓的家族一样古老。对李家人来说，这棵树从来都是李家人的一部分，它寄托着李姓人的希望，代表着李姓人家的地位，尤其是李家人做人的尊严等等。

既然树是李家的，那么李姓人就完全有权力来处置这棵树。问题是这棵树曾经属于李家，又一度属集体所有，它是属于整个村子的，是村子里所有的李姓人家和所有的杂姓人家共同所有。现在李姓人要独自来处理这棵树了，他们不愿意给别人打招呼，也不想给别人打招呼，他们就是要这样去做。并且他们要当着全村所有人的面来干这一件事，他们想着要做出些样子来，让他们都瞧一瞧李姓人并不都是低眉顺眼，逆来顺受的孬种。

那天中午，大柳树村的李姓人家几乎所有的人都默默地来到了这棵大树下面。男人们，有的手里提着斧头、铁锹，有的拿着锯子，有的手里还提着成卷的绳子，他们的神情一律显得那么肃穆、那么庄重、那么神圣不可侵犯。一会儿，李姓族内的几个青年把三爷也抬来了，三爷表情庄严地坐在他家的那把老式的太师椅上。他们把三爷坐着的那把太师椅轻轻地放在大树一边的高坎上，三爷半躺在太师椅上，一动不动地注视着面前的李姓人群，他从来没有像今天这样显得格外庄重。所有的李姓人也都注视着三爷，三爷一时间成了所有李姓人的主心骨。三爷缓缓地向村子四周逡巡了一番，然后向他们挥了挥手，于是他们便操起了手中的家伙。

然后三爷不愿再动了，他把目光长久地停留在那茂密得像一朵乌云一般的树冠上。

其实，当所有的李姓人都集中在大树四周的时候，村子里已经有很多人看见了，只是那时他们还不清楚李姓人一下子全部集中起来到底要搞什么名堂，后来他们就看见李姓人着手砍起那棵树来了。

当队长胡全有听见自己的婆姨说李姓人在砍村子里的那棵大柳树时，

他猛一下子从炕上跳起来，他喊道："什么什么，他们要干什么？啊，砍树？我看他们反天了不成？"他一边说着话，一边趿拉着鞋，从屋里走出来，可是他听见婆姨在后面喊道："唉，我说孩子他大，不要逞能了行吧？听见了么，你不要逞能了好么，这事明摆着，他们是有意做给我们看的。你可不要逞能，小心他们打断你的腿！"

婆姨越是这样说，他越生气。他转过头吼道："闭上你的嘴，你这个臭婆娘，我倒要看看，他们能把我吃了不成，我就不相信，他们真的会反了天，不要忘了天还是共产党的天。我就不信，他们敢反了天不成！"胡全有就这样骂骂咧咧地走出门来。他一看，李姓人果真在砍那棵大树，而且李姓人围着大树黑压压地站了一圈。他一下子傻眼了，他想不到李姓人还真的动起来了，他有些想不通，李姓人什么时候变得如此大胆起来。他感到愤慨，开始在大门口转圈圈，他一着急就这样转圈圈。他倒背着手，躬着腰在不停地转圈圈。他有些拿不定主意，他是个老队长，多少年来第一次变得手足无措起来。这时候，他看见村委会的几个人都站在各家的门口，一声不吭地看着李姓人在砍树，看样子他们都被眼前的阵势镇住了。

他开始给几个村委会的人打招呼，"唉，我说你们几个都过来，傻站着看什么？起码我们得过去问问原因吧，我们可不能眼看着他们那样去做，树是我们村子的，他们没有权力这样去做。"可是任凭队长这样去喊，还是没人走过来，队长一下子觉得有些失落，他第一次觉得他说的话已经失去了应有的分量。他十分扫兴，他感觉到杂姓人家的很多人正注视着他呢。他没办法，他第一次失去了主意，并且最严重的是，他在村子里的人面前失尽了面子。可是他还是有些不甘心，他就这样在门口不停地转圈圈，他本来是想走到那里去的，并且还要质问他们，"你们有什么权力这样去做？"可是独掌难鸣啊。你看，现在他身边没有一个人走过来，他突然感到独单。可是他又不敢走过去，那阵势他不是没有感觉得到。他有些怯了，心里嘀咕："砍㞞子去，想怎么砍就怎么砍㞞子去，我不管了，谁爱管谁管去。"

婆姨还在对他唠叨："我说，孩子他大，进屋吧，让他们砍去，他们爱怎么砍，就让他们怎么砍去。反正树是他们李家的，他们想砍就砍去，不要再管闲事了，树又不是咱胡家的，他们要砍就让我们砍去。"

"快闭住你的臭嘴，这事没这么简单！这事明摆着没这么简单。你还看不出来吗,他们是故意这样去做的,他们是杀鸡给猴看呢。”

“你管什么杀鸡给猴看,这关你什么事?他们早已不把你这个队长放在眼里了,我说,往后你也得小心点!”

胡全有看见在他们夫妻二人说话的当儿,很多人都进了屋,并且把大门关上了,能看得出来,他们这是在有意回避。“多一事不如少一事嘛”,他们就是这么个尿德性。可是等他们一进屋,一下子就把他晾在了那里。他突然觉得他们这是有意把自己放在热锅上烤啊!他变得左右为难起来,幸亏他的老婆是识相的,把胡全有拉进了门,也把大门关上了。

当胡全有在他家的大门口转圈圈的时候李姓人都看见了,可是他们装着没看见,实际上他们倒是希望他能看见,尤其是他。有一刻,他们倒是希望他能走过来,要是他还指手画脚,那他们就随手把他刨倒,像刨一棵树一样刨倒,那才真的解恨呢。

那时,当胡全有在自家门口嚷嚷的时候,李三爷对身边的人说:“砍!不要管他。我倒要看看他想干什么。我告诉你们,他今儿个要是不识相,你们就砍他。不要怕他,事情由我来担当。”那时三爷觉得他们已经没退路了,事情一旦做起来就没退路了。何况这事要是做不成,那么李家人就把人丢大了。

可是他看见那几个小伙子并没有停下来的意思,他有些兴慰,“好样的,有种!”他在心里这样说。并且三爷看见他们不但没停下,而且越干越起劲……他听到一连串沉闷的砍剁声。他觉得这声音很动听,而且特别解气。人就这样,人不能压抑得太久,有时候就得释放一下。

树的确是一棵大树,他们十几个小伙子砍了好久。他们拿斧头砍,拿锯子锯,后来又拿绳子拽,他们一边拽一边大声喊叫。然后树慢慢地倒下了,树倒得十分缓慢,可是树在倒下的时候,并没有发出人们想象中的那种响声,然而这响声还是传到了村子里所有人的耳朵里。

李家人默默地抬走了那棵树。接着,妇人娃娃把树根部折断的树枝和砍下来的木屑都捡回了家。

这事终于完结了。李家人所预料到的那场冲突没有发生,这倒使他们感觉到有些乏味,起码没有想象得那么悲壮。可是让李家人聊以自慰的是他们还是干成了一件事,因为这事是他们自己做主的。

时间过去不久三爷就去世了,李家人把三爷的葬礼办得十分隆重,应当说场面和规格在大柳树村是从来没有过的。出乎李姓人预料的是，举行葬礼的那天，村子里各家都有人来吊孝，尤其是那些杂姓人家，一家也没有落下。他们和李姓人一样，十分虔诚地跪在三爷的灵前点香、烧纸，神情极其恭敬、极其肃穆。

时间一天一天地过去了，村子里的李姓人和杂姓人开始慢慢地走动，见了面都是十二分的客气。后来有几家杂姓人家还和李姓人家做起了儿女亲家，这在以前是从来没有过的。

大柳树村仍然叫大柳树村，只是村子里再也见不到那棵大柳树的影子了。失去了大柳树的大柳树村，显得尤其寂寞。尤其到了晚上，再也听不到长风穿过树梢的声音了。

后来，也不知道是谁在那棵大柳树的原址上又偷偷地栽上了一棵幼小的柳苗，不过这棵柳苗生长得速度可真是快啊！一转眼，它都快长成一棵大树了。

后　　记

杨风军

进入新世纪之后，固原市的文学艺术呈现出了蓬勃发展的趋势。尤其是文学创作，取得了令人振奋的新成果。这一方面是因为成熟的作家勤奋不断地创作，文学新人如雨后春笋不断涌现；另一方面，也因为市委、市政府的高度重视，审时度势地提出要进一步提升西海固文学品牌的含金量，加大对西海固作家群的培养力度，同时明确强调要建设文化固原、文明固原、书香固原。面对新形势、新任务、新目标，固原市文联积极发挥"团结引导、联络协调、服务管理、自律维权"的职能，竭尽全力办好西海固作家的训练营、文学的主阵地《六盘山》，积极争取到了宁夏回族自治区人才工作领导小组"西海固作家培养工程"项目，组织精兵强将，紧紧围绕西海固文学和文学固原品牌的打造与提升，先后编辑出版了"六盘山文化丛书"（12 卷本）和《六盘山民间故事》（5 卷本）以及《云蔚六盘》《她在丛中笑》等 20 部图书，展示了固原文学创作成果。

2015 年以来，新一届市委领导提出打造"文学固原"品牌，市政府对此项工作高度重视和支持，市政协对全市作家的生活、工作、构成以及如何更好更快地提升创作质量进行了专题调研，形成提案并报请市人民政府通过，对作家的创作、结集出版、对外交流、培训学习等给予专项资金保障。

自治区党委常委、市委书记纪铮同志上任不到两月时间就会同主管文化宣传的正儒常委，对全市宣传文化系统进行了调研，并发表重要讲话，要求固原市广大作家一定要按照习近平总书记在全国文艺工作座谈会上的讲话精神，在文学固原的高原上，打造高峰。本着力求精品，推出文学固原新人的原则，由市委宣传部牵头组织征集编选了这套丛书。因此，“文学固原”丛书第一辑书稿重点放在了两个方面：一方面全力推出在西海固土生土长、在全国有一定知名度的成熟作家的个人作品集，另一方面集中展示全市近五年来在小说、诗歌、散文、文学评论等方面的最新成果以及各县（区）在此领域内所取得的最高水准的文学作品。这就有了“文学固原”第一辑中的石舒清、郭文斌、火会亮、梦也、了一容的个人作品集，也就有了“文学固原”小说卷、散文卷、诗歌卷、评论卷和各县（区）精选卷这14本风格各异、体裁有别、隽永深刻、文采斐然、厚重大气的书籍。使“文学固原”这一品牌有了切实可感、触手可及的“硬件”。

当然，作为文化的传承与传播，作为工程的实施与推进，我们有理由相信，全市的文学创作者们，将会更加珍惜今天良好的创作环境、更加珍惜来之不易的创作条件、更加扎实地融入火热的现实生活、更加贴紧这伟大的时代和人民，深入生活，扎根人民，努力创作出更多有筋骨、有温度、有能量的精品力作，为以后逐年出版的“文学固原”各辑增光添彩，为文学固原的高原添砖加瓦，为锻造文学固原高峰而坚持不懈地努力奋斗。

作为一整套即将陆续出版的文学丛书，从选题、组稿、编校、排版、印刷，到发行，其工作的琐碎与繁重是可想而知的。其间参与的诸多作家、诗人、评论家们都是值得赞许和感谢的；文联与此相关的各位同仁同样付出了让人感佩的努力；宁夏人民教育出版社的领导和责任编辑们为此所洒下的汗水，熠熠生辉地闪耀着文学的光芒；市财政对丛书的顺利出版鼎力支持；各位编委对丛书的重视、关注、参与和付出，也是值得我们深表谢意的。

需要特别说明的是，丛书的统稿工作是由《六盘山》编辑部的李方同志完成的。

（作者系固原市文联主席、《六盘山》主编、宁夏作家协会副秘书长）